上司小剣論
——人と作品

KAMIDUKASA SYOKEN RON

吉田悦志
Yoshida Etsushi

翰林書房

上司小剣論―人と作品◎目次

第1章　上司小剣文学の基底(1)

――摂津多田神社時代――

私は、かねてより、上司《かみづかさ》小剣という一個性の全生涯を称してその文学的生涯と呼ぶならば、その文学コースに深く重い影響なりかかわりを持つ二つの時代があったと考えるものであるが、その第一時代が幼少年期を送った摂津多田神社時代で、第二は明治三十九年中頃から同四十年前半期にかけての雑誌「簡易生活」時代である、と考える。後者についての私見は、次章に詳しく叙したい。ここでは、明治七年小剣（延貴）一歳から明治二十六年二十歳の時に実父延美《のぶよし》を失うまでの多田神社時代での小剣少年にまつわる人的環境を中心に、それらの環境の中で生育した閲歴が作家上司小剣の文学的作業にどう作用していったかを、書きとめておきたいとおもう。

そして私が踏査したかぎりで、現在公けにされている各種文学全集版に附されている小剣年譜の誤りや疑問点と、多田神社時代での小剣と父、その妻の空白になっていた行実や事歴をできるだけ補足してみたい、というのが本章の目論見である。

一　「上仲臣《うえなかおみ》さん」と多田院《ただのいん》

まず本論にはいるまえに、上司姓の読み方に一言しておきたい。通例私どもは、これを「かみつかさ」と読んでいるし、種々の文学全集版、あるいは文学辞典の類は上司のルビではこの読みを採用している。ところが、昭和十三年八月発兌の雑誌「あらくれ」（第六巻第八号）で、小剣は「あらくれ会」の欄に次のように記録しているのである。

> 何も書くことがないから、また私の姓『上司』に就いてちよつと。正しく『かみづかさ』と言つてくれた人が、遠い外国人に一人ある。それは、ドイツのピアニスト、ウヰルヘルム・ケムプで、彼が送つてくれた自署の大きな写真に Hern Kami-zukasa とある。誰れがそれを彼れに教へたか。いまもつてわからない。（小剣）

と、短い文章なので全文引用してみたが、この一文によると、現在まで私どもが使用してきた「かみつかさ」の読みは、どうも正規な読みではなくて、小剣生前に多くの小説家、文学史家、読者が間違えていたように、私どももその読みを誤って使用してきたということになる。上司小剣は、つまり「かみづかさしょうけん」とルビをふるのが正式な読みなのである。各種文学全集版の末尾に記された小剣年譜の中で、改造社版『現代日本文学全集23』に附載された小剣自身の作成とおもわれる年譜には、さすがにルビは「かみづかさ」となっている。

さて、上司氏の本姓は、紀氏であったことは周知のとおりで、小剣は、「父の家は、世々手向山八幡宮の神主たり。従三位紀延興《のぶおき》の孫。延興、国学に深く、才藻に富み、和歌をよくす。上司の丘に居るをもつて、上司を氏とす。本姓は紀」（改造社版文学全集「年譜」）と書いて、上司氏の発祥を説明している。ただこの年譜を誤読して、紀延興を小剣の祖父とした年譜が一部にあるようであるが、延興は延貴（小剣）には曾祖父にあたり、延寅がその祖父である。延貴の父延美《のぶよし》は、奈良県添上郡奈良町水門村在の手向山八幡宮（東大寺八幡宮、手向山神社の別称、現在は奈良市雑司町となっている）に、天保六年五月二十二日紀延寅の三男として生れた。*1 三男であったために、幼くして、真言律宗の総本山西大寺へ稚児にだされた後、二十歳前後の時、東大寺の任命を受けて摂津多田院《ただのいん》に、慶応四年五月十五日付で分家して別当職となったのは延美三十三歳の時であった。

昭和四十九年九月十八日に私は、多田神社と紀家の墓所を訪ねた。当時の兵庫県川辺郡多田院村八一番屋敷（現在は川西市多田院）が、多田神社の所在地で、小丘に両側から挾みこまれるように小説「石合戦」（昭和十三年五月「中央公論」）の舞台となった猪名川が流れ、片方の小丘の中間に多田神社がある。更に神社の後方に水田を挾んで地続きの丘壟があって、そこからは多田院の村落を一望の下に鳥瞰できる。この丘壟の前方に多田院の村々を見下ろすように紀家の墓石が立っていた。右端が延美以前多田院で宮司をつとめた香川家の墓所、中央は、紀家の跡を襲いだ今の宮司福本家のもの、そして左傍らに忘れられたようにひっそりと佇み、その真中に伸びた松の老樹を囲うように紀家の五基の墓石があった。雑草らしいものの一本としてみあたらないのは、現在の宮司福本家の配慮からであろうか。その五基の一番奥まったところに紀延美の墓碑が立っていて、前面には「紀延美」と剳まれ、背面には「通称上司仲臣《なかおみ》延貴父天保六年五月廿二日生　明治廿六年九月十三日逝」と三行に彫り込まれている。したがって、延美享年五十八歳で他界したということになる。

多田院別当職として分家して、延美がこの土地に棲みはじめて、村人たちとの交渉をつみかさねていくうちに、彼らは、紀延美を称して「上《うえ》さん」と呼びあうようになったというが、いうまでもなく上司の「上」をそう呼んだのである。*2 当時の戸籍係が、「上仲臣」と筆写した部分に消線を附して、その傍らに「上司仲臣」と改筆しているのも、その故であろうと頷けるのである。

先にもふれたが、紀延美（通称上司仲臣、上仲臣）は、奈良の手向山八幡宮に宮司延寅の三男として出生しているのであるが、前述の小剣自筆年譜を所収している改造社版年譜も、また爾後のさまざまな文学全集巻末の年譜も、すべて延寅の次男と記載している。しかし、その後の私の調査によれば、三男と記録してある文書があり、一概に次男としてしまうのは疑問があるので、一応私は自身の調査の結果にしたがって、三男ということで本稿をすすめておきたい。この延美が多田院に分家するのは明治元年五月十五日のことで、明治維新による日本の経済・政治・社会構造の転換政策が、国家の上からの弾圧で急激に押しすすめられていた只中の時代であった。維新直前からの新政府における近代国家建設の最も重要なプログラムとなったのは、天皇制を頂点としたピラミッド型国家統治であり、それを底辺からささえる民衆意識のイデオロギー的変改であったのは悉く知られているとおりである。中でも民衆の国家統治への急先鋒となったのが、復古神道の国教化であって、神社神道と皇室神道の結合にその政策が求められていったのである。慶応四年三月、「此度、王政復古神武創業ノ昔ニ被為基、諸事御一新祭政一致之制度ニ御回復被遊候」という祭政一致、神祇官再興が大政官により布告された。次いで同年同月、「中古以来、某権現、或ハ牛頭天王之類、其外仏語ヲ以神号ニ相称候神社不少候」なので、その神社の由緒を委細に書いて報告し、仏像を神体とする神社、仏像を社前に置いたり鰐口・梵鐘・仏具などを掛けた神社は、早々にそれらの仏具を取除くべし、という神仏判然令が布達されている。これ以後仏教廃止運動で知られる所謂廃仏毀釈の運動が全国的に拡大していったのである。また三月十三日の大政官布告と同二十八日の神仏判然令の中間の、三月十七日に新政府の神祇事務局により、神社の社僧、別当に還俗命令が下されている。紀延美が西大寺から摂津多田院の別当となるのは維新直後慶応四年五月付で、延美はまさに、この維新新権力によってすすめられていた神道の国教化政策の渦中にあって、それを真正面からうけとめねばならない只中の時代に、多田院に座していたのである。[*3]

多田院はいうまでもなく寺号であるが、先の神仏判然令で神社は寺号を神号に改めることとなり、寺号多田院（別称多田権現）は多田神社と神号を採用することになった。『日本社寺大観神社篇』によれば、「明治維新の際、寺号を廃し頼光以下一族の諸霊を合祀し、明治六年郷社に、同七年九月県社に昇る」とある。ところで、多田院別当職延美の生涯を大きく転換させる原由となったのは、たしかに明治維新以降の新政府の神道国教化政策の矢継早な実施にあったであろうことは疑いないが、慶応四年中から明治元年にかけての、布告は寺号を廃し神号にせよとか、社僧・別当職の還俗命令とかで、延美には、かえって還俗は、僧としての禁欲生活に甘んじていた反動もあって内心快哉を叫んだのではないかとおもわれる。戒律の厳しい真言律宗の、しかもその総本山である西大寺で僧修業を強いられ、二十歳代の内からほとばしりでる青春の血潮を、延美は修業という名の下に圧殺していたにちがいない。しかし、圧殺しようにも押しとどめようにも、圧伏しきれぬ若いほとばしりは、かれの躰軀の中で渦巻いて、機あらば外界にむけて一気に奔出してやまぬであろう青春の雌伏時代、と延美の西大寺修業期は称しても過言でない。明治維新の際には、延美はすでに三十歳を越えており、年齢的には決して青春の時代とはいえなかったが、かれの内に燻り続けていた俗世的な性慾、食慾、権勢慾といった渇望は青春の血潮としてそのまかれの体内に残っていて、明治維新という外側からの種火が、延美の俗世間への渇望の油に火をそそぐ結果となったのである。だから、延美には、新政府権力が目論む、神道国教化による天皇制を頂点とした底辺民衆のイデオロギー操作の一環の布石、神仏判然令も、復古神道の流れを汲む者たちの廃仏毀釈の運動も、左程ショッキングな出来事ではなかったはずで、むしろこれらの神道国教化政策の中で唱われた「還俗」という一語こそが、延美の耳朶には青春への返り咲きと聞えたのである。昭和十五年五月「中央公論」（第五十五年五月号）の「創作」欄に発表した小説「恋枕」に、小剣はこの間の経緯を、

南都の或る神主の家の、十三人兄弟姉妹の季子に生れて、七歳で西大寺三光院の稚児にやられた父は、真言律の厳しい禁慾生活のなかに育つて来たのだが、希臘正教が東伝して、キユーピツドを愛染明王としたのだと説く人もあるくらゐで、律の教義は八宗の学派とまた別に、戒律一点張りで、文字なぞは知らぬことになつてゐたのであらうか。（中略）

明治維新のどがぢやがで、得度したのやらしないのやら、当時西大寺の配下にあつたこの北摂の両部のお宮へよこされると同時に、神仏混淆の禁止で、お宮は神社となり、僧体の別当が神主となつた。

と書いている。この「僧体の別当が神主」となるのが先にもふれた慶応四年三月十七日の新政府による、神社の社僧、別当への還俗命令に他ならない。ところで、渡辺照宏氏の『日本の仏教』（昭和三十三年一月刊、岩波書店）によれば、真言律宗そのものが、そもそも戒律の本格的な実践をたてまえとして興ったのであるが、律宗をもふくめて、「一般僧侶の戒律はすでに江戸時代にも甚だしく弛んでいた。幕府の定めた罰則によって、辛うじて表面の体裁だけを保っていた」にすぎない、という状態であったらしいから、延美もまた、幕府の定めた罰則を恐れながら、辛うじて体

裁上だけの形式的な戒律を守っていた例にもれない一人であったに違いない。上からの強制に対応するためのみの戒律の、表面だけのポーズは、そうすればするだけ、個我の内側には、戒律条項の実践によって仏の道を追尋する律僧の姿から遠ざかって、反作用的に俗世的願望がつのりくるのはやむを得ないことであったろう。つまりは、新政府の上からの還俗命令が、延美にその俗世的願望の可能性を与えたことになったのである。

上司小剣は、延美を血に繋がる父としてではなく、息子としてでもなく、一個の哀しい性の宿命をたずさえ歩く男としてみつめた作家であった、というのが私の作家上司小剣論の核心部分となるはずであるが、今はこのテーマには深入りしない。ただそういう小剣が、延美の還俗をどうみつめて、延美の心理的ゆらめきをどうとらえたか。興味あるところであるから、少々長い引抄になるが、明治四十五年一月号「早稲田文学」に掲げた短篇小説「祭の後」の中で第二の妻（実際は笹部秀）の冥想として描きだしている部章を摘録しておきたい、とおもう。

このお宮の祭に流鏑馬の行はれたのは、百年も前のことであらう。絵巻物になつて残つてゐる其の頃の祭を幾倍したほどに賑はつたものらしい。お宮を預るのは僧家で、戒律厳重な真言宗であつたが、△△院別当と呼ばれて第一世から第三十五世まで、弟子へ弟子へ、と伝はつて来た。

其の一番終りの第三十五世の別当が自分の現在の夫ではないか。

二十歳で先師別当の亡なつた後を襲いで別当になつた其の年が御一新で、やがて、神仏混淆を禁ぜられ、両部を許されぬことになつたので、別当から神主に変はり、僧体が武士の装ひになつて、髪の伸びるのを待ち詫びた。

還俗の悲しみ……喜び……

さういふ話を昔し語りの巧みな、夫の締りのない口から聞かされたことがある。

長持の内部から、流鏑馬に佩く太刀を取り出して、刀のやうに腰に帯してみると、まだ伸び切らぬ髪を小ひさく結つて、ブツ裂き羽織の裂け目から長い刀の鞘を現はしつゝ、嬉しさうに歩いた夫の二十幾つの時が想像された。

還俗をすれば戒律を守るに及ばぬ。……それが飛び立つほどに嬉しかつたけれど、法体に別れることがまた寂しく悲しくもあつた、……と夫はよく言ふが、夢にも思ふことの出来なかつた『奥様』といふものを入れても構はぬ、といふよりは、入れなければならぬやうになつたのが、何よりも嬉しかつたとは何故言はぬのであらう。

小説だから、史事としては多少の誤記はしかたないにしても、小剣の透視した延美の、還俗命令から波及した一個の男の性をもつ人間としての心理的ゆらめきは、私は正確だとおもうのである。ただ、小剣は、還俗の「悲しみ」、「喜び」という表現で、延美の心理に作用した還俗をとらえているが、やはり私には、還俗命令が布告された慶応四年三月の時点では、延美のこころには、公然と妻帯のできる喜びが大きなウエイトをしめており、形式や外面的体裁を装うためにのみ存続していた戒律条項から、その呪縛を解き放れた喜びに満ち満ちていて、悲しみなどという感情は、かれの胸裡にはいりこむ余地すらなかったのではないかと考える。延美に本当の意味でショッキングな事件が起るのは、それから四年程後のことで、明治四年一月五日の大政官布告、社寺領の上知命令がそれである。

上司延美（仲臣）が、多田院別当職として分家した歳に、明治維新の変革で多田院の寺号は廃止されて多田神社と改名したことはすでに書きとめておいた。そこで延美は、社領五百石と山五十丁余を有する小大名なみの地位につくことになったのであるから、還俗命令で妻帯を公然と許されたこととあわせるなら、明治元年から四年一月の上知令までの四年間は、かれにとってはまさに人生の春、蜜月時代といってよかろう。延美が第一の妻（小剣の実母）を娶るのは、後で根拠についてはは述べるが、明治三年前後で明治四年一月の上知令前であったのは確かである。妻も娶り、ひとかどの権勢も得た延美の蜜月時代にピリオドを打ち、その後のかれの境涯を狂わせ、傾頽と「惰力」が家常茶飯事となって、女と酒に溺れてゆかせる最大の原因が、この上知令に他ならない。上知令についてはは、先の村上重良氏の『国家神道』を再び引抄させていただけば、

江戸時代、寺社領は、寺院、神社の封建的基盤であったが、新政府は、版籍奉還の一環として、全社寺領を官収する方針をとり、一八七一年（明治四）一月、境内地を除く全社寺領の

上知を命じた。

というもので、延美は境内地を除いて、社領五百石、山五十丁全てを官収されてほぼ無一文の神主になった。後は生活の方途もなく、昔日の権威に縋って、女と酒を求める「惰力」生活をことするようになるのである。付記しておけば、小剣が、大正六年八月号雑誌「新小説」に発表した短篇小説「惰力」は、明治新政府の神道国教化政策の一環としての上知令以降、某神社で神主をつとめる「父」とその一家の窮乏生活に取材しながら、父の昔日の権勢の帷屏にすがってのみいきながらえている姿を、「惰力」というタイトルでまとめたもので、維新でその社領を取り上げられた神主一家が徐々に衰落してゆく様を、妻のいらだちや村人たちの一家に対する態度の変化とからませながら描いた好短篇である。

二　第一の母について

延美は、すでに伝播されているとおり、薩摩藩士安田鉄蔵（要蔵とする年譜もある）[*4]の長女、幸生を妻に迎えた。幸生の父安田鉄蔵については、私は何も調査していないが、前掲の小説「恋枕」の一節に小剣は詳しくふれていて、維新前後薩摩藩のために相当の働きをして、西郷隆盛あたりとも知り合いであって、西郷の日記にはちゃんと鉄蔵の名がみえる、と記しているが真偽のほどはわからない。また、西郷の日記には、安田鉄蔵、「彼れは小人なり」と記録されているのは、いかにもそうであったろう、と小剣は書き添えている。

多田神社後方に地つづきの水田を挟んで、丘陵があり、そこに紀家（上司家）の墓所が、紀家前の多田院宮司香川家と紀家の跡を襲いだ現在の福本家の墓が横ならびに、多田院の村落を鳥瞰する様に佗立していることは、さきにふれた。その紀家の墓所には五基の墓石があるが、中に「貞覚院源鴻子墓」と前面に、「明治十八年六月七日死」と背面に刻まれているもの、これが小剣の言葉でいうなら第一の母（実母）幸生の墓碑である。延美には無論第一の妻ということになる。「源鴻子」は、多田神社（前身多田院、別称多田権現）が、もともと、清和天皇の曾孫贈正一位源満仲、その子孫頼光、頼信、頼義、義家の五公を奉斎する清和源氏の祖廟であるところからきている。[*5]

この幸生と延美は、明治三年前後に結婚しているはず、と書いたが、その根拠を、私は、紀家の墓所にならぶ二つの墓石に刻まれた名前と死亡年月日にもとめて、そう推定したのである。五つの墓石の正面向って一番奥に立つのが紀延美のもの、その前横ならびに幸生と第二の妻秀の墓石があり、右側の幸生の墓石を守るように最前列に二基あるものの、右方が「紀延詮」（前面）、「明治四年八月二日」（背面）と記されていて、左方には「紀喜子」（前面）、「明治六年□（判読不明）月十七日（背面）と刻まれているが、この二基が小剣・延貴の兄姉の墓碑である。そこで紀延詮は、延美、幸生の長男として生まれ夭折していて、その死逝年月日は背面に記録されているように、明治四年八月二日のことで、この年月日から逆算すると、二人の婚姻はだいたい明治三年前後だと考えられるのである。
ところで、延美と幸生との間に延詮が生まれて夭折し、さらに喜子ができるがこれも明治六年には逝去しているのは墓碑に記されているとおりであるが、現在までの各種小剣年譜は、小剣の夭折した二人の姉と妹という記述をしてきているが、紀延詮は明らかに男名であり紀喜子は女名であるから、小剣には二人の兄姉がいた、とここで訂正をしておきたい。
さて、長男延詮逝去の明治四年という歳が、この紀家を大きく狂わせ、延美が酒と女に血道をあげることになる転換期であったとは、先に全国寺社領の上知令のところで述べておいた。

父の酒好き、煙草好きは、村でも有名なものであつた。なんしろ、神主といふ閑のありすぎる身分で、いまのやうに、神社を国家の宗祀などとは言はず、昔の朱印地で、氏子は一軒もなく、社領奉還後の公債を食ひ尽した後は、二丁四面の境内を、尽く（普くか）荒廃に任せて、まるで父の私有物の如く、拝殿にも神殿にも雨が漏り、神輿庫と称する祭具入れの長方形な建物なんぞは、少しも修繕をしないため、自然に崩壊してしまつて、瓦も壁土も折れた材木も、そのまま雨露にうたれてゐた。

小説「恋枕」の一節に、こう小剣は書きつけている。「社領奉還」は、いうまでもなく明治四年一月の大政官布告、上知令である。その後の紀家は衰退の道をたどり、家長である延美は、生活不安を酒で忘れようとして、ますます一家を窮乏の淵沼におとしこみ、妻幸生も延美の無気力な生活態度に屢々ヒステリーをおこすようになった。また、延詮、喜子の二人の子を失ったことも、幸生の神経をたかぶらせる大きな要因となったのであろう。

明治七年十二月十五日紀延貴（上司小剣）は、このような紀家のあまりにも短かった蜜月期が終りをつげて、衰落が加速度的にすすむ時期に、次男として生まれているのである。延貴の誕生は、たしかに幸生に一点の光をなげかけたにはちがいあるまいが、夫の行状をみるにつけて、それは生活不安に拍車をかける逆作用として働き、従来に増す神経のたかぶりに身もだえする結果となったのではないか。こうした幸生の神経のたかぶりは、紀家の衰朽と夫・延美の無気力に対するかの女自身の繊細な感情がその根抵にあったようである。小剣は、幾多の作品に幸生をモデルにしているが、中でも「天満宮」（大正三年九月「中央公論」第二十九年大附録号）や「恋枕」には、幸生の性格描写がかなり仔細にわたって描かれていて、殊に小説「恋枕」は、それなりに幸生の性格や感情を私どもが知る上で興味ある好箇の素材であり、実証的な裏付けをする上でもかなりの信頼がよせられる作品である。

「恋枕」には「私」という作者自身が、その母・鴻子（幸生の墓石にはこの名が刻まれていたことはすでにふれた）を追弔する場面が描かれていて、甘かった父（直臣＝仲臣）よりも今は厳しすぎた母を慕うことが多いとして、鴻子の厳格はその稟性であった癇性病みから来ている、と作中の「私」は判断しており、その癇性病みの具体例を、座蒲団や火鉢を置くにも、畳と縁との距離が、ちゃんと正しく並行になっていないと気がすまず、そのためにいつも小さな尺を帯の間に挾んで、家具調度の置き方を測定して歩いた、と。この小説中の一挿話をそのまま事実とみるのは疑問があろうが、すくなくとも幸生にはこの例に似通った行状があり、その原由にかの女の生来の癇性病みがあったことは疑いない事実であろう。そういう幸生が、生彩のないその日ぐらしに明け暮れている夫・延美への面当のために、村の娘たちを集めて裁縫の手解をはじめたとしても不思議ではない。しかし、夫への面当に始めた裁縫の塾が、かの女の命とりになってしまうのである。

幸生のはじめた裁縫塾には、村の若い娘たちが集って来たが、その中に多田神社の傍らに住む笹部秀が混っていた。その日暮しの無気力と妻のヒステリーに悩まされていた延美は、この秀に眼をつけ始めた。そして、いつしか延美と秀の情事が成立してしまうのである。やがて二人の仲に幸生は気付くことになるのだが、このことに気付いて以後の幸生の様子は、徐々に変り、子宮病と癇性病とで半狂乱の状態になって病院にかつぎこまれるが、多田院の村から一里余りも歩いてでる池田の町の病院では、全癒しないまま、再び多田神社につれもどされ、そこで狂ったまま絶命してしまう。明治十八年六月七日享年三十七歳、延貴十二歳の時のことである。

三　第二、第三の母について

小説「祭の後」、「父の婚礼」（大正四年一月「ホトトギス」掲載）などに、第二の母とか第二の妻で登場する女性は、先の笹部秀をモデルとしている。各種の小剣年譜は、笠部秀を公伝しているが、これも私の調べたかぎりでは、笹部秀が正式な名前である。

正確な日付けは不明だが、笹部秀が延美の第二の妻となるのは、幸生の他界後程なくしての時期であったらしい。この秀の性格風貌等については現在ほとんど知られていないので、確たる記述はできない。ただ、現在の多田神社で名誉宮司となられている神社本庁の長老福本賀光氏の、秀に関した聞き伝えをここでは書きとめるにとどめたい。福本氏の話によれば、秀は嫁した多田神社に起臥しているうちに、幸生の亡霊に夜毎うなされるようになり、床に入る時必ず懐剣を忘れずにいたそうで、ある夜更けて、秀の部屋からかの女の叫び声がするのでかけつけてみると、秀は夜着を乱して懐剣を片手にかざして、半狂乱の状態で幸生の亡霊とたたかっていた、という。このあたりの描写は、秀がモデルで登場する小説「神主」（明治四十一年八月「新小説」第十三年第八巻）、「祭の後」、「父の婚礼」、「父母の骨」（昭和十年二月「中央公論」第五十年二月号）等にはでてこないけれども、福本氏の話しの様子から推定すると、秀もまた幸生の亡霊と闘いながら、幸生同様にほぼ狂死にちかかった、というのである。ただ小剣の小説は、秀の死因をコレラに罹ってとしており[*6]、小剣年譜も伝染病がその原因だ、としているのであるが、福本氏の伝聞にも年譜のどちらにもかなりの信憑性を、私は感じているから、幸生の幽霊との闘いに悩まされつづけた秀が、しだいに衰弱していって、体力的にも精神的にも伝染病に罹りやすい状態になっていたのではないか。同じ家の下にいて、隔離もせずに看病した延美や延貴や女中に何事もなくてすんでいるのは、どうもそのことと聯関しているとしかおもえないのである。が、いずれにせよ、このあたりの真偽の事情は、いまの私には不詳とするほかない。

いま一言、秀の死に纏わる追記をしておきたい。それは秀の死亡年月日についてである。これも、小剣年譜、作品には、奇しくも秀は、幸生の死の翌年の命日に病没した、と記されている。ところが、先の、紀家の墓地にある幸生と秀の墓石には、「貞覚院源鴻子墓」（前面）、「明治十八年六月七日死」（背面）と刻まれ、秀については、「貞昭院秀子墓」（前面）、「明治十九年三月四日死」となっているのである。ということは、明らかにいま伝えられている秀の死亡年月日を、幸生の命日とするのは誤りである、ということになる。どうも、秀が、幸生の命日に病没したとするのは、小剣の怪奇好きな性癖が、その作品中にそういうフィクションをでっち上げたために、後の研究家がそれを事実と誤解したところから生じた、伝説といってよかろうとおもう。しかしまた、「父母の骨」には、「そのお秀はんの花嫁は、晩秋（明治十八年）に来て、翌年の春なほ浅いころ（明治十九年三月）には、早やあの世の人となり、その前年に亡くなつた実母（幸生）の墓と並んで、同じ高さの石碑になつてゐる」（カッコの注記は吉田記）という正確な記載があるにはある。

秀の死に継いで、次に小剣が小説の一タイトルにした所謂「第三の母」に言及しておく。小剣の作品に屢々登場する第三の母は、小剣・延貴からみた場合にかぎられ、父・延美の妻としては第三の母はそのまま第三の妻にはならなかったのではないか、つまり、第三の母は、第三の妻ではなかったのではないか、という疑義を、私は小剣の作品を渉猟するうちに持つようになったのである。そこで昨年多田神社に赴いた節に、先の福本氏にこの件をお伺いしたところ、第三の母、妻については何も聞いていない、とのことで、そこで、私は小剣年譜に書かれている、秀の妹をその妻とする、という史実を確認する意味もふくめて、笹部秀の兄弟姉妹の名を列挙していただいた。秀の他に、琴、ゆきえ、すえの、の三姉妹と、義雄、孔三郎、の二兄弟がそのすべてである、という。

小説「第三の母」では、「琴」という娘が、「英子《ひでこ》」の妹として現われており、英子が伝染病で逝去した後、孫一（小剣）や父の身のまわりの世話をしたり、英子の供養を、住みこみ同然でかなり長期間していた、という描写がみられる。だが、小説中どこにも正式に琴が妻となり小剣の母となったとは書かれていない。「お琴が何うやら自分の第三の母になつたのらしい」と孫一は考えた、あるいは村人の言葉で、「若いけどほんまによう気の付く奥さんや、坊んちにもようしたげはる。あゝは出けんもんや」とかいう曖昧な表現で、琴を母、妻となったらしい、と記しているだけなのである。「琴」は、笹部琴に疑いないにしても、はたして上司家に入籍して、戸籍上正式な妻となり母となったのかどうか、小説「第三の母」ではその点が釈然としない。いずれにしても、笹部琴が上司家に同棲した期間は、秀の死後明治十九年三月から、翌二十年七月以前の約一年間余であったのは疑う余地がないのである。そして、琴が戸籍上の妻となり母となったかどうか、あるいはどういう事情が介在していたかは不明だが、ほぼ一年余りの上司家の同居生活を終えて、琴は笹部家に戻っていたはずである。先に列挙しておいた笹部秀の兄弟姉妹に、義雄という人物がいた。この義雄と小剣（延貴）は同年輩であったというから、琴と小剣の歳は大雑把に見積っても五歳と離れていないだろう。そうなると父・延美との年齢差はほぼ三十歳くらいあったと考えてよかろうから、このあたりの事情も当然配慮すべきである。私が、明治二十年七月以前に、笹部琴は実家に帰ったはずだと推測したのは、この七月十二日に、延美は「なか」という女性を入籍しているからである。私は、ここで入籍如何は別にして、第三の母を琴であると前提した上で、第四の母について調査したかぎりを報告しておこう、とおもう。

四　第四の母について

従来の年譜は、笹部秀の妹を、延美の第三の妻とし、小剣の第三の母とするところで終っている。ところが、延美は、琴とは別の女性を、明治二十年七月十二日に上司家に入籍させており、この女性が明治二十六年九月十三日に享年五十八で死亡した延美の末期の水をとることになるのである。

「なか」の本姓は松浦といい、旧大阪府西成郡野里村在の松浦覚之助と吹の娘で、安政五年五月十五日生れである。この「なか」と延美との間に、明治二十二年十月三十日「こつな」が出生しており、小剣の異母妹となる。「なか」も小剣の小説取材の一人物で屢々作品中に描かれている（従来の小剣年譜、研究文献は、笹部琴と松浦なかを同一人物とみて、等しく第三の母、妻とする混乱をおかしているが、これは誤りである）が、小剣はこの第四の母をあまりよく書かず、かえってその文字面には恨めしい感情が先走っているようである。明治四十三年八月雑誌「太陽」（第十六巻第十一号）に「位牌」という短篇を発表している。そこでは、

継母（なか）と義妹（こつな）と私とは阿父の死骸を取り巻いて途方に暮れてゐた（中略）。其の後暫くは道具なぞを一つ二つ宛売つて、私の一家の生計を支へたけれど、兎ても長くは続かなかつた。喰べるものもないやうではと云つて、継母方の親類（松浦）が来た、継母と五歳になる義妹とを連れて行つた。

継母の身持ちに就いては、いろいろと噂さもあつたけれど、確なことは分らない。兎に角私はこの時に別れてから、最うこの二人に会つたことはないが、継母は義妹を連子にして、息子の一人ある家へ後妻に行つたとか云ふことである。（カッコ内の注記は吉田）

と書きつけているのを読んでも、「なか」に延貴が好感がもてなかったのも肯えるのである。

延美死後、作品「位牌」のとおり、「なか」と「こつな」の二人は西成の松浦家に連れもどされ、そこから明治四十年十月十八日、旧大阪市北区北野堂山町二千二百七十七番屋敷戸主今西長右衛門に婚姻入籍している。そして小剣は、連子という表現をしているが、実際には、長右衛門と「なか」の婚姻と同時に、明治四十年十月十八日付で、義妹「こつな」もまた、長右衛門の長男米

蔵の妻となっているのである。

五　小剣文学と摂津多田神社時代

小剣上司延貴の摂津多田神社時代を、これまで私の調査し得たかぎりで従来の小剣年譜の誤りを更訂、補葺しながら、疑問な点はそのまま留保するという粗削なところもあるが、一応私なりの梗概はリポートすることができたようにおもう。上司小剣という作家の閲歴、行状についてはまだまだ空白を残していて、将来の史料発掘を俟って補足訂正をしなければならないが、近代日本文学史の多様な流れのなかで、天皇制権力の上からの圧殺によって文学史上からその軌跡を消された、文学的反逆者の系譜と、時代思潮や文壇の動向に充全な対応ができずに、いつしか文学史上から顧みられず置去りにされた作家の系譜とが、共に近代日本文学の地下水脈をなしている日蔭の存在であることにはかわりないし、殊に小剣のような後者に類属する一群の作家たちが、いまなお満足な照明があてられていないのではないか、革命的か反革命的かを論断する前に、まず忘れられ置去りにされたこと自体が、そのまま近代日本文学の成果と限界に連繋するのではないか、という一視点から、上司小剣のような作家を改めて読みなおしたい、という希いが、粗削ながら私がこのリポートを提出するに至った所以である。

作家上司小剣のもっともよき理解者だった青野季吉は、「文学いまは昔」（昭和二十五年九月十日、

ジープ社発刊『文学今昔』所収）に、

初期にこれだけの作品をかいた小剣であるが、一生、文壇の主流といったものに乗らず、いつも或る角度と距離で、文壇と接触を保っていて、しかも最後まで、文壇と離れたことがなかった。この在り方も亦、一風かわっている。度外れて流行作家好きの日本の読者（文学青年もふくめて）は、小剣のような在り方の作家にそっぽを向くのが常道であるが、ジャーナリズムに搾り取られて、出し殻のようになって命をちぢめた作家よりも、小剣のような作家が、死後探求の興味があると、私は思っている。

と、小剣の文壇との微妙なかかわり方を、的確に表現している。青野は、「小剣の血は、父祖が摂津多賀《ママ》神社の社司だったことにつながっているにちがいない。小剣研究の一項目であろう」（筑摩書房版『現代日本文学全集53』「上司小剣論」）と、摂津多田神社時代の小剣上司延貴とかれの貴族趣味的な傾向を連結している。ただ青野自身が的確に指摘している文壇文学との独特な対応関係を、多田神社での延貴の異例な体験に連結することはしていないのである。

明治四十年前後に、作家身辺の告白小説の流行とからみ、小説の単調という問題が取沙汰され、小説はもっと大胆な空想性虚構性をとりいれるべきだ、という論評が現われた。それに反駁した小剣の「近時の感想」（明治四十二年四月「文章世界」第五巻第五号）という一文がある。

幾ら単調で味がないからと云つて、漫りに空想を恣にして根も葉もないやうなことを作り上げて、一時読者を釣らうとして見た処で仕方がない。そんな事は遙か昔のことで、今はもう思うて見ることさへ許さなくなつてゐる。単に空想ばかりではない。他人から間接に聴いた事実に依つてさへ何処かに隙間があつて、面白からぬ場合が沢山ある。矢張どうしても自ら踏み、親しく観て、よくよく経験した事実に依るより外仕方がないのは勿論であつて、少くともこの方法に依つて立つのが最も安全で且つ堅実だと云はねばならぬ。

たしかに、上司小剣という作家は、その作家的生涯の大半を、「自ら踏み、親しく観て、よくよく経験した事実に依」って創作活動を遂行した作家であったのは悉く知られているとおりである。ただ、この摘抄した一文で注意すべきは、小剣はこの小説方法をあくまで素材論として開陳しているのであり、後の私小説、心境小説論のように、作者の心境をオブラートに包むことなく、ダイレクトに紙面に披瀝する立場を、援護しているのではない、という点である。大正四年四月大同館から上梓したエッセイ集『小ひさき窓より』の序文に、

私の小説に於て、私の思想、哲学は、私自身にさへ見出し難いほど奥深く包まれてゐるやうに思ふことがある。拙いながらも、私の芸術、私の技巧は、鵜の毛の先きほども主観を露出しないで、それをば底の底に秘めておいて、其処から分泌する液汁によつて全体の潤いを

つけたいと思つてゐる。
心蔵《ママ》は全身に血液を送るけれども、彼自身は皮の下で、肉の奥、骨に護られて隠れてゐる。私は私の芸術に於て、私の主観を人体に於ける心蔵《ママ》の位地に置きたい。心蔵《ママ》を引き摺り出して、頭の真向に振り翳したやうなものは嫌ひである。

とも書いているのである。先の「近時の感想」の素材論と合わせて読めば、私小説、心境小説論に加担しないものであることははっきりする。久米正雄の高名な「私小説と心境小説」（大正十四年一、二月「文芸講座」）一文の所謂「結局、凡て芸術の基礎は、『私』にある。それならば、其の私を、他の仮托《ママ》なしに、素直に表現したものが、即ち散文芸術に於いては『私小説』が、明かに芸術の本道であり、基礎であり、真髄であらねばならない。それに他を籍りると云ふ事は、結局、芸術を通俗ならしむる一手段であり、方法に過ぎない」という立場と、素材を身辺の経験に限定しようとした小剣は一見相似ているとみえなくもない。しかし本質論では、私を何の仮託なしに露呈するのが小説の本道と規定する久米と、主観（心臓）を毛の先ほども露出しないで、底の底に秘めたまま、分泌液によってのみ組み立てようとするのが私の芸術だ、とする小剣の立場が、おのずから対極をなしているのは明らかであろう。またそこにこそ小剣文学がそのものとして、独自の文学史的地平に存在した所以でもあったのである。[*7]

歴史的には後先になったが、自然主義文学運動に対しても、小剣は私小説、心境小説に相対したように、積極的には自然主義的作品を発表することはなく、明治四十二年七月「中央公論」（第二十四年第七号）掲載小説「親類」、同年九月「新小説」（第十四年第九巻）掲載小説「筍」で、遺伝への懐疑、嘆息といったモティーフを作品化した、自然主義的傾向の小説も書くには書いているが、習作の域をでるものではなかった。

自然主義文学の根抵には、多かれ少なかれ前近代的大家族主義に纏わる「家」の桎梏があり、作家とその血に繋がるものたちの「家」の中での蠢く愛欲の宿業が、宿業としてとらえられるケースがあったはずである。血に繋がる愛欲の宿業は、「家」を中心点として拡がる一個の円環であり、それをも含めて他の様々な同心円の環も拡がっているが、その中心には「家」の重苦しい閉塞状況が存在していた。しかし上司小剣には、描こうにもとらえようにも、かれの前から「家」は少年時代に姿を消してしまっていたのではないか。無心に来る兄弟は延貴生誕前に夭折し、実母を十二歳で失って以来、第二、三、四の継母と生活した。そして二十歳の時には実父・延美も去り、延美の他界を機に、第四の母「なか」と義妹「こつな」も多田神社から実家に連れ戻され、幸生の大阪の実家と奈良の本家を別にすれば、全くの孤立無援の境涯となって、「家」は完全に小剣から遠退いたのである。いや、実母幸生を失う十二歳前後の時から、すでに延貴少年のこころの中から、「家」は消え始めていたのである。「家」の方から延貴少年を絶縁していった。多感な少年から青年期への、もっとも自己表白の願望が強い時期に、かれには真情を叫ぶ相手すらいなかった。悩みも苦しみも喜びも哀しみも、経験するすべての事態を、己れ一箇の胸のなかで判定し決断する他なかった少年の外貌は、小説「位牌」、「祭の夜」、「天満宮」、「父の婚礼」、「第三の母」等の一連の系譜をなす作品中に、どのような表情を植えつけられるか、それはいうまでもなく、何事に向っても冷く凍えるような無表情に他ならない。血に繋がる親との会話を、そのいたい気な少年時代に失った人間の顔である。「家」を失った延貴は、これらの作中で、父、母という血縁をみつめながら、かれらを血に繋がるものたちとはみないで、延美、幸生、秀、琴、なかという人物が、それぞれがその肉体と精神に宿していた男と女の性にまつわるかなしみを、「家」の埒外から無表情にじっと見据えている。「宿命の環のまどわしのただなかで、藤村の孤独な魂はしきりに亡き父の魂を呼んだ。自己の体内をめぐる膿み澱んだ血液は、そのままおのれをうんだ父祖の血統に訴えかけた」(『平野謙全集』第一巻所収論文「島崎藤村」)藤村の「宿命からの遁走」、「絶望の亡霊との陰湿な血戦」(同著)は、そういう意味で、小剣上司延貴には最初から無縁であった。延貴の心底に凝縮した父延美の残像は、明治維新の波動によって傾頽して行き、酒と女に溺れながら、時折延貴少年に「古事記」、「源氏物語」、「荘子」を講釈する一人の男の性をたづさえた自然人のイメージであったはずだ。[*8] 狂死同然の死様をして世を去った実母幸生は、一人の男の性にその生涯を翻弄された女の性をかかえて昇天した悲惨な性の犠牲者として、延貴の心臓に凝結した。

このようにして、近代日本社会の前近代的大家族圏からはじきだされ、放逐された少年が、後年作家となったとしても、心臓を底の底に隠したまま、そこから分泌する液汁によって小説を組み立てようとしたのは、必然の経路といわねばならぬ。それは、所謂雑誌「簡易生活」時代の、前近代的家族制度との血みどろの対決を全然度外視した家庭生活の漸進的近代化を企図した事実も、自然主義文学的傾向を含蓄した「親類」、「筍」といった作品が決して習作の域をでないもので終ったことも、あるいは明治社会主義者の一人、若き山口孤剣のように「父母を蹴れ」[*9]という類の絶叫にも与しなかったことにも、遠く深く繋索として多田神社時代に結ばれているのである。先の私小説、心境小説の隆盛に際しても、素材論では私小説的風貌を持っていた事実は作品からも小剣自身の言説からも否めないが、本質論としての「私」を何らの仮託なしに、そのまま素直に披露する、という立場からは、『小ひさき窓より』序文から考え、また、「天満宮」などの少年竹丸（延貴）の無性格、無表情を読みとれば、あるいは多田神社での延貴の処世術が、自己表白を許されず、小さな胸の内ですべての人生上の苦悩を処理する耐忍と孤立の少年の個我を確立するのが唯一の延命策でしかなかったことをおもいあわすならば、それは私小説、心境小説からの懸隔をおのずと照明するに相違ない。上司小剣という作家は、その出発点からして、自然主義にも、白樺派にも、私小説、心境小説にも与し得ない地点に身をかがめていたのである。先に引抄した青野季吉の、小剣と文壇とのかかわり方も、やはり多田神社での延貴少年の父母を血につながるものとしてではなく、一対の男と女として透視する冷やかな眸が、そのまま文壇社会にむけられていたと釈明すべきであろう。そしてまた、明治社会主義運動への接近と、そこからつきもせず離れもしない態度をとるに至った小剣の精神史のプロセスも、多田神社時代の延貴少年の眸を通して遡行してみれば、さらに瞭然として来るはずである。それにつけても、私は次のような枯川堺利彦の小剣観を思い浮べずにいられない。

兎にかく彼は私の旧友中で、稍や社会に頭角を現はした者の一人である。そして私は少からずそれを誇りとしてゐる。然し私は又、彼が名を成す事の遅かつた割合に、其の収まり方が少し早すぎはせむかと危ぶんでゐる。願はくはも一度まきなほして、も一度あたらしい花を咲かしてくれ[*10]。

いずれにしても、大正期以後の作家上司小剣の文学的営為の成果と限界が、このあたりにあったことは疑いないし、それが遠く深く小剣上司延貴の摂津多田神社時代から波動していることも間違いない。

注

＊1　明治二十八年刊行の「大日本管轄分地図」、「奈良県」図の裏面に案内記が刷りこまれている。現在これは人文社のシリーズ『郷土資料事典』、「奈良県」の部に、「日本地図選集文政天保国郡全図並大名武鑑」中「大和国」図と並置覆製されており、案内記には、「東に見ゆるは春日山にて此麓には春日神社あり其傍には手向山八幡宮あり此山の前なる小山は嫩草山なり俗に之を三笠山とい

へど元来は春日山をいふなり」といった記述がみられる。他にも日出新聞社編 昭和八年三月刊の『日本社寺大観神社篇』、奈良市役所編纂兼発行者 昭和十二年二月刊の『奈良市史』、奈良市史編集審議会編昭和四十三年九月刊の『奈良市史・民俗篇』等にも、詳しい手向山八幡宮の由来記や地誌資料が附されている。

＊2　多田神社を訪ねて、私はそこの名誉宮司福本賀光氏と面談する機会を得たが、これは福本氏の談話から知った。

＊3　以上の明治維新と神社についての記述には、岩波新書、村上重良著『国家神道』、岩波書店版『近代日本総合年表』、東洋経済新報社『日本近代史辞典』等を参考させていただいた。

＊4　改造社版『現代日本文学全集23』の小剣自製年譜と、筑摩書房版『現代日本文学全集53』（昭和三十二年刊）の小剣自製年譜を補足した小剣と安部宙之介氏のものには、「鉄蔵」と記録されており、紅野敏郎氏編の筑摩書房版『明治文学全集72』の年譜と、同社版『現代日本文学大系21』（昭和四十五年刊）の紅野氏編の年譜には、「要蔵」となっている。いずれが正しいかは、現在の私には決定すべき資料を欠いているので、ここでは保留という立場をとっておきたい。ただ、講談社版『日本現代文学全集31』の瀬沼茂樹氏の「入門」には、「母は薩摩藩士で、大久保市蔵（利通）、折田要蔵と共に三蔵といわれていた安田鉄蔵」という、実証的表現がしてあるので、私としては、小剣自製年譜と瀬沼氏の「鉄蔵」を、一応保留しながらも踏襲したい。

＊5　前掲、日出新聞社編『日本社寺大観神社篇』中「多田神社」、魚澄惣五郎著『摂津多田院と多田荘』（昭和十九年三月二十日発刊）、多田神社社務所刊『多田神社略記』等参看。

＊6　秀がコレラに罹ってから他界するまでの綿密な情景描写は、小説「第二の母」（大正五年四月号「文章世界」）に詳しい。

＊7　ただ小剣に私小説が皆無という訳ではない。昭和八年五月雑誌「中央公論」（第四十八年五月号、『上司小剣選集第二巻』所収）の小説「蜘蛛の饗宴」あたりを転期に、「父母の骨」、「石合戦」、「恋枕」、といった私小説を発表している。それまでの「天満宮」などと比較すれば、作者の心臓がかなり全面に露出していることがはっきりするはずである。小剣の弟子と自称する植村繁樹も、小剣選集第二冊の「蜘蛛の饗宴」解題でこの点を指摘して、「更にこれ以後発表される先生の作品の、故郷と父とに対する感情と、それ以前に発表された作品の、それに対する態度とが歴然と異つて来てゐる点に、注意せられねばならないと思ふ。天満宮、父の婚礼等と、石合戦、父母の骨等を、是非読みくらべて見られたい。完成して行く孤独の文学の背後に繰りひろげられてゐる背後に、ほのぼのとした郷愁の色が屹度ながめられるであらう」と。「蜘蛛の饗宴」一篇を、それまでの多田神社ものと歴然と違うという植村の意見に私も賛成である。ただ植村は、「饗宴」以後の作品が、小剣の孤独の文学の完成へむかう途上として可とする見解に対しては、私はそれを後退としてとらえたい。「饗宴」以降の作品は、それまでの延貴少年の冷やかな眼が失われて、延美の死亡した五十八歳と同じ年齢に達してしまった小剣の、老いのセンチメンタリズムから描かれた私小説である。小剣文学の重要な独自性が失われる転期、と私は「饗宴」を位置づけるものである。

＊8　前掲、小説「恋枕」、昭和九年六月雑誌「新潮」掲載「『荘子』の影響」参看。

＊9　「日刊平民新聞」第五十九号、明治四十年三月二十七日発行所収、山口孤剣筆「父母を蹴れ」より。

＊10　大正六年十二月雑誌「新潮」に掲げられた作家の印象シリーズの「上司小剣氏の印象」中で、「収まり方が早すぎる」という堺枯川の一文より摘録した。他にもこの印象記には、徳田秋声、土岐哀果、前田晁、近松秋江も執筆しているが、中でも堺の一文が知己の弁として出色の論といえよう。

第2章　上司小剣文学の基底(2)

——明治社会主義と大逆事件へのかかわり——

一　はじめに

「鱧の皮」、「天満宮」、「父の婚礼」、「お光壮吉」、「空想の花」、「東京」などの作品を、大正期以降続々と発表していった上司小剣という作家について、今日ではほとんど語る人がない、といっても過言ではない。ただ皆無というわけではない。たとえば、紅野敏郎氏や西田勝氏のように[*1]、明治社会主義との接触の中でうまれた雑誌「簡易生活」と小剣のあり方に照明をあてて論究されている例もないではない。しかし、明治三十年代前半に生誕し、四十三年の大逆事件に至るまでの黎明期日本社会主義運動が辿った、発展と分裂と挫折の道すじに、上司小剣がいかなるかかわり方をし、そこでいかなる精神的文学的礎を獲得したかについての、詳細な顛末はまだまだ私ども前に明らかにされていない。殊に近代日本文学の重大なエポックとなった大逆事件と小剣の関係は全く追求されていないようである。

そこで、私は拙稿において、明治社会主義と小剣のかかわりにふれながら、知られていない大逆事件をモティーフとした小説「英霊」に至るまでの、小剣の思想と行動、生活と文学の足跡の空白をすこしでも埋めてみたいと思う。

二　前史

数種の文学全集版小剣年譜[*2]を参看して、小剣の幼少年時代を概観すると次のようになる。前章との重複は最小限に留めたい。

明治七年十二月十五日奈良市に生まれる。父・延美、母・幸生。上司家はこの地で代々手向山八幡宮の神主であり、本姓は紀氏であったが、上司の丘に住んでいたので上司氏を名のるようになったという。延美は次男であったために奈良を去って摂津多田神社（現在の兵庫県川辺郡多田村字多田院）に移った。そこで小剣（本名・延貴）は、明治二十年に大阪にでるまでの幼少年時代をここですごすことになった。幸生は明治十八年享年三十七歳で他界、小剣十二歳の時であった。延美は幸生の死後間もなく、かの女の生前から関係があったらしい同村の娘で、幸生のもとに裁縫の手習いに通ってきていた笹部秀を後妻に迎えた。が小剣によれば翌年幸生の命日に秀は病死する。

ところがさらにその後、延美は秀の妹・琴を第三の妻としたのである。ただ前章で触れたが、入籍したかどうかは詳にしない。第四の妻のことも前章で叙しておいた。また、秀が幸生の命日に他界していない事実にも、前章でふれた。

この間の延美と三（四）人の妻との事実経過は、上司小剣が大正期の本格的な作家活動に入ってから発表した「天満宮」、「父の婚礼」、「第三の母」、「蜘蛛の饗宴」、「父母の骨」、「石合戦」など一連の自伝的小説に追憶活写されていて、これらの作品には、少年小剣にとって、父と三（四）人の妻の関係がいかに深い精神的影響をあたえたかが語られている。明治二十年十四歳になるまで多田神社で生活した小剣は、この年に大阪にでた。そして以来三十年二十四歳まで、大阪予備学校に学び、小学校代用教員をしながらこの地で青年期をすごしたのである。そしてこの大阪時代に、後に幸徳秋水ら明治社会主義者を小剣に紹介することになる枯川堺利彦とめぐりあうのである。

堺利彦は、明治三年福岡県京都郡豊津に生れ、明治十九年十六歳で上京し、翌二十年第一高等中学校に入学した。しかし学業怠慢と月謝怠納のため除籍された。一時郷里の福岡に帰って二十二年夏大阪にでて高等小学校の英語教員となる。この頃から次兄・乙槌（欠伸と号した）の影響で文学への志をもった。東京での文壇が、紅露逍鴎の喧騒をきわめていた明治二十五年に、大阪文壇の中心的拠点として「浪華文学会」が創設され、西村天囚を中心に渡辺霞亭・加藤紫芳・本吉欠伸（堺の兄）らが集い、雑誌「なにはがた」、「浪華文学」等の創刊をみた。他に須藤南翠・堀紫山・木崎好尚・磯野秋渚らもこの「浪華文学会」の主力メンバーであった。堺利彦は次兄本吉欠伸を通じて西村天囚を知り、「浪華文学会」に参加していくことになったのである。

当時「浪華文学会」に間接の接触をもっていた人たちの名を堺はその自伝に列挙して、久津見蕨村・武富瓦全・関如来・畑島桃蹊、加藤眠柳などと共に上司小剣の存在を記録している。*3 小剣が「浪華文学会」にどの程度まで関与していたかは、堺の同自伝の一節に、「小剣君は最も年少で、ただおりおり天囚の門に出入りするといふに過ぎなかつた。しかしわたしとはかなりに交はりが深くなつて、ある夏の夜、二人が一緒に中島公園で夜を明かしたことなどもあつた」とあるところからほぼ推察できよう。どのような経緯から天囚門に近づくに至ったかは明らかでないが、いずれにしても、後の明治社会主義と小剣のかかわりを考えあわせるならば、この偶然の堺利彦との邂逅は、小剣文学前史の大事な一点として記憶されねばなるまい。明治二十六年十九歳で父・延美を失った小剣は、三十年一月堺のすすめで上京する。

同年三月には読売新聞社社会部長の地位にあった堀紫山（利彦は紫山の妹美知子と二十九年に結婚している）の紹介で読売新聞に入社し、大正九年九月同社を退くまでの長期間、小剣はジャーナリズムの真只中に身をおくこととなったのである。ジャーナリズム界に長く関わったことを、自ら「U新聞年代記」（昭和八年十二月「中央公論」掲載）に回想して、「作者（小剣）が新聞記者として、全く無為無能のためであつた」とし、「適材適所」ではなく「不適材不適所」であったが故に永続性をもったのだ、と説明している。だが「興味もなく、感激もない二十余年」間のジャーナリスト生活を、ただ「不適材不適所」一言で説明しえたかどうか、私には疑問なのである。

明治三十四年五月に小剣は、堀紫山の媒酌で岡本乗の三女ゆきと結婚、翌三十五年長女照出生、三十七年長男延彦出生、ここに名実ともにかれは一家の支柱となったのである。一家の支柱として小剣は、明治四十年前後から小説に筆を染めはじめる。父・延美と三（四）人の妻の生き方を幼少年時代に目睹して来た小剣には、父のようにではなく、自分の家庭をしっかり支えることの重大性を身にしみて感得しており、たとえ小説を書くとしても、妻子の犠牲の上に文筆活動をするのではなくて、確固とした生活を保障したところで、はじめて小説制作にゆく、という生活と文学に相対する信念が、「不適材不適所」ではあっても、長期間のジャーナリスト生活を耐忍し通しえた真相であった、と私は解釈するのである。こういう小剣の生活と文学へ向かう信念が、これから書きすすめたい明治社会主義とのかかわりの中でもっとも鮮明に表出することとなろう。

堺利彦が、明治社会主義運動の領袖的イデオローグとなる秋水幸徳伝次郎と知りあうのは、三十二年に堺が入社した「万朝報」においてであった。その後堺、秋水の友情は深まり、互いに固い同志的結束のもとに黎明期日本社会主義運動の牽引力となっていくのである。三十六年には日露開戦の機運が熟し、これまで進歩的平和主義の立場を主張してきた「万朝報」が、機熟するとみるや一夜にして主戦論の陣営に下った歴史的事件は、あまりにも有名である。そしてこの時、非戦論の立場をあくまで固守して動じまいとした堺、秋水と内村鑑三は、同紙上に「退社の辞」を発表して決然として「万朝報」を去った、この事実もあまりにも高名である。

非戦論という自ら信念する主義を貫徹せんがために、将来の生活不安を顧慮することなく敢然とその拠点を去った二人の社会主義者に、同じ時期の「読売新聞」に在籍し、「また戦争煽動論を」と、足立（主筆）に命ぜられたのだが、さう毎日戦争もいやなので、方角ちがひの都市美論」[*4]を論説に書き、「不適材不適所」と自らの記者生活を思念しながら、じっと同所にしがみついていた小剣のイメージをかさねてみれば、明治社会主義者の精神構造と小剣の個性との懸隔は如実に浮かび上るであろう。小剣は、小説「石合戦」（昭和十三年五月「中央公論」掲載）で少年の頃の自分が、小心な非抵抗平和主義者であったと回想しているが、そのかれが主筆の命とはいえ、戦争煽動論を書くはめになったのであるから、不適材不適所という自己認識もあながち間違いでもない。しかし不適材不適所だからと、幸徳や堺のようにきっぱりとその場に見切りをつけて新たな活動の場をもとめてとびだすことはなかった。

たとえ不適材不適所であろうと、そこにじっと坐り込んで動くことのなかった小剣に、処世に秀でた個性をみる人もあろうし、小剣生来の精神的弱さをみる人もあるであろう。しかし私は、元来弱点としてしか把握されなかったかれの処世と精神的弱さとを、小剣文学成立の積極的モメントとして再検討してみたいとおもう。

では、小剣は前述のような弱さを精神の奥底にひそめたまま、何時頃から社会主義者の一団と交渉をもちはじめたのか、「前史」の結びに書きとめておきたい。小剣の場合、社会主義の何たるかの予備知識を得た端緒に、どうしても堺利彦の存在を挙げねばなるまい。堺が進歩的ジャーナリストから社会主義者へ思想的転身を遂げるのは、「万朝報」時代、幸徳秋水を介してであった事実は、かれの「自伝」、「三十歳記」[*5]等によって明白であるが、積極的に社会主義者として自覚をし、主義者として行動を起したのは、「万朝報」退去の明治三十六年十月を起点とすべきで、この頃堺と小剣の往来が続いているところからみると[*6]、小剣は社会主義の予備知識を堺によって与えられたと考えるのが自然とおもう。ただ堺は小剣の明治社会主義への接近の橋渡しにすぎなかったのではないか。小剣が心から社会主義者として畏敬し心服した人物は、堺ではなく秋水その人であったらしい。それは小説「平和主義者」（昭和十二年四月「中央公論」掲載）に、「低い声で、ぽつりぽつり。秋水の口から出ると、詰まらない話にも、含蓄があって意味深長に聞えるのを、俊一（小剣）はいつも感じてゐる」というような一節に充分窺えるし、この「平和主義者」一篇が秋水への小剣の心服から成立している、と考えられる点からも推察可能である。つまり小剣は、秋水を堺に紹介された時期から知識としての社会主義ではなく、畏敬すべき人格を通して明治社会主義に接近したのだ。堺は、では何時頃秋水を小剣に紹介したのか。「平和主義者」に次のような一節がみられる。舞台は明治三十九年の初冬である。「堺の紹介によつた初対面の後、さう長い年月も経つてゐないのに」、秋水は一見旧知の如き温情をみせてくれる、と。また、現在発見されている幸徳書翰中[*7]小剣の名が初めてあらわれるのが三十八年五月三十日付のもので、この時秋水は、石川三四郎が「週刊平民新聞」第五十二号に書いた「小学校教師に告ぐ」一文により、秩序紊乱の罪に問われ、編集責任者として下獄中であった。秋水の入獄は同年二月二十八日であるから、すくなくとも、小剣、秋水の邂逅はこれ以前である。以上の「平和主義者」の引用と秋水書翰から推定すれば、小剣、秋水の出会いは明治三十七、八年とするのが自然だとおもう。各種の小剣年譜では、小剣と明治社会主義者との交渉が積極的に始まる時期を明治三十九年十一月発兌の雑誌「簡易生活」時代であると記録しているが、私はその一年前に交渉の起点を設定したい。

三　雑誌「簡易生活」時代

明治三十九年十一月、小剣は読売新聞社の同僚田中収吉とともに雑誌「簡易生活」の創刊にふみきっている。田中が発行人、小剣は編集人という肩書であるが、企画編集の実権はこの雑誌を一読すれば小剣にあったことは明らかである。そしてこの雑誌にこそ、小剣が明治社会主義とかかわり、その中から生起した苦悩をかれなりにどう処理していったかの足跡が、最も鮮やかに刻印されており、そういう意味から小剣の精神史上重大なエポックを画した雑誌である。そこでここでは、明治三十九年十・十一月頃を中心に小剣の明治社会主義との交渉にふれながら、雑誌「簡易生活」が、かれの精神史にどのような大事なエポックを画したかの内実を究明してみたい。

「週刊平民新聞」が明治三十八年一月に廃刊して後、二月には加藤時次郎経営の社会改良主義的雑誌「直言」が、社会主義中央機関紙「週刊平民新聞」の後継紙「直言」として再生している。

この「直言」は同年九月十日に三十二号をもって廃刊となっているが、この頃から日露戦争終結により非戦という共通の課題を失った明治社会主義内の二つのグループが、十月十日の「平民社」解散を機に、対立を深め第一次分裂の危機に直面している。木下尚江、石川三四郎、安部磯雄ら基督教社会主義者らは、同年十一月機関紙「新紀元」を発刊、他方唯物論派の山口孤剣・西川光次郎らは、「光」を発刊して、対抗するに至り、運動内二派の分裂は決定的となった。この「新紀元」と「光」創刊の中間時の十一月十四日幸徳秋水は横浜から渡米の途に就いていたのである。

秋水は三十九年六月二十三日に帰朝するが、この在米中に小剣に宛てて屢々手紙を書き送っている。また絵葉書や書翰だけでなく、秋水は小剣と大杉栄の二人にクロポトキンの『パンの略取』（仏語版）をも郵送している。[*8] この『パンの略取』が、小剣のクロポトキン思想にふれるきっかけを有効につくりだすことになったのであり、後に『クロポトキン自伝』を翻読する機会も秋水によって与えられたのである。「簡易生活」誌上に小剣は、寒夜燈を挑げて『自伝』に読み耽けりながら、クロポトキンの幾十年の生活の荒涼たるに泣いた、と記している。小剣がクロポトキンの著作からどのようにその思想を摂取したか、あるいはどのように小剣なりにクロポトキン思想を解体し組成しなおすにいたったか、の疑問に答えることは、即ち小剣の明治社会主義とのかかわり方に照明をあてることになるし、また「簡易生活」時代のかれの精神史を物語ることにもなる、がここでは今しばらく具体的に小剣と明治社会主義の交渉に筆をむけたい。

堺、森近運平、西川光次郎らによって、「直言」廃刊後それにかわる新しい社会主義中央機関紙の計画が相談されるようになったのは、明治三十九年九月頃であった。同年十一月四日付の笹原定治郎宛書翰[*9]で秋水は、機関紙創刊にむけて着々と計画が進捗している様子を伝えて、中で「工場庶務編輯大体人□（不明）を了れり」と書いており、新機関紙の人事についてもほぼ人選が終っている模様もこの書翰でわかる。ところでこの人事上の処理で、堺、秋水らは新機関紙社会面の編輯主任のポストに小剣を抜擢したいと考え、内輪では確定済みの人事処理に属していたらしい事実は、小説「平和主義者」に窺えるとおりである。さらに堺の言として、この小説に、「いよいよ平民新聞に入れば、これまでのやうなキチョーメンな生活はできなくなるよ。初めのうちはいいが、しまひには月給も払へなくなる」であろうし、「一度や二度はブチ込まれるだらうが、こんな晩、監獄は辛いぞ」、という忠告とも嚇しともつかぬ言葉を小剣は聞かされた、と伝えている。月々の給料も保障のかぎりでない、しかもへたをすると入獄の憂目に会うやも知れんぞ、と聞かされたのであるから、生活を大事にしたい妻子持ちの、しかも気弱な小剣のことである、その胸中は察するに余りあろう。

　この時期の小剣の言動を記録した正宗白鳥の一文を、「旧友追憶」から摘抄してみると、「彼（小剣）は、新聞記者時代に、社会主義についてよく語つてゐたが、その時は、不断とちがつて過激な言葉を洩らしてゐた。階級闘争には熱意をもつてゐたらしく、戦争は嫌ひだが、階級戦争には自分も加はつてい、と云ふやうな事まで」公言して憚らなかった、と。白鳥はこの回想を小説「鱧の皮」時代の大正三年頃の小剣自身の言葉としているが、私は大逆事件以後の小剣が、「階級戦争に加はつてい丶」という如き発言をしたとは考えられない、明らかに白鳥の記憶違いである。このような「過激」な言葉が、気弱な小剣からとびだしたとすれば、明治三十九年九・十月頃、「直言」に代わる明治社会主義運動の新たな中央機関紙創刊の計画が日程にのぼり始めた時期以外にはないはずである。とすると小剣自ら一時的ではあっても、社会主義運動の渦中に身を投じようとした事実は否めない。ただ小説「平和主義者」一篇のどこを探索しても、主人公俊一（小剣）が秋水や堺に、「階級戦争」への参画を仄めかす場面や「過激」な言葉を口走る姿はでてこないのである。この小説中の小剣は、終始一貫して弱々しく立ちふるまうのみの小心なインテリ青年として描写されている。しかし私は、白鳥の回想した三十九年九・十月頃の小剣の「過激」な言動も、小説「平和主義者」中に描かれた小剣の小心なふるまいも、あわせて当時のかれの対社会主義との関係を浮かび上がらせる史実として理解できるのである。

白鳥の記録した小剣の「過激」な一面は、前述したように明治三十九年九・十月頃であり、「平和主義者」に自ら回想した小剣の小心ぶりは同年十一・十二月頃のこととしてみるべきで、ここに、明治社会主義運動への参画を迫られ、革命か生活か、革命か文学かの、明治の目覚めた一インテリ青年の直面した悲しい宿命的な選択が介在していたのであり、九・十月から十一・十二月の約二ヶ月の間の小剣の精神的動揺と苦悩を経て屈折に至るまでの精神史が如実に表出しているのである。それは、明治社会主義運動の内的後進性と外部権力の兇暴性とが絡み合ったところに、AかBかという二者択一的選択が、さけられ得ぬ悲しい必然として存在した事情に呼応する。上司小剣という明治の良心的一個性が、生誕間もない社会主義運動に接し、「階級戦争に加はつてもいゝ」というういま一歩の至近にまで辿り着きながらも、妻子を慕い（「平和主義者」を参照されたい）、また自らの小心も手伝って、結局は中央機関紙「日刊平民新聞」の社会面編輯主任への誘いを承諾できず、きっぱりした返答を避けて、幸徳秋水によって外側から与えられた、「君（小剣）を秀湖とともに賛助員の中に加へておいたよ」[*10]という、「賛助員」の立場に落ち着いた。この動揺と苦悩を経て屈折に至る小剣の精神史のプロセスを、三十九年十一月創刊の「簡易生活」は鮮明に具現している。そして前記のクロポトキンの著作を耽読した小剣が、その思想をどのように摂取し、解体し組成しなおすに至ったかの疑問は、この小剣の精神史の全経緯から考察すべき課題である。「簡易生活」創刊号には、「簡易生活主義」と題した「告白」に準ずる一文を小剣は書いている。一部を摘録してみると、

直截に学術上より云はば、共同生活が完全なる実現は、共産制度の実行に待たざるべからず。各人の経済的平等を得たる上のことならざるべからず。（略）ここに於てか我輩は、積極的に簡易生活を実行することの議論は暫く他の人々に譲り、消極的に簡易生活を実行することに就きて些か力をつくすべし。

とあり、さらに簡易生活の消極的実行の具体案を提出して、玄関廃すべしとか、共同銭湯を設置

せよとかの事例をあげている。この一文などは、小剣の近代的合理主義者ぶりを窺うに足るものであるが、それは別として、注目すべきは、簡易生活の完全なる実施は共産制度の実現に待つべきだ、がその議論は「暫く他の人々に譲り」、私は消極的簡易生活の実施に尽力したい、としている点である。ここには、『パンの略取』、『自伝』などから得た小剣のクロポトキン思想の影響がよく現われていると同時に、クロポトキンの革命的ラディカリズムを捨象した上に成立した消極的改良思想が語られており、クロポトキン思想の小剣なりの解体と捨象と組成が明らかである。またここには、先に引用した正宗白鳥の伝えた小剣の三十九年九・十月頃の発言、「階級戦争に加はつてい、」といった所謂「過激」な内容は寸毫もみられない。「簡易生活主義」執筆時は、小剣が明治社会主義の新中央機関紙への参画を求められた三十九年九・十月頃であろうし、この一文の執筆時には、すでに秋水か堺から運動への参加をうながされていたとみられる。そして読売新聞に在籍し親しくしていた白鳥に、「階級戦争に加はつてい、」というような言葉を漏らすようになっていた。ところが、「過激」な発言の裡側に、実は、新中央機関紙の社会面主任として運動に積極的に関与していくことになれば、妻子をどうやって養うか、あるいは堺の忠告のように獄に繋がれた時、果して小心な自分はよくその苛酷な事態に革命家として耐忍して通せるだろうか、といった将来への不安と苦悩が伏在しており、動揺に動揺を小剣は重ねていた。そこで「簡易生活主義」中での「積極的に簡易生活を実行することの議論は暫く他の人々に譲り」、自分はその生活圏内での生活改良の実行に努めたい、という表現となったのであり、小剣の対社会主義との関係における動揺とかさなりあうのである。以上小剣の明治社会主義とのかかわりの中で惹起してきた精神的動揺を私は「簡易生活主義」一文にみるものであるが、さらに苦悩を経て、一つの精神的屈折へと決着する過程の内実は、「簡易生活」廃刊事情と同紙連載の小説「三寸」の掲載中断事情とを攻究することにより解明され得ると信じる。

小説「三寸」は、「簡易生活」第三・四号（明治四十年一・二月）に二回掲載された。第三号にこの小説の構想を語った「自序」が載せられている。

身長が僅か三寸ばかり普通の人よりは低いために、折角の学問も、見識も、皆世間から没却されて一生を面白く無く送ると云ふ肉体悲劇を書く腹案で稿を起したのは、本号から掲げ始めた『三寸』と云ふ小説です。この悲劇を背景として、新聞社や教会の内部を少しづつ写して見るつもりで、側面にはまた生活問題の急劇なる波瀾を描く筈です。

というものである。この「生活問題の急劇なる波瀾」とはどのような状況を示唆しているのか、興味あるところで、小説「三寸」連載中断の事情を鮮明するために重要なポイントとなるはずだが、まずは「三寸」の粗筋を素描しておきたい。

主人公宇都宮太郎は、旧三高と東京の外語学校に学んだ英仏二ヶ国語に通暁するインテリ青年で、今は東京有楽町にある仁愛新聞社で外字新聞・雑誌の翻訳係を担当したり、また国内で発見される単行本・雑誌の書評を書いたりしている。「簡易生活」第三・四号には、宇都宮が下渋谷の自宅から仁愛新聞社に通勤する途上の有様と、社内での仕事ぶりや編集長三善と主人公の関係などにほぼその紙幅はつくされている。こう粗筋を書いてしまうと味もソッケもない小説になってしまうが、一読していただければ、主人公の人物造型などはかなり成功しているし、主人公の脳裡に浮かぶ冥想の描写など捨て難い内容を含んでいる。

例えば、社旨に悉く反発を感じて屢々辞職しようと念じておりながら果し得ぬ主人公の苛立ちを、

若し仁愛新聞を罷めて仕舞へば其の日からこの生きた公債は無利息になる。無利息になると、親子三人喰ふことが出来ぬ。恐ろしや恐ろしや、頭から小便をかけられても、嚙りついて居るに限ると、妙に衣食万能主義の悟りを開いてからは、大抵の屈辱はヂッと耐へて、不愉快な感情は家に帰るまでの電車の中で消滅させて、何時も機嫌の良い顔を妻に見せることにして居る。

と表現している場面などその好例である。私どもは、この主人公の冥想に、読売新聞在籍中の上司小剣のイメージをぴったりと重ねてみることができよう。そして新中央機関紙「日刊平民新聞」に参画できなかった小剣の苦しみも、この文章などに揺曳しているようだ。ここまでの主人公の

眼は自分の生活圏内に限られていたが、かれがその圏外に眼を移すと、そこには「一大黒影」がたれこめ、自分の生活圏をすっかり包囲してしまっている状況を目撃する。「一大黒影」とは現代社会の危機的状況の象徴である。かれはこの現代社会の危機的状況に出口を求め、「今まで好んで英雄伝、政治史の類を読んで居」たのが、今では「クロポトキンの自伝を読むやう」になった。ここには、『クロポトキン自伝』に散見する現代資本主義批判と共産制度の理想こそが、主人公の所謂「一大黒影」の境界を脱し、「光明の世界」に到達し得る唯一の道すじだ、とする思想的共鳴が語られている。

上司小剣も、小説「三寸」の主人公宇都宮太郎と同じ道を歩み、ここまではやって来た。問題はこの先にある。だが惜しいかな、この先はついに私どもの眼にふれないままに、小説「三寸」は中断となり、続稿はその後公表されずに終ったのである。「簡易生活」第五号（四十年四月発刊）誌上「簡易生活社より」という小剣の報告文によると、「小説『三寸』はダイブ向うの方まで書き上げましたが、この紙面ではとても載せることが出来ませんから、全部脱稿の上、簡易生活叢書の第一編として出版するつもりで」いた、というのであるが、この目算もついに実現しなかった。この報告文で、「三寸」は、「ダイブ向うの方」まで書き継がれていた事実が判明するが、「簡易生活叢書の第一編」に上梓する予定もはたし得ていないのであるから、その後の「三寸」がどう執筆されていたかは、推測を逞しくする他ない。

宇都宮太郎は、クロポトキンをひっさげて明治社会主義の一団に歩一歩のところまで接近し、暗い時代と社会の変革にむけて、たたかう革命運動に直面したはずである。前記「三寸」の自序で、「生活問題の急劇なる波瀾」をいずれ描くつもりだと予告したのは、宇都宮太郎が仁愛新聞社に毎日通勤して、社の方針に悉く対立しても、小便をひっかけられても、耐忍しがみつき通すことが、自分と妻子の生活を守る唯一の方法と観念して来た、その覚悟を捨てて、現代社会の変革のためにクロポトキンをかかえて革命運動の真只中に己が身を投じる、そこから当然惹起してくるであろう主人公の周囲の「生活問題の急劇なる波瀾」を示唆した革命宣言だったと解釈すれば、「ダイブ向うの方」まで書かれていた小説「三寸」の全容はほぼ見当がつくのではないか。この先は、「簡易生活叢書」第一編として上梓されるはずであったが、四十年五月第六号をもって雑誌「簡易生活」は廃刊となり、自然簡易生活社も解散、この出版計画はついに実現しなかったために、私どもの前に残されたのは、第三・四号連載で中断となった小説「三寸」のみである。

小説「三寸」の連載中断と出版計画の破棄、雑誌「簡易生活」の第六号をもっての廃刊、この二つの事実は、小剣の精神史にそのまま結びついており、結論的にいうなら、明治社会主義と小剣のかかわりの中から生じた、精神的動揺と苦悩を経て屈折にいたった全プロセスと密着して起ったのである。そして雑誌「簡易生活」は、小剣の明治社会主義への接近の中で生れながら、その接近故に創刊当初（「簡易生活主義」一文を参照されたい）から、すでに廃刊への道を歩みだしていた雑誌といえよう。

社会主義者たちの懸案であった新中央機関紙「日刊平民新聞」は四十年一月十五日に創刊され

た。「簡易生活」廃刊は、「日刊平民新聞」創刊の時点からほど遠くない五月であった。その後も小剣と明治社会主義者との交渉は、つかず離れず続けられている。かつてクロポトキンの著作から得た共産制度の理想は、夢のような理想としてのみ小剣の意識にこびりつき離れない。もしかするとクロポトキンの想定した共産制社会は、いつの日にか実現されぬともかぎらぬ。が、私は今現在自分とその家族が平和で幸せでありたい、小心な私にできることは、社会主義者たちへの親愛の表明と、小さな家庭的幸福をすこしでも改良拡張して行くことぐらいだ、そう小剣は考えた。明治社会主義運動が、四十年にはいり秋水・山川均ら直接行動派と田添鉄二・片山潜ら議会政策派の分裂に直面し、同年六月後者によって「週刊社会新聞」が創刊されてこの分裂は決定的となった。その時小剣は、秋水・堺らとの関係を維持しながら、論敵である「週刊社会新聞」紙上に、同年九月から翌四十一年二月まで十九回にわたり小説「絶滅」を連載しているのである。このような小剣の態度は、運動の当事者からみれば背信行為であり、卑劣の感を免れ得まいが、小剣にしてみれば、運動論・組織論ぬきの共産制社会への憧憬が、かれをして分裂した二つの社会主義派に同時に相関するにあたり、矛盾をも卑劣をも感じせしめなかった原因であったろう。小剣の意識に伏在していたのは、自らの精神的脆弱を強き革命家たちに対峙させた時の負目であったに相違ない。

　しかし人は負目を生涯負目としてこころの奥底に潜めつづけるには、あまりに強い矜持をたずさえてもいる。いつの日にか負目を逆手に取り矜持に転化しようと願いあらゆる努力をはらう。

その人が意識するしないかは別にしてである。小剣とてもその例外ではなかった。

四　小説「人形」・「閑文字」について

小剣の小説「人形」は、明治四十二年二月「文章世界」第四巻第二号に発表された。

あァちやんのお父さんは牢に入つた。△△会館で資本家攻撃の演説をして、聴衆から喝采を得たので興に乗じて赤い旗なぞを振り廻して警察官に抵抗したとか云ふ廉で、演壇から直ぐに拘引されて牢へ入れられた。

あァちやんは継母と一所に東大久保の家で淋しく留守居をしている。

という書きだしの短篇である。そしてこの序章部分にすでにこの「人形」一篇のストーリーはほとんど開陳されているのである。登場人物は、あァちゃん（安那）、弓雄、継母、角井（書生）のみで、弓雄は安那の父である。

安那の父弓雄は革命家で、社会変革のため我身を犠牲にして闘う態度をいさぎよしとする類の人物で、作中では△△会館の演説会場で赤旗を振り廻し官吏抗拒罪で入獄している設定になっている。この拘引事件を、小剣は、明治四十一年六月十二日の堺、山川、大杉らの引き起した所謂赤旗事件に取材しており、モデルも、弓雄が堺利彦であり、安那がその娘真柄《マガラ》（小説中で、安那という名を弓雄は自分の愛読していた西洋小説の女主人公からとったことになっており、堺も真柄の名を同じような動機からつけたらしい。）ということになり、継母が、堺為子であろう。つまりこの「人形」は実際の事件と実在のモデルを背景にしているのである。

さて、弓雄入獄中のかれの家には、先の継母、安那、角井の三人が住んでいる。弓雄の妻（安那にとっての継母）は、弓雄という一家の支柱を失いながらも、書生角井の助勢と自身の献身でりっぱにこの家を切り盛りしている。安那も時折に寂しい気持になるようだが、弓雄やその同志たちの歌っていた「富の鎖を解きすてゝ、自由の国に入るは今」という革命歌「富の鎖」をうろ覚えながら口ずさんで元気に一人遊んでいる。しかし外を歩く時には、「社会党の子」が通ると罵嘲され、近所の子供たちに石を投げつけられることも屢々あった。そして弓雄から獄中より手紙は届くが、気楽で余裕ある筆致で、今度出獄したら是非日本一周をやってみたい、などという文面である。ところが妻や安那は外観は巍々としている様子にもかかわらず、家計のやりくりはままならず、妻はこの家も孰れ近いうちに落城ですよ、と寂しそうに語る。だが彼女は一言半句も夫弓雄に生活苦を種に、革命運動から退いてくれとはいわない。貧しくとも夫の信念する革命への情熱をささえてあげたい、とすら覚悟しているようである。安那のことも、自分や夫の傍らにいれば、社会党の子と馬鹿にされよう、それが可愛そうだから他人にこの子を預けたい、と思うのであった。安那の方はそんなこととは知らず、霜解けの庭で、弓雄が△△会館で振り廻したものと同じ赤旗を持ちだして、それを振って独り寂しく遊んでいる。

これだけの作品である。こう概括してしまうと何の感興もない小説と、一言の論究もされぬまま忘れ去られてしまう類の作品であろうし、また実際には文学史的に一顧だにされずに今日にいたったのである。しかし私は、この「人形」を、明治・大正・昭和を一貫して流れてきた、革命運動と文学の相関という切実な文学的課題の中で検討してみたい。そしてそれは、単に革命精神を宣揚する目的で書かれたアジテーション文学としてではなく、文学の側からの革命運動に対する、悪意や中傷のために書かれたものでもなく、運動の側に自らの立場を据えながら真摯で良心的な批判を展開した、近代日本文学史上最も早期の文学的成果ではなかったか、という問題提起をしてみたいのである。

小剣は、弓雄という革命家の一家に筆をしぼり、天下国家のためにすすんで己が身を犠牲に供し革命に殉ずる勇敢な一革命家と、それを家の内側からしっかり支えている妻の姿に、この短篇の主題を設定しているかのような印象をうける読者もあろう。また、いたい気な安那が、うろ覚えの「富の鎖」という実際に明治社会主義者の間に広く親しまれ歌われていた革命歌を口ずさむ姿を、ほほえましいとうけとらぬともかぎらない。

だが真実それはほほえましいか。革命の「カ」の字も知らぬ健気な少女が、遊びではあれ赤旗を振り革命歌を口遊む姿は、本当にほほえましいか。さらに、夫の革命への情熱と行動を支える思想的には無知な妻の、「手炙りを引き寄せて、痩せの見える両手を温め頬骨のあらはに窶れながら、眉の間に勝気を帯びた、今年三十にしては非常に老けた顔を撫でたり、脂気の無い頭髪のむくれた毛を弄ったりしてゐる」姿は、真実それは妻として美しいか。そして、「近い中には此家も落城」するという当面の生活危機に直面している妻と子に、「今度出獄したら是非日本廻国をやりたい」と「別荘」(弓雄にとって獄とは別荘をしか意味しない)から便りをする弓雄に象徴される革命家は、本当に勇敢でりっぱな革命家なのであろうか。弓雄の思想と行動は、無論評価しなければならぬとしても、かれの精神の奥深いところに残滓として払拭されないまま潜在している、天下国家のために妻子をも自分をも犠牲にして殉ずるという前近代的精神伝統は、不幸にして泣かずともすむ者たちをまで泣かせる破目に陥らせてはいないか。こういう疑問を、近代的合理精神の立場から逆に明治社会主義者とその運動に投げかけてみたい、と小剣は考えた。

小剣は、「簡易生活」時代の、革命か生活かの悲しい二者択一的選択の狭間にありながら、ここから生起した動揺と苦悩を経て屈折にいたる精神的プロセスを通して、前者からは決して目を反らすことなく、しかも後者を大事にしたい、という場所に落ち着いた。その「生活」の場から、手の届く範囲で自己と自己周辺の生活をすこしずつでも充実させたい、と考えた。ここに小剣の近代的合理精神は辛うじて達成をみたのであった。そしてこの達成を得た場所から、かれの身近な存在であった秋水・堺ら明治社会主義者たちの心理、精神に眼をむけた時、かれははじめてかれらの内部に伏在し続けている前近代的精神の残滓が透視できたのである。「革命に殉ずる」とか「殉難者の歴史は不孝に初まる」[*11]とかしきりに口角泡をとばしている社会主義者たちの精神的支柱が、旧時代の志士仁人的革命精神に他ならなかったことに、小剣は気付かずにはいられなかった。結論的に書くなら、小剣個人に即しては、秋水・堺らの「日刊平民新聞」への誘いに小心であるが故に妻子を慕い、ついにはきっぱりした返答もできず、かれらに負目ばかり感じていたであろう小剣が、やっとのことで明治社会主義にむけて良心的でゆるやかな一種のアンチテーゼを提示するにいたった作品がこの小説「人形」であり、文学史に即せば、以上のような革命と文学の相関の仕方を近代日本文学史上最も早い時期に作品形象化することに成功した小説ではなかったか。

小説「人形」についての私なりの問題提起は以上である。そこで今「人形」に触れた視点からもう一度雑誌「簡易生活」時代をふりかえってみることは、「簡易生活」における小剣の精神史と小説「人形」のさらなる理解に繋がると思うので、簡単に付記しておきたい。雑誌「簡易生活」は決して「火鞭」文学運動の傍流でも、自然主義と社会主義の結節点でもなかった。まさに明治社会主義の至近にあったが故に、煩悶と挫傷を余儀なくされた小剣が、明治社会主義の伝統的残滓としての陥穽を炙り出し、明治社会主義にむけて真摯で良心的でゆるやかな一種のアンチテーゼの提出にいたるだろうための大事な礎となった、そこに雑誌「簡易生活」の重要な史的意義があったのである。

小説「人形」のモティーフは、この一作で作品化を完了していない。「人形」発表の四ヶ月後、明治四十二年六月「早稲田文学」誌上に、今回は堺利彦一家をモデルとしないで、小剣が明治社会主義者中もっとも人間的魅力を感じ尊敬もしていた幸徳秋水をモデルとして、かれの恋愛事件に取材した短篇小説「閑文字」を発表している。この小説の存在はすでに識者の間では知られていて、小説「人形」ほど無名ではない。また事実としての秋水、管野須賀子の愛情事件は、今日かれらの評伝研究が進捗していて、ほぼその全容が明らかになっている。私としては、ここでその梗概をたどるのはさしひかえたい。ただこの愛情事件を小説「人形」と直結する「閑文字」のモティーフとの関連から、小剣なりの独自のうけとめ方をし作品化している点について論究してみたいのである。

「閑文字」の筋書は実に簡素で、また文学作品としてどの程度鑑賞に耐え得るものか疑問なきにしもあらずだが、一応その筋書から紹介していきたい。

私塾の英語教師Kから無職で生活に困窮しているAの許に、KとAの友人であり先輩である東の愛情関係を攻撃する手紙が頻々とまいこむ。このKの書翰を中心に全篇が構成されている。△事件（「人形」と同様赤旗事件に取材している）で多数の活動家が拘引された。その中に田原という青年もいた。田原の愛人Mは、田原入獄後運動の領袖的存在と目されていた東のところに英語を習いに通い始め、ついには二人の愛情関係が公然となるに及び、東は妻を離縁する。それは、「予（東）の妻は予と主義思想を異にする上身体虚弱の為めに予の仕事の手助けにはならぬ」という理由によるものであった。また東のMに対する愛情は、自由恋愛の思想の実行にあった、と作者小剣は書いている。

これが筋書であるが、離縁された東の妻のその後を、小剣は、

君、東は到頭妻君を離別したさうだ。離別しても月々の食料は東から送るのだといふことだが、怪しいものさね。

妻君は昨日、雨の降る中を新宿から汽車に乗って、悄然と仙台の実家に帰つたさうだが六年前結婚をする時に持つて来た荷物は、長い悪戦の兵糧に喰ひ尽くして、今や実家に持ち帰るべき鞄一個をすら留めなかつたといふことだ。悲惨ぢやないか。

と、Kの書翰に語らせている部分を、モデルにされた秋水が事実誤認だと反駁した手紙を小剣に書き送っている。この手紙は長文にもかかわらず、小剣の「U新聞年代記」に全文掲載されている。

ところで、小説「閑文字」は当時予想だにしなかった反響を小剣周辺の人々やジャーナリズムの間に引き起した。在京の直接行動派の社会主義者たちをはじめ、その論敵片山・西川らの議会政策派陣営、あるいは地方の同志有志、また雑誌「日本人」などを筆頭にした反社会主義ジャーナリズム、これらの大方の見方は、この「閑文字」を評して、小剣が秋水の情事をスッパ抜いた暴露小説あるいは新聞雑報とうけとり、秋水攻撃の好箇のデマゴーグにしたのである。この間の反響をよく伝えているのが、先記「U新聞年代記」収録の秋水から小剣に宛てた長文の書翰であ

る。この書翰については「U新聞年代記」を参看願うとして、ここでは小説「閑文字」を論じるのに効果的と思われる秋水の林儀作宛書翰[*12]の前文のみを抄録しておきたい。

小剣之小説は一読致候、小剣自身より小生への来書によれば、右は事実の有無を問ふ所にあらずして、斯る風説を聞き若くは想像せるK生等の連中が、嫉妬の為めイライラしたる心持を、彼等の書簡中に写したるものなり、其心持が顕はれ居らずば筆の至らぬ為めなりとの事に候ひき。

この文面にみるかぎり、小剣は、片山・西川らが秋水・管野の愛情関係を嫉妬している心理を、書翰往復の形式に託して表現したものが「閑文字」であり、単に秋水のプライバシー暴露の小説と読まれたのなら、それは私の筆力の及ばぬ故だ、という内容の弁明の一書を秋水に送附している事実が明らかになる。しかし弁明どおり小剣は片山・西川らの秋水・管野の愛情関係に嫉妬する心理状況を「閑文字」一篇のモティーフに設定した、と額面通りうけとるべきであるか。私には眉唾物としか思えない。「閑文字」が、実在の秋水がその妻師岡千代子を離縁した時には、かの女が結婚当初持参した品々を闘争のために食い尽くしたという事の虚実について「事実の有無を問ふ所」でなかったというのは信じられもするが、片山・西川らの嫉妬心理の表現にモティーフがあったとするのは、小剣の本心だとは考え難い。つまり、直接行動派対議会政策派の対立抗争に直接小剣がタッチし、いずれかの分派に組みしていたのならその動機が皆無とはいえまいが、結局いずれにも加担していない小剣のことである。このような稚拙なモティーフのもとに一篇の短篇ではあれ創作する積極的動機をもったとは、どうしても信じ難い。真相は「閑文字」の予想外の反響の中で、在京の親秋水派の若い同志たちが小剣を攻撃し、ついには小剣に制裁をくわえるべきだ、というかれらの瞋恚を聞き及んだ小剣が、[*13]「閑文字」に託したかれの執筆動機とモティーフを偽り、秋水に弁明した、それが秋水の伝えた小剣書翰の真相と考えるのが自然である。それでは「閑文字」の作品主題はどこにあったたか。

「恋愛の自由」を自他共に認め強調する東（＝秋水）の妻（＝千代子）の扱い方のうちに、進歩的思想の先覚者にあるまじき女性軽視の情念が内在している事実を、小剣は矛盾として素直にみつめているのである。東の妻が六年前の結婚当初持参した品々を、今日離別する時にはすべて東の悪戦苦闘のためになくしてしまった、という小説の部分が、実在の秋水と妻千代子にとって事実無根であったにせよ、小剣にはそれはどちらでもよいトリビアルなことでしかなく、肝心なのは、秋水に典型される明治社会主義者たちの主張する「自由恋愛」の主観的理解と実際との間に、覆い難いアンバランスがある、という一点に小剣の関心はあったはずである。確かに、秋水と管野の恋愛は、真剣なかれらの「自由恋愛」の実行とみられなくもないが、かれら二人の「自由恋愛」の名のもとに、その人格を軽視された女性がそのすぐ横に坐ってはいなかったか。「自由恋愛」の大前提は、男と女の人格を独立した平等なものと認識するところにあった。秋水は管野を独立した一個の平等な人格と観念し、しかも思想的一致をも認めたかも知れぬ。だが師岡千代子という秋水の妻は、真実一個の独立した平等な人格として対等に扱われたのかどうか。外観はいかにも「自由恋愛」という男女平等の意志を主張してはいるものの、底のぬけた部分、師岡千代子に対する意識と扱い方のうちに、男尊女卑という旧時代の女性観念がうかがえはしないか、この疑問を小剣は「閑文字」の作品主題に据えたのである。

結論すれば、小説「閑文字」も、前述「人形」で摘出してみせた明治社会主義者たちの精神に潜在する、民権運動以来の前近代的精神伝統であった志士仁人的精神の陥穽を、ここでもその延長として、悪意や中傷のためではないゆるやかな良心的な一種のアンチテーゼとして、明治社会主義に投げかけているのである。そのことは同時に、明治社会主義が未だ近代的合理精神に正当な批判を投げつけさせるだけの弱い側面を内包していた事実の傍証ともなるであろう。無論明治社会主義の果した役割の巨大な歴史的栄誉や実績はそのまま評価するとしても、である。

五　大逆事件と小説「英霊」

これまで私は、秋水・堺らとの長い親炙を保ち、一度は社会主義運動への共鳴と参加を公言しながら、かの雑誌「簡易生活」時代の動揺と苦悩を経て一つの精神的屈折を経験した上司小剣が、ついに運動の渦中に身を投ずることなく、一歩隔ったところからつきもせず離れもしないで、強き革命家たちに小心なるが故に負目ばかりを感じて来たかれが、負目を負目として認識しながら辛うじて達成し得た近代的合理精神＝生活者的立場から、明治社会主義者の精神構造に沈潜する伝統的陥穽、前近代的精神を摘出した小説「人形」・「閑文字」の文学形象に辿り着く、それまでの経緯を書き記したはずである。

そこでここでは、明治社会主義本体の至近にいた上司小剣という作家が、身近で起った大逆事件をどのように受け止め、どのように文学として形象したのかについてふれてみたい。その前に私には、小説「英霊」をもって大逆事件の文学的リフレクションと目すための検証、つまり作品の具体的分析から始める必要がある。

私はこの短篇を、春陽堂版『明治大正文学全集』第三十二巻「正宗白鳥・上司小剣篇」(昭和五年十月十五日発行)に所収されている中に読んだ。この中の「英霊」の巻末に、「一九二〇・七・六」という年月日が記録されていて、これが執筆年月日ではないか、と考えるのである。「英霊」は大正九年度の作品であろう。このことを論じた論文に、西田勝氏から「英霊」初出誌を指摘され安易な推論を戒められたことがあった。書誌的看過があったことは事実である。そのことで西田氏が当時指摘されたことを今でも感謝している。ただ、小説「英霊」が、大逆事件の文学的反映であるという私の主張は、にもかかわらず未だ捨てていない。そのことは次章の「上司小剣の大正期側面」と深く関わる。さて、具体的な「英霊」の検討に移りたい。

主人公は、直接にはこの小説に登場しないで、僻地のある寒村で若者を集めて国語と英語、漢文を教えている古川先生と、按摩のお為婆さんの二人の会話と回想を通して、ある人物が泛びあがってくる。富山徳蔵（通称徳さん）である。ある朝、古川先生が新聞をひろげてみると、「有史以来未曾有の大惨虐―七百の英霊を慰めよ」という一面トップの大見出しがまず眼にとびこんで来た。この虐殺された七百の英霊の中に徳さんも加わっていたのである。先生は感慨深く、「徳蔵も到頭英霊になつたかなア」と考えるのであった。その日歯医者のところに治療にでかけ、帰ってきた先生は盲目の按摩・お為婆さんに使いをだした。やがてお為婆さんは杖の音をコトコトさせてやって来た。この村では先生とこのお為婆さんの二人だけが、「野卑な」田舎弁でなくて東京語を使う。そんなことから古川先生はかの女が好きであった。古川先生が四十幾つでお為婆さんは四十九歳ということになっている。按摩をしながら世間話をしているうちに、話題が先生の歯痛のことに移って、お為婆さんは、「『先生ッ歯の痛いのは按摩で癒すのが一番です。歯医者なんてものは、金歯でも入れて高いお金を取るよりほかに能のないものでさア。御覧なさい、百姓で金歯を入れたものに、碌なことはありませんから。』」などと筋道のたたぬ話しを始めてついに徳さんの死に話題をつなげていく。「『金歯の徳さんだつて、あんな遠いところへ行つて、氷や雪の中で殺されたつていふぢやありませんか。』」と、北の寒い異国の港街で起った「有史以来未曾有の大惨虐」と徳さんのことにかの女の話しは集中していくのである。この二人の会話の中途に、作者小剣は、徳さんの履歴と人物を紹介している。「村長の次男に生れながら、持ち前の山師肌の男で無事に田畑を分けて貰つて別家するといふことや、相当の家へ婿養子に行くといふやうなことでは、納りの付く徳蔵でなかつた。何でも一つ村人の驚くやうなことをしのて退けようと思つて、礦山へ手を出したのが、スツカリ外れて、父に大きな迷惑をかけた後に、また思ひ立つたのは、米屋といふ商売で、これは父も賛成して、少しばかり資本を出してやると、地道に糠をかぶつて働くことは出来ないで、相場をやつた果てが、空米といふ曲事で腰に剣を提げた人に捕へられ、暫くの間牢屋の中で臭い飯を食はせられた。それからはもう、『徳さん』と言へば村の人が毛虫のやうに思つて、夏の夜の夕涼に賑うてゐる駄菓子屋の縁台も、徳さんの姿が見えると、ちりぢりに人が散つて」しまうようになった。「徳さんと言へば悪いもの、怖いものにして」しまったのである。そうなると徳さんには行く所がない。そのうち何時の間にか古川先生の仮寓に転げ込んでいた。ところがある日のこと、徳さんは古川先生の全財産の入っていた蝦蟇口と銀時計を盗んで何処ともなく遁走してしまったのである。しかしまたもや拘引されて半年余の懲役を申し渡され入獄する。服役後は、人夫になって北海道から樺太に、樺太からさらに海を越えて異国の寒い港街に渡りついた。この地で、異人による「有史以来未曾有の大惨虐」にまき込まれて殺された。

古川先生とお為婆さんとの会話の合い間に記された徳蔵の生涯の閲歴は以上のようなものである。

さて、この日本人虐殺事件をある政党の総裁が取り上げ、前科者の徳蔵をも加えて、「七百の英霊」云々という弔辞を民衆にむけて読み上げたところから、「悪いもの」、「怖いもの」の代名詞みたいだった徳さんの人物評価が逆転して、村人たちの間で「英霊」に格上げされてしまうのである。

お為婆さんは古川先生に按摩をしながら、

「先生ツ、徳さんも生きていれや人が相手にしないし、死んだつてただの死にやうぢや、犬の糞にもならないんですが、何んだか遠い寒い国で、異人さんに殺されたんで急に出世をして、今に神さまに祀られるつて言ふぢやありませんか。（略）」

と語るのである。それから十日程後、村人たちは徳蔵のために招魂祭を盛大におこない、古川先生は役場の吏員に依頼されて大きな白木の位牌に「富山徳蔵之霊」と書いたのだが、村長や村人一同は是非「富山徳蔵之英霊」と書き直してくれと古川先生に迫った。

簡略ではあるが、これが小説「英霊」の極く大雑把な梗概である。さてこの短篇小説が大逆事件の文学的リフレクションだと断定するために、まず作中諸人物のモデルを探索してみたい。

第一に主人公富山徳蔵こと通称「徳さん」のモデルについてであるが、結論から書けば徳さんとは幸徳秋水の「徳」をとって命名している。徳さんは、「空米といふ曲事」のために牢に入れられるが、その後は「もう『徳さん』と言へば村の人が毛虫のやうに思つて、夏の夜の夕涼に賑うてゐる駄菓子屋の縁台も、徳さんの姿が見えると、ちりぢりに散つて了ふ。途中で徳さんに逢つても、物言ふものがなくなつた。徳さんと言えば悪いもの、怖しいものにして了つた」と。明治社会の中で社会主義運動の領袖的存在であった幸徳秋水という人物をみる時の、国家権力と大半の民衆（小説中では村人）の眼は、まさに徳さんと同様に「悪いもの、怖しいもの」の代表的人物としてながめていたはずだ。第二に古川先生は、作者小剣は態々ルビをふって「フルカワ」と読ませているが、コセンと読めば枯川堺利彦その人のイメージとかさなりあう。第三に盲目の按摩お為婆さんであるが、かの女自ら古川先生に語り聞かせる閲歴を紹介すれば、かの女と明治社会主義者中誰れと結びあうか理解できるはずである。かの女の父はある鉱山関係の会社に勤めていた。ある日父の会社と関係があるという背の高い北海道の鉱山師と称する男が、かの女目当てにやって来て、母をまるめ込んでしまう。お為はその頃から医学への憧憬を抱いて洋行したいという希いを持っていたが、その洋行費の面倒をこの男はみてやるといった。その口車に母は欲心のためにのったのである。

「浅果敢にも其の翌る日其の礦山師にわたしを連れさせて何処へか行かせることを承知しちまつたんです。其の日礦山師は自動車に乗つて来ましたが、こんな山の中へも時折りは自動車の音のする今と違つて、其の頃はまだ東京に二三台しか自動車のない時でせう。それに乗つて来ただけでもお金の慾のほかに眼のない浅果敢な母は、まいつてしまつたんですね……スルト其の翌る日も矢つ張り礦山師は自動車でわたしを迎へに来たんです。ほんとにあいつは悪魔でしたね。今でもわたしは自動車の音を聞くと、ピクリとしますよ。……其の自動車がわたしを地獄へ送る火の車だつたんですね。何んにも知らんわたしは、母の指図で一生懸命に着飾つて、丁度袷の時分でしたからね、お召の竪縞に鱗つなぎの金糸銀糸の繍の模様のある帯を締めて、其頃流行りかけた薄紫の薄い紗の肩掛をして、オペラバツクを提げて、其の背の高い礦山師と並んで自動車に乗つたんですよ。其の時の着物や帯の縞柄と模様は、今でもハツキリと覚えてゐますよ、薄ツぺらな顔を嬉しさうにして見送つていた亡母の顔も矢つ張り眼の前に見えるやうです。……」

と、お為婆さんは、この男との性交で梅毒に犯され今のような盲目の悲しい境涯となってしまったのだ、と古川先生に無念気に歯噛みをしながら語ったのである。鉱山師に強姦されるまではかの女には恋人があった、とも語る。「わたしを大層贔屓にして下さる内科の博士がありましてね、其の人の世話で、学校へも入れて貰つて、二十六の年にはいよいよ免状が下がるといふ段にまで漕ぎ付けたんですよ。ところがお恥かしい話ですが、其の博士とわたしはいつのほどにかお安くない中になつちまつて、固い夫婦約束」までしていたという。以上お為婆さんの回想するかの女の閲歴で、ここまで紹介すれば、明治社会主義者中誰れとかの女がかさなるかほぼ推察できよう。管野須賀子その人である。荒畑寒村と須賀子の愛情史（小剣は、小説「閑文字」の中で、この二人を登場させている）はすでに周知のとおりである。その寒村の『自伝』中、須賀子にふれた部分とお為婆さんの映像がかさなりあう範囲で『自伝』を摘録してみると、「彼女自身がまだ少女の折、継母の奸策で旨をふくめられた鉱夫から凌辱された経験があつて、そのため久しく煩悶してゐた」と。あるいは、荒畑寒村が明治三十九年に田辺の「牟婁新報」で須賀子と知り合い、片恋に陥っていた時分に、須賀子は「既に医科大学在学中の婚約者があることを諷示」していたという、これらの『自伝』中に記録された須賀子の閲歴は、「英霊」のお為婆さんの回想とほぼ一致しているのである。こうしてみれば、お為婆さんイコール管野須賀子と考えてよかろう。ただ徳さんが幸徳秋水であり、お為婆さんが管野須賀子とすれば、徳さんの日本人虐殺事件渦中での死とその後のお為婆さんが按摩で生計を立てながら延命している事実は、大逆事件での秋水・須賀子ともどもの刑死と較べるなら事実と相異している点があるわけだが、これは大逆事件と秋水の生と死をモティーフにした作者小剣のたくみな権力への韜晦とみるべきである。徳さんとお為婆さんとを共に日本人虐殺事件の渦中にまきこませ死に追いやった場合の小説構成は、大逆事件と秋水を描いた小説として衆目に明らかになりやすい、その危険性を小剣は以上のようなフィクションで韜晦している。しかし「英霊」の最終場面に次のようなお為婆さんの言葉を書き加えることで、小剣なりのギリギリの人物描写を試みている。

「あの悪い男（徳さん）が居たところだと思ふと、わたしは寒い北の方へ行くのは厭やだつたが、いつそ其の寒い港へでも行つてたら、今度は殺されて、これでも英霊になつて、祀つて貰へたんですね」と、其の時傍に居合はしたお為婆さんは見えぬ眼をくしやくしやさせて言つた。

と。

これまで、小説登場人物の三人、富山徳蔵・古川先生・お為婆さんがそれぞれ明治社会主義者幸徳秋水・枯川堺利彦・管野須賀子に符合している点について検証したが、もう一人作中に注目してよい人物が登場している。それは「片山里の女」と呼ばれる人物である。作者は、「偶然にも徳蔵と同じ北の異国の氷雪に閉ぢられた港の街へ行つて、仕立屋の職人をしてゐた男の妻」で「子供とともに漸く危ないところを遁れて帰つた」女、と説明している。この「片山里の女」が、北の異国で起った邦人の「有史以来未曾有の大惨虐」の現場から辛くも逃れてきた姿を、古川先生は寓居の窓から偶然目睹した。女の平べッタイ顔には、悲哀と疲労の色が物凄いほど浮かび上つていた。その有様から古川先生は、「大惨虐」事件を「戯談ではないぞ」と、深刻に考え込むのである。「片山里の女」について、作中では概してこのくらいの描写に限られている。私は、この女を幸徳秋水の妻であり離縁された師岡千代子ではないか、と推定している。仮に、千代子が秋水の妻のまま生活を共にして大逆事件に臨んでいたと仮定したならば、千代子もまたこの事件の被告席に坐って、秋水とともに絞首台の露と消えなかったという保障はどこにもない。無実の人間をいとも容易く黒に仕立てて絞首台に送り込む明治国家権力のことである。ところがかの女は秋水との離別を機に、辛くも命拾いをしたのである。作中の「片山里の女」が、日本人虐殺事件の現場から命辛々逃れ帰った人物設定は、この師岡千代子の半生にぴったり呼応しているといえよう。余談になるが、小剣は師岡千代子を、すでに「閑文字」に登場させていることにはふれたが、この「英霊」とともに一貫して同情の眼でかの女を見ていた様子が窺える。

以上小説「英霊」登場人物のほとんどが実在の明治社会主義者をモデルにしている事実を検証したのであるが、次に、北の異国の氷雪に閉ざされた港街で起った、異人による邦人の「有史以来未曾有の大惨虐」事件の小説設定を検討してみたいとおもう。歴史的事件に即していえば、「有史以来未曾有の大惨虐」とは大正九年五月二十五日にソビエト領ニコラエフスク（尼港）で起ったソビエト・パルチザンの日本軍人と居留民殺害事件である。つまり歴史に尼港事件といわれているものがそれである。時の日本政府は、この尼港事件を民族感情の発揚と反ソビエト政権キャンペーンの好箇の材料とした。[*14]「英霊」に、ある政党の総裁がこの事件をとりあげて、前科者の徳蔵をも加えて「七百の英霊」云々という弔辞を読み上げた、とある部分に、日本政府の民族感情の発揚と反ソビエトキャンペーンの一斑が描きだされている。

小剣が小説「英霊」を執筆したのが大正九年七月六日ならば、尼港事件後僅か二ヶ月弱の後である。しかし小剣はこの小説で尼港事件をモティーフにしたのではなかった。尼港事件は、かの大逆事件設定のための単なるフレームでしかなかった。幸徳秋水を村長のどら息子に、管野須賀子を盲目の按摩に、堺利彦を寒村の私塾の教師に、師岡千代子を仕立屋の妻にしたて上げたように、小剣は大逆事件をも尼港事件に取材した有史以来未曾有の日本人虐殺事件に仮託したのである。尼港事件そのものも、共産主義と秋水の虐殺がネガとポジの関係に置き換えられているとも考えられる。

これで小説「英霊」が、大逆事件とそれに纏る社会主義者たち、幸徳秋水・堺利彦・管野須賀子と秋水の妻千代子を配列した小説であることはほぼ証し得た、と考える。ではこの小説一篇を大逆事件の文学的リフレクションとする以上、当然作者上司小剣の大逆事件への関心と受け止め方をさぐることが、「英霊」解読上もっとも大事な論究課題となるであろう。

そのために今一度具体的に作品を読みなおしてみたい。徳蔵が金歯の持主であったことは、先の古川先生とお為婆さんの会話に説明されているが、この金歯の徳さんが大逆事件（日本人虐殺事件）と幸徳秋水を連繫する重大な伏線となっているのである。小説の序章部分に、古川先生が歯痛で医者のところに行く場面があり、古川先生は痛くてたまらんから抜いてくれと医者に頼む、するとその医者は次のように古川先生を説得するのである。

「歯を抜くのは造作がありません。しかし歯を抜くといふことは、もう歯医者の仕事を没却したものです。人間ならば死刑といふところで、死刑が刑罰であるかどうかが疑問である以上に歯を抜くことが歯の療治でないことは確かです。歯医者の仕事は飽くまでも歯を残して、それを役立たせるところにあるので、それも一本の蝕ばんだ歯を抜いて他の歯の腐るのを助けるといふ場合なら、これも已むを得ませんが、あなたの歯のやうに、齲歯でも何んでもないのを抜くことは出来ません」

と。この医者の言葉が、徳さんと日本人虐殺事件に脚色、韜晦した秋水と大逆事件をほのめかす重要な伏線となっており、金歯の持主――徳さん――幸徳秋水となり、歯を抜くということが大逆事件における十二名の死刑――有史以来未曾有の大惨虐と連結しているのである。そしてこの歯医者こそ上司小剣自身に他ならない。小剣は歯医者の言葉に託して自らの大逆事件への関心と受け止め方を吐露したのである。小剣はつまり、「歯を抜く」ことを大逆事件での明治社会主義者十二名の死刑に例えて、死刑が刑罰かどうかが疑問である以上に、むしろかれらを生かし将来の日本社会の改良のために役立てるべきであるとし、それを放棄する為政者はすでに為政者ではないと明治国家権力の横暴と専制を、小剣自らは近代的改良主義の立場から批判したのである。ここにこそ小説「英霊」一篇のモティーフがあったのである。この小説に表現された小剣の大逆事件観の内実は以上のように読解できるが、「英霊」執筆は事件後十年余を経てのことで医者に託した小剣の大逆事件観はあまりにも冷静で理知的判断の域をでていない。明治三十九年九・十月頃から雑誌「簡易生活」時代にかけて、社会主義運動とのかかわりの中から、運動の新中央機関紙「日刊平民新聞」への参画に一度は傾きながらも、結局動揺と苦悩をくぐりぬけて一つの精神的屈折を経験した上司小剣の大逆事件観にしては、あまりにも冷静すぎる。あの時もしかれが「日刊平民新聞」に参画して社会面編輯主任を担当していたなら、小剣もまたこの事件の被告になっていたかも知れない。そして大逆事件の起った時、小剣のこころの奥底に冷い悪感が走りぬけたかも知れぬ。あれ程明治社会主義の至近にいた小剣にしては、「英霊」にあらわれた大逆事件観は冷静すぎるのである。つまり事件当初の正直な関心と受け止め方が、小説「英霊」からは削減されているとみてよい。そして、事件後その衝撃によって小剣の人生観政治観文学観がどのように変容を余儀なくされたか、の疑問は他の文献に依って検討する他はない。

小説「英霊」については、これで私なりの見解は論じ得たと信じるが、最後に、上司小剣が何故に一九二〇年（大正九年）に至ってこの「英霊」の筆をとることになったか、その情熱を支えた客観的歴史的情勢の変化を加筆しておきたい。直接には、先にふれた大正九年五月の尼港事件を聞睹して、小説構想の好個の材料を得たことは疑いあるまいが、それのみでは小心な小剣をして、発禁の恐れの充分にある大逆事件を取材した小説の執筆に赴かせた事情の説明は不充分であろう。さて日本革命運動は大逆事件をボーダーラインとして一大頓挫を経験し、所謂暗い冬の時代へと流れ込んでいった。だが閉塞された冬の時代はいつまでも続いたわけではない。大正元年荒畑、大杉らの雑誌「近代思想」創刊を足掛りに、徐々に日本革命運動は新しい展開を遂げていくことになった。また、同年八月には後の日本労働総同盟の前身友愛会が鈴木文治らを中心に組織され、日本労働運動も新生面をきり拓き始めた。大正六年には第一次世界大戦を機にロシア革命の成功、このニュースは暗い時代にひたすら生きぬいていた日本民衆に深い共鳴と大きな希望をあたえ、日本革命運動・労働運動等の発展に甚大な影響をあたえたのである。周知のように、このロシア革命にあたかも呼応するかの如く、日本では自然発生的民衆蜂起、米騒動が大正七年八月に起り、これに触発ざれてさらに、全国的規模で鉱山、工場に暴動や同盟罷業が頻発した。海外ではロシアにつづいてドイツ、オーストリア、ハンガリーで革命の成立をみるに到った。大正八年には国内で、再び普通選挙期成の運動が高揚し、九年には、日本近代史上初のメーデーの開催となった。

このような時代の大きな変遷とともに、上司小剣は大逆事件で被った精神的衝撃をじっとたずえたまま歩んできたのであるから、亡き幸徳秋水の存在が、日本民衆の意識の中に除々にではあれ「虫けら」「悪いもの」「怖いもの」から「英霊」に格上げされることになるのではないか、と小剣は時代の巨大な変転の前に冥想をめぐらしたはずである。つまり、「虫けら」として絞首台に消えた幸徳秋水の亡骸が、「英霊」への逆転を可能とするような時代の大きな変化、これが上司小剣を小説「英霊」の執筆に勇をふるい立たせた背面の事情であった。しかし小剣は本体から距離を置くスタンスを変えてはいない。

六　大逆事件以後

事件当初の小剣の衝撃なり受け止め方については、まだまだ資料的に不分明な部分が多い。不充分だが、私には現在のところ小説「英霊」一篇を資料としてしか、直接に文学形象された小剣の大逆事件経験を語ることができない。

ただこの拙稿の締め括りに、事件後の小剣はどのようなところに身を据えるに到ったかという疑問を、雑誌「近代思想」掲載の一文を中心に解明しておきたい。断るまでもなく雑誌「近代思想」は、荒畑寒村、大杉栄を中心に、大逆事件後の冬の時代をうちやぶるべく創刊された文芸・

思想誌で大正元年十月発刊のものである。この「近代思想」第一巻第七号（大正二年四月刊）に、小剣は「ハサミ将棊」という短いエッセイ風の文章を載せている。

小供の時、ハサミ将棊を差すと、私はよく駒を斜めに並べて盤の一角を占領し、如何にするも敵の駒の侵入することの出来ない空地へ、自分の駒を一つ置いて、それを右に左に上に下に動かしつゝ、勝つことの出来ない代りに、負けることもない安全さを喜んでゐた。

今、私はこのハサミ将棊のやうな生活をとつて見たいと頻りに考へている。（中略）

友だちがよく「君は引つ込み思案だね」といふ。少しでも私が文学なぞをやつて行くのは、日本の文学が由来隠遁的の分子を含んでゐるから、其処が好きなのだ。若しこれが或る人々のいふやうに全く社交的の職業になつて、オペラ帽や夜会服を着けて、借り自動車にでも乗らなければ勤まらぬものになつたら、私のやうな臆病ものは、また別に穴を見付けて其処に潜り込まねばならぬ。

成るたけ薄暗い、戸袋の上あたりに網を張つて餌食の引つかゝるのを待つ蜘蛛のやうな生活がしたい。——勝つこともなければ、負けることもない、安全なハサミ将棊が差したい。

六十・七十にもなつて、政治だ、実業だといつて騒ぐことの好きな人がある。そんなことをしなくとも生活に困る訳ではなかららうに、何故あんなに血眼になりたいのであらうか。私ならば静かな家の日あたりのよい椽《ママ》側で、日なたボツコをしながら、大きな眼鏡でもかけて、

新聞の講談でも読んでゐるのになア、と噛がゆく思ふ。（後略）

という調子の文章である。ここには、「簡易生活」時代から「人形」・「閑文字」執筆期においてみられた明治社会主義に対する緊迫した心情は微塵も介在していない。あるのはただ、政治や実業に血眼になって奔走する人種にむけてのアイロニーである。そして小剣自らは、「成るたけ薄暗い、戸袋の上あたりに網を張つて餌食の引つかゝるのを待つ蜘蛛のやうな生活」、「勝つこともなければ、負けることもない、安全なハサミ将棊」みたいな生活をしたい、といっているにすぎない。それは、明治社会主義のラディカリズムからもっとも乖離した心情、諦念と傍観の表明である。「ハサミ将棊」一文から姿を消した明治社会主義に対する緊迫した心情こそ、私見によれば、大逆事件が小剣にあたえた内的コンシークェンスの鮮明な証左であった、と考えるのである。

この「ハサミ将棊」以後小剣は頻りに、「蜘蛛」の生態に親近感を示す文章を書き始める。大正四年三月発刊のエッセイ集『小ひさき窓より』の中に、「蜘蛛と蟬と蝶」という文章があるが、そこに、

私は、隠遁にして全く無為な卑しい芋虫の生活や、孤独の網を張つて静かに世の中を睨んでゐる醜い蜘蛛に就いて、特に物思ふことが多い。

と書きつけている。また同書収録の「秋江様へ」には、

安全な生活区域に楽々として、この世の戦を傍観したいといふのが、私の何よりの願ひです。

と書いている。「蜘蛛」への親近感と同時に、今まで明治社会主義者たちの前で隠し通してきた負目としての精神的羸弱を、「私のやうな臆病者」という表現であけすけに書き始めるのも、大逆事件後の変化であろう。そこから、蜘蛛のような生活者となって今に至らざるを得なかった臆病者の少年時代に焦点をあてた回想へ赴き始める。「近代思想」の姉妹誌的存在と目されていた雑誌「生活と芸術」の大正二年十一月発刊第一巻第四号に、「臆病者の記録」というエッセイを発表しているが、これなどその初期の好例である。

さらに、小剣はその精神的脆弱の原点としての少年時代への回想から、幼少年時代のかれの育った家庭環境への執拗な追跡に、文学的課題を絞っていった。父延美と三（四）人の妻と小剣少年を素材にした小説「天満宮」、「父の婚礼」、「石合戦」、「父母の骨」などの一連の半自伝小説がその文学的達成である。これらの作品を、私は、小剣の明治社会主義とのかかわりと大逆事件経験を視座に、逆に透視してみれば、余り文学史的に評価されていない小剣文学の新しい可能性に逢着し得ると信じるものである。

最後に、「ハサミ将棊」で表明した「蜘蛛」のような生活や、「勝つこともなければ、負けることもない、安全なハサミ将棊」のような生活が、小剣の社会的政治的情勢への無視なり無関心への意志表明ではなかった点にふれておきたい。先程の『小ひさき窓より』の中の一文に、

フランスはいふに及ばず、ドイツにもロシアにも、其の他の国々にも眼前の国際戦争を外にして、別に大なる階級戦争の起らんとする暗流、戦争に反対する思想の流れがあるであらうと思ふ。私はそれを細かに見たい。

という類のエッセイもあることを忘れてはなるまい。たとえ傍観者ではあれ、諸々の社会の種々相を「細かに見たい」という態度を、小剣が完全に放棄していたならば、大正九年に大逆事件の文学的リフレクションとしての小説「英霊」はついに書き得なかったはずであるし、後の章で述べる昭和十・二十年代の「文藝春秋」誌上の「社会時評」欄にあのようなユニークな社会批評を連載したり、戦時下での社会改良の具体的提案をした文章を収録した『清貧に生きる』（昭和十五年四月刊）の発刊なども及ばなかったに相異ない。

注

＊1　紅野敏郎「上司小剣―『簡易生活』前後―」（「武蔵野ペン」第七号、昭和三十七年十二月一日

発行収録論文）。西田勝「雑誌『簡易生活』について」（『文学的立場』第二号、昭和四十年九月発行収録論文）。

＊2　筑摩書房版『明治文学全集72』・同版『現代日本文学全集53』・講談社版『日本現代文学全集31』・改造社版『現代日本文学全集23』参照。

＊3　堺利彦箸「堺利彦伝」（法律文化社版『堺利彦全集』第六巻）。

＊4　前掲「U新聞年代記」。

＊5　前掲『堺利彦全集』第六巻所収。

＊6　前掲「三十歳記」。

＊7　明治文献版『幸徳秋水全集』第九巻。

＊8　前掲小説「平和主義者」、同『幸徳秋水全集』第九巻。

＊9　前掲『幸徳秋水全集』第九巻。

＊10　前掲小説「平和主義者」。

＊11　「日刊平民新聞」第五十九号、四十年三月二十七日発行所収、山口孤剣筆「父母を蹴れ」。

＊12　前掲『幸徳秋水全集』第九巻。

＊13　前掲「U新聞年代記」所収の小剣宛幸徳書翰。

＊14　東洋経済新報社刊『日本近代史辞典』。同社刊、井上清・渡部徹編『大正期の急進的自由主義』所収飛鳥井雅道論文「ロシア革命と『尼港事件』」参照。

＊補遺　小説「三寸」の続編について、森崎光子氏は小説「晩餐」を指摘しているが、私は、モチーフからも作者の緊迫感からも、続編とは考えない。

第3章　上司小剣の大正期側面

——モデル幸徳秋水の実像から虚像への転換——

一　はじめに

小剣と明治社会主義運動のか、わりについては、雑誌「文学」（昭和四十八年十月号）において、小説「三寸」（明治四十年一月雑誌「簡易生活」第三号、同二月第四号・中絶）、小説「人形」（明治四十二年二月「文章世界」）、小説「閑文字」（同年六月「早稲田文学」）の三作を中心に検討した。本書では第2章がそれにあたる。

そこで、幸徳秋水、堺枯川など明治社会主義運動の領袖たちとふれあい、運動の至近にまで辿りついた上司小剣という明治の一個性が、とどのつまりは、運動の中枢に相携えて参画するにいたらず、つきもしないが離れもせぬ良心的傍観者の立場に己が身を据えながら、社会主義者たちの精神に潜在する、民権運動以来の前近代的精神伝統（志士仁人的精神）の陥穽をみさだめ、悪意や中傷のためではない、ゆるやかな一種のアンチテーゼを提出した、という一応の結論を下した。雑誌「簡易生活」時代の小説「三寸」は、すでに詳説していて、くりかえしの煩はさけたいが、ここで小説「三寸」の補遺として、「新小説」明治三十九年五月号の雑録欄に載せられた小品「火」に一言しておきたい。

この小品は、文学作品としての翫読にたえ得るものでは決してない。あくまでも習作の域をでない作品である。ただ、明治三十九年渡米していた幸徳秋水が、小剣にクロポトキンの『パンの略取』（仏語版）を送ってきて、翻読し強い衝撃をうけた、その直後に書かれた作品という点に、魅力があるといえばいえるのである。筋立ても至極簡素で、「僕」なる作者らしい青年が、「アメリカにゐる秋水君からおくつて呉れた、クロポトキンの名著『パンの勝利《（ママ）》』」を小脇にかかえて、夜学から暗い森の小径をわが家に急いでいた。その「僕」の前方に軒灯がみえはじめ、軒灯の光はクロポトキンの『パンの勝利』をかかえた「僕」には、「一身の前途を照らす理想の光明」と感じられた、というものである。

ここには、『パンの略取』読了直後の小剣が、この著作からうけた新鮮な驚きにも似た感銘がストレートに刻みこまれている。そして今一点付加すれば、クロポトキンとの出合いが描かれている小品「火」は、小説「三寸」の原形であり、『パンの略取』から、寒夜燈を挑げて読み耽ったという『一革命家の思い出』（クロポトキン自伝）での新らたな感動をくわえて、小剣は生涯、「クロポトキンの夢」を携え歩むことになるのである。

後年小剣は、このクロポトキンとの出会いを屢々回想している。「中央公論」大正十二年二月号の「予の一生を支配する程の大いなる影響を与へし人・事件及び思想」と題したアンケート特集に、小剣は安部磯雄や堺利彦らと共に回答していて、かれは、思想の項目で、「クロポトキンの『パンの略取』を読んでなるほどこんなものかと思ひました」と答えている。他に、大正九年四月発刊の社会・思想小説集『生存を拒絶する人』(聚英閣)の序文、「新潮」昭和九年六月号の「『荘子』の影響」というエッセイなどにも、秋水が送ってくれた『パンの略取』の仏文のものが、とてもむずかしくて字引きを首引きで読んだ、と記され、また「中央公論」昭和十二年四月号の実名小説「平和主義者」にも、ほぼ同旨の文字が散見する。という背後には、やはり小品「火」の描きだしたクロポトキンとの出会いが、なみなみならぬ鮮明な感銘であったことを物語っている。

雑誌「文学」(岩波書店)に発表した「上司小剣論」について、今一度ふれておきたい。それは、拙論後半の小説「英霊」を大逆事件の文学的リフレクションとする評価のしかたに、西田勝氏が反対意見を述べられたことについてである。西田氏の反論は、同誌昭和四十九年四月号に、「上司小剣の小説『英霊』の評価について」と題して掲載された。明治社会主義文学の諸作家・作品を長年月にわたり追尋され、忘れられ埋れて来た文学営為の数々を、近代日本文学史に復権することに尽力されてこられた西田氏の、周到厳密な反論は、一応諾う他はない。ただそれにもかかわらず小説「英霊」の、登場人物に幸徳秋水や堺枯川や管野須賀子の残像を見、尼港事件に大逆事件の反映をみるとする読後感を、捨てさるにしのびない、というのが正直なところである。捨てさるにしのびないとする事情の一斑は、本章の全体がかなりの程度明らかにするであろう。

二　小説「本の行方」

明治四十四年三月雑誌「太陽」に公表された短篇小説「本の行方」は、前掲西田氏の私への反論のなかで、はじめて照明のあてられた作品といってよい。

宵から戸を締めて人の足音も滅多に聞えない静閑な郊外に住む「私」と妻。妻のすすめで「私」は、近所に移り住む指物師に本箱を注文するが、手付だけ払ったが本箱は結局できて来ず、一ヶ月も経つが指物師からは何の音沙汰もない。この夫妻と指物師の話と並行する結構で、「夏の初めから、全く世間と離れた、私たちの知らぬところに窮屈な起臥をして、小いさな、堅い窓から入る太陽の光線の外には広い世界の空気を知らぬ、S―の前の奥様《おくさん》」が、「S」の使いでフランスの小説を借りに訪れて、「私」は、センキウイッチの『セット・トロウアジェーム』と、ゴルキーの『ダン・ラ・ステップ』と、トルストイの『コザック』の三冊を貸す。そこから「S」と、同じく獄中にいる「M女」と、「私」の交友を回顧する場面が記される。そして小説の末尾で、指物師の話と、「S」に貸した三冊の本の行方への不安とがないまぜになり物語は進行する。

西田勝氏の指摘どおり、「S」は秋水、「M女」は管野須賀子その人であり、小説「本の行方」

は、かれら二人が絞首台の露と消えた二ヶ月後に発表されている。因に、幸徳秋水、明治四十四年一月二十四日午前八時六分、管野須賀子同年同月二十五日午前八時二十八分、共に大逆事件の罪人として死刑執行による絶命。たしかに、この作品は、西田氏が「もし大逆事件の文学的反映ということをいうなら、むしろ、この小説などをこそ取り上げるべきではなかろうか」との教唆が正しいものであることは疑いない。と同時に、小説「人形」・「閑文字」との連関において、小剣文学の流れのうえにこの「本の行方」を位置づける必要があるであろう。さらに、大正六年発表の小説「金曜会」、翌七年の小説「悪魔の恋」などの明治社会主義者とその運動に直接取材した作品との連関においても検証すべき作品であろう。

「人形」・「閑文字」とこの「本の行方」でまず着目したいのは、革命家とその妻の存在の描き方である。そこに共通して読みとれるものは、その妻の痩せ衰え憔悴した姿を通して浮び上る、作者の、革命家と妻のとらえ方と眼である。「本の行方」に登場する「S」の前の妻とは、いうまでもなく師岡千代子で、小剣は「閑文字」と同様、「竹ボヤの中から暗を射る丸ジンの光の中に、影のやうに寂しく痩せた束髪の人が、手首に白く繃帯をした手を垂れて、前に傾く気味で、痛々し気に立つてゐた」と、その姿を描き出している。小剣の小説に屢々モデルとして登場した当の師岡千代子は、後年自身次のように回想する。

ひとり住ひの私の新居の近くに、白柳秀湖氏と親しい上司小剣氏の宅があった。私も小剣

氏とは近付きで　あったから、秋水が差し入れを求めて来た時など、仏文の書物を拝借に幾度かお伺ひした。そしてその都度　鄭重に遇されて恐縮したが、私の身辺に嵐の吹き暴れたその頃の出来事を氏が小説に書かれたやうに記憶して居る。しかし今では、自分が登上《ママ》人物の一人になって居るその小説の題名を、私は何うしても思ひ出すことが出来ない。唯だ氏の小説の上に現はれて居る哀れな自分の姿を見て、物悲しくなったその当時の記憶のみが浮んで来る。

師岡千代子著『風々雨々』（昭和二十三年七月十五日隆文堂刊）[*1]よりの引用である。

また、『風々雨々』によれば、獄中（東京監獄）から至急上京を促す文面の秋水の聞取書が、名古屋にいた千代子の下に送られて、急遽上京し、白柳秀湖の世話で曾て山口孤剣が借住いしていた家に落ち着く。東京府下下目黒七百二十二。小剣は、同下目黒六百四にいた。千代子は、「道具とてもないその伽藍とした家で、物思ひと宿病の神経痛に悩まされながら眠れぬ夜々をひとり寂しく送り迎へ」ていた。この宿病の神経痛の千代子も、「本の行方」には、リョーマチスに悩んで印象的な、手首に白く繃帯をしている女性として描かれている。つまり、作家小剣が描写してみせた「S」の前の妻の姿は、師岡千代子の実像と寸毫もちがわないありのままの革命家の妻であった、といえるのである。「影のやうに寂しく痩せた」女は、決して作家の一人よがりの解釈から成り立ってはおらず、モデルとして、小剣は、実像師岡千代子を登場させているのであり、ここに小説「人形」から「閑文字」を経て一貫してゆるぎない、小剣の革命家と妻の存在のあり様に対する疑念が一つらなりにつながっているといえる。そして、実像の師岡千代子を、しっかりと掌握した時、小剣と明治社会主義運動との里程は決定したのではないか。またそれは、生ける幸徳秋水との永別に際して、自己と秋水との距離を再確認再測定する作業としてあらわれ、弔辞として、また同時にわが行く末への決意としてあらわれるのである。

「私」と「S」との会話を、「私」が追懐する箇所が「二」にでてくる。「S」の言葉で次のような箇所がある。「君のやうな男は一つ間違ふと神様に槌るやうになりはしまいか、それが案じられる」、「詰まらない、と云つてるのが矢張趣味で、この趣味を君は楽しんでるぢやないか。実際詰まらないのなら、疾くに華厳へでも行つてる筈だ。チト酒でも飲んで浮々し玉へ。僕のやうに寝たきり動けないものすらある」。

この箇所は、実際は小剣と秋水の会話ではない。明治四十一年六月十八日土佐中村町の郷里から「上司延貴」宛に秋水が書き送った端書[*2]の一部を、一、二字句を変えただけで、ほぼそのまま小説の会話に引抄しているのである。こういう秋水の実際の書翰を、全面的に利用し、添加・変更して成立している小説に、後に詳説する「悪魔の恋」という作品がある。かかる小説の方法と認識が邪道であるかどうかは問わぬにしても、いずれにしても、小剣は、小説というフィクショナルな空間を借りながら、師岡千代子の実像を把握した時点から、幸徳秋水の実像にも肉薄しようと試みたのではないか。小説「閑文字」の真相も、このあたりにあったに相異ないが、この

「本の行方」は、小剣なりにとらえた実像幸徳秋水を、「私」に直截に代弁させている点が、大きな違いであり、そのことが、「人形」・「閑文字」とのぼりつめた頂の印ともいえるのではある。作家上司小剣は、秋水の実像を次の一言で語る。

何うしてもS――は昔の鋳型に新らしい理屈を溶かし込まうとする人だ。

あるいは、絞首台の露と消えた亡骸秋水に対したからこそ、小剣は秋水の実像を書きつけられた、という心理的背景があったとも考えられる。そうであるにせよ、亡骸への永別の弔辞であれば、小剣自身もまた亡き秋水にむけて、わが行く道を語り聞かせねばならなかった筈であろう。「昔の鋳型に新らしい理屈を溶かし込まうとする」前近代と近代のアンバランスな統一体としての秋水の実像に、わが実像を対峙せざるを得まい。「冷たい心」と「周囲の微温だになき空気」のなかにいる「私」は、

人に同情されたり、救助されたりして活きて居たくはない。難船しても自分の力で陸に泳ぎ着きたい。救助船なぞに救はれたくはない。僕は人を助けやうとも思はないが、人に助けられやうとは尚更思はない。助けられるほどなら死んだ方がい、

と、冷ややかに凝り固った個人主義者として、秋水の実像と対面しているのである。その時、「私」＝小剣は、亡き秋水に措別と決意を披瀝する自身の肉声に、亡父・延美の肉声をかさね合せていたのではないか。またその想いは、遥か昔幼少年時代を過した摂津多田神社にまで遡行していたのではないか。

大正六年十一月「太陽」誌上に、小説「暴風雨の夜」を発表している。「暴風雨の夜」は、東京に単身上京し、妻を娶り、借家を転々とした後落ち着いた郊外の家で、小剣らしい「私」が、亡き父を追懐しながら、「私」の人生処世や家というものについて述懐する筋立ての短篇である。父は「私」に決して財産を遺さず、父は独力で一生の運命を拓いたのだから、お前も独力でやれ、空拳でやれ、やり切れなくば、土方になれ、立ん坊になれ、と口癖のように言っていた。それで「私は少年の時から、父といふものは、（母は早く死んだ）幼い折だけ一所に住んでゐるもので、其のほかには何の交渉もないものだと思つてゐた」と、さらに「自分は自分でやれ、親の物なんぞ塵一本身に附けるな。俺もそれでやつて来たが、貴様もそれでやれ」、と「父の霊魂はまだ私の耳の側で囁い」ている。「私」（小剣）の追懐は、以上の梗概につきる。

先の「本の行方」の主人公の処世論と、「暴風雨の夜」の主人公のそれとは、全く同質とみてさしつかえあるまい。とすれば、「本の行方」の「私」の秋水に対する措別とわが決意の背後に、過ぎこし昔日の摂津多田神社での作者幼少年時代、その記憶が鮮明に脳裡をかすめていた、とみてよい。小説「本の行方」は作家の身辺雑話を素材にした作品である。この身辺雑話小説の冒頭に、亡父・延美と黒檀の桐の本箱を、「私」の追憶として描きだしていることも、やはりこの事実を傍証する。

「指物師や、S—の身体は何うなつても構はないが、私は三冊の本の行方が気になる。」という結びは、冷ややかに凝り固まろうとする個人主義者小剣の、なみなみならぬ心理の、さりげない表現なのである。ただいい添えておかねばならないのは、小剣の秋水への措別と決意が、あくまでも「臆病者のストラッグル」[*3]以外のなにものでもなかったことである。大正期の華々しい文壇登場と活躍が、評家の間で、「上司氏の製作に対する時には、必ず巧みに彫琢されたもの、下に、まだ眠つて居る一つ不思議な、と言うよりも、むしろ恐しい猛獣の隠れて居るのを感じる。」、「上司氏の心の中には、如何なる愛の力も感応しない心が宿つて居る。それは常に鈍色をした眼を開いて、一つ処ばかりを見詰めて居る。是れは何物かの反動から起つた感情の結果ではない。氏の肉体の底にある一つの奇怪な石である。」として、小剣の内にある猛獣がいつか目を覚してくる（「上司小剣氏の製作に隠れたる力」水野盈太郎大正四年四月号「新潮」）、とする小剣が爆発する事への期待が、ついに実現されることなく終ったこととも繋がる。なお、この水野の論は、大正二年八月号の「新潮」に発表された身辺雑話小説「膳」を材料にしていて、「私」である主人公が、家族の人々よりも、家具調度を人以上に大事にする人物として描かれている点を、その論拠とする。[*4]しかし、「臆病」も、この時期と、大正五・六年頃のそれとは、同音同句でありながら、異質の言葉へとかわる。それはもうすこし後で説明されるはずである。

三　小説「金曜会」

小説「金曜会」[*5]は、大正六年十二月雑誌「新潮」第二十七巻第六号に発表された。

明治四十年にはいり、明治社会主義運動は、幸徳秋水らの直接行動派と田添鉄二らの議会政策派に分裂し、後者は同年八月三十一日片山潜、田添、西川光次郎らを中心に、社会主義同志会を、前者は、翌九月六日に社会主義金曜会をそれぞれ組織するにいたった。

この直接行動派の金曜会の史実一斑を、神崎清氏の『実録・幸徳秋水』（昭和四十六年一月二十日読売新聞刊）によってなぞらせていただくと次のようになる。明治四十年九月六日、金曜会を結成。九段下のユニバサリスト教会や神田三崎町の貸席吉田屋などで、毎週金曜日に集会して、議会政策派との対立の様相が、ますます深められていった。しかし、同年十月十八日病気療養のために、郷里土佐中村町に帰省する幸徳秋水の送別会を兼ねて、吉田屋で開かれた社会主義金曜講演会には、超党派の参加者九十余名にまじって、論敵の片山潜、田添鉄二や、東亜和親会の中国人張継、インド人のヌ・ホーレス、のち右翼化した北一輝の姿も見られたという。儀礼的な送別演説ののち、演壇に立つ秋水は、同年八月、アムステルダムで開かれた万国無政府党大会の議事録を中心に、一時間あまりの演説をおこなった、という。

この神崎氏の著作によってなぞらせていただいた、明治四十年十月十八日の秋水の送別を兼ねて開かれた社会主義金曜講演会に、上司小剣は、講師の一人として招聘されたらしい。そして、この金曜会講演の模様を取材した小説が、「金曜会」一篇なのである。

其の頃はまだ電車といふ外道の通つてゐなかつた飯田町の通りに、建て付けの狂った貸席があつて、夜はよく素人義太夫や哥沢の催しに、往来の人々を軒下へ佇ませた。いつのほどよりか、この貸席の入口へ、小ひさな紅提灯が四つ並べて吊されることがあつて、提灯の表に『金』『曜』『講』『演』の四字が、右から在《（ママ）》へ、提灯一つ一つ宛読まれた。

小説「金曜会」の冒頭である。この金曜会の集会に、紺飛白の着物と羽織に、メンモスの黒い帯を子供みたいに胸の上で締めた太り気味の男が現われる。いうまでもなく作者小剣その人である。「彼」は、先輩S（幸徳秋水——吉田記）に依頼されて、金曜講演の講師としてやって来た。Sは、虚弱で、武蔵野の瘴気を受ける東京郊外の生活を避けて、暖潮に松魚の群がる海南の郷国へ帰ることになっていて、その送別を兼ねた集会だから、是非出席して、出来るならば、何か芸術上の講演をして貰いたい、ということであった。紺飛白（小剣）は欣んで承諾し、「芸術と社会」という題目まで考えてSの許まで送っておいた。だが実際に金曜講演の末席につらなってみると、十人余りの一座は、『何しに来た』と言つたやう顔をして、一様に視線を紺飛白の肥えた身体に投げたが、彼等のいつもよく見せる、思想と主張とを自分たちだけの占有にして、新らしい仲間をば兎角継子あしらいにしやうとするやうな色合ひと、一体に気品の乏しい空気とが、高くない天井から、煤けた壁一面にわたつて充ち満ちてゐるやうであつた。

こういう雰囲気の中で、白眼でじろじろみられた主人公は、Sさえ来てくれれば、こんな情ない気持ちにならずとも済むのに、早くSが現われてくれれば、と心待ちしている。Sでなくとも、せめてBでもいてくれたならと思う。Bは旧友堺枯川のことで、大阪で出会って以来の交りにふれている。また主人公は、Sとの初対面や交友にふれて、「突然訪問した一書生の自分を丁寧に客室に通して、さびのある音声と気品の高い調子とで西洋の思索家のことから、近代文芸の話なぞを、筧に流るゝ清水のやうに、さやさやと語つたSの風貌には冒すべからざる威厳と、抱き締められるやうな親愛とが籠つてゐた。午になって食事を出され、帰りには、近着の赤い表紙のパンフレツトを三冊貸して頂いたことも、紺飛白の膨れた腹の底に、Sの尊さを深く刻み付けるタガネであつた。」と。初対面の小剣に秋水が貸し与えた書物の一冊が、明治三十九年三月七日に米国から小剣と大杉栄に宛て発送された[*6]『パンの略取』につぐ、小剣にとって二冊めのクロポトキンの著作、『一革命家の思い出』というクロポトキン自伝であった。後にふれるが、秋水に教えられたこの二冊子が、小剣文学の大正期側面を語る上で重要な意味をもつことになるし、秋水の於母影を小剣の脳裡に生涯つなぎとめる役割も、この二冊の書が擔うといっても、あながち私の贅言ではないはずである。なお、ここで小剣文学の大正期側面と言った意味は、この時期の小剣文学にいま三つの流れがあるからである。それが摂津多田神社時代に取材した系列と情話ものの作品群である。もう一つは身辺雑話小説群である。「側面」とした所以である。

　主人公の冥想は、さらに、Bの身の上に及ぶ。Bは貧乏をした。この貧乏がかれの思想、哲学、趣味を決定した。しかし、かれの博雅をして、いまだなお芸術に開眼しないのは、その貧乏哲学の祟りであろうか、と主人公は想う。ここで、先の秋水への感情と堺枯川へのものとが、微かにニュアンスがちがっている点に注意する必要があろう。

　集会は、四十人近くになり、Sも現われて、A（紺飛白の男・小剣）は会集者に芸術家という肩書で紹介されるが、「芸術家なんて、紳士閥（ヴウルジウアジイ）の臭ひがするぢやないか」と一笑されるのである。集会は始まり、次々に演壇に立つ。そのなかに、「久しくアメリカに居て、テキサスあたりで皿洗ひなぞをしてゐたK」がいた。Kは片山潜であることはいうまでもない。Kの演説は、直接行動派の人たちに野次りとばされ、Kは中途で退いてしまう。その間、Kの演説を聞きながら、Aは、

　　この仲間が近頃感情たツ《ママ》ぷりの競り合ひを始めかけて、取らぬ狸の皮算用のやうに、一人の代議士をも国会に送り得ぬうちに、議会政策《パアーリアメンタリズム》の是否を争つたり、直接行動《ヂレクトアクシヨン》を主張し

たりしてゐることとを聞いてゐた。S先輩のこれに関する論文は条理明晰で、其のヂレクト、アクシヨンを主張して、パアーリアメンタリズムを排斥し、更にプルウドンの『財産とは何んぞや』だの、バクーニンの『神と国家』[*7]だの、クロポトキンの『相互扶助』だのを引いての、毛彫りのやうな名文は、青年を酔はせる新酒のやうな力があつたが、それとこれとは別で、この仲間の小競り合ひは如何にも、さもしいやうな気がしてならなかつた。

と考える。小剣なりの、当時の両派の分裂抗争に対する判断とみてさしつかえなかろう。

Kに続いて、主人公Aが立つ。「金色夜叉」、「不如帰」、「はつ姿」を材料に、文芸と社会との縺合いを説くのであったが、「もうよい、解つた」、「それが何うしたいツ」、「残飯くらひ」、「紳士閥の遊戯ツ」とかいう「何が何やら分らぬ罵声が、ごちやごちや、になつて、紺飛白の講演はむちやくちやに葬られて了つた」のである。最後にSが登壇して集会は終った。Aは往来に出て、こう独り言つ。

　未来の平和と幸福とが、あんな人たちの間から、何んだかさう手軽には生れて来さうにも思はれなかつた。

以上小説「金曜会」の筋立てである。長い梗概になってしまったが、全く知られていない作品ということで、あえて詳述したしだいである。末尾に、執筆年月日が付してあり、大正六年十一月十八日となっている。

小剣の創作過程に、この小説「金曜会」は、明治社会主義に対する批判的視点から書かれた作品として、先の「人形」、「閑文字」、「本の行方」などの同一線上に位置づけてさしつかえないことは、上記あら筋にてらして明らかであろうけれども、大正六年十一月現在、大逆事件での秋水ら刑死以後六年の歳月が流れている。すでに、明治社会主義運動は、昔日の運動となりつつあった時期、この時に、またしても作家上司小剣の創作意欲を促すだけの、積極的由因が、はたしてどこに存在していたのだろうか。

私は、小説「金曜会」の背景に二つの事情を推定したい。一つは、大逆事件の禍をかろうじて免れた明治社会主義の血脈が、所謂冬の時代、堅氷・氷河時代[*8]を耐えぬき、いまなお生々と脈うちつづけていたこと。いま一つは、大正六年頃の作者小剣の精神と創作活動の流れ、である。いま便宜上二つの事情を箇条書したけれども、いづれも、上司小剣の作家個性のなかに収斂されるものであるのはいうまでもない。

大逆事件後の堅氷・氷河の時代を破砕して新しい時代にいでんとする目論見で、大正元年十月雑誌「近代思想」が、明治社会主義の血脈、大杉栄・荒畑寒村を中心に創刊された。「近代思想」発刊直前の六月二十八日、三宅雪嶺発案でルソウ生誕二百年記念会が、高島米峰と堺枯川発起人で開かれていて、神田多賀羅亭の晩餐会には、小剣も出席している。福田英子、西川光次郎、山口孤剣、荒畑寒村、大杉栄といった顔も見えて、小剣はかれらとまみえる機会を得ている。そういった機会を経てかどうかわからないが、小剣と「近代思想」との関係は、まがりなりにも大正三年九月一日第二巻第十一・二号の廃刊号まで続いている。「近代思想」誌上にみるかぎり、この両者の関係は、まことに微妙であって、よくぞ決裂せず廃刊まで、という感慨が正直なところである。

新作月評を荒畑寒村が担当していて、小剣の「誕生の僥倖」、「武士道」、「水曜日の女」、「膳」などをとりあげている。寒村の評が一貫しているのは、小剣の作品に共通して読みとれる、「軽いユーモアと淡い皮肉」[*9]という一点の指摘である。それは、社会や人間に対する反逆への可能性を含んでいなくもない。その期待が、屢々小剣にこの誌上への登場をうながしたとみてよかろう。しかし、小剣は、すでに自らその可能性への道を閉ざしてしまっていたことも、また事実である。先にも触れたが、同誌大正二年四月一日発刊第一巻第七号に、小剣は、エッセイ「ハサミ将棊」を載せている。

▲成るたけ薄暗い、戸袋の上あたりに網を張つて餌食の引つかゝるのを待つ蜘蛛のやうな生活がしたい。――勝つこともなければ、負けることもない、安全なハサミ将棊が差したい。

と、この冷やかに凝り固ったエゴイストは、荒畑や大杉栄の期待に冷水をあびせることを忘れていない。さらに、大杉栄にむけて、私は、労働者の体臭が嫌いだ、と直言する。廃刊号の「溝ざらへ」がそれである。この一文には、さすがの荒畑・大杉も腹を立てたようで、同誌にあらゆる罵詈雑言を用いて小剣攻撃をしている。殊に寒村の「溝泥―上司小剣、三拝して読め―」は、そのきわめつけである。

その後大正四年十月雑誌「近代思想」は復活し、翌五年一月第三巻第四号まで続くわけだが、小剣は再びこの誌上に登場することはなかった。他にも、土岐哀果らの「生活と芸術」、堺利彦らの「へちまの花」にも名を連らねてはいるが、「近代思想」との関係とそう差異はなかったのである。荒畑らには、大逆事件後に、松村介石のもとへ走って右傾化した西川光次郎よりは、小剣の立場をよしとしたのかも知れない。[*10]

すこし「近代思想」に深入りしすぎたきらいがあるが、小説「金曜会」に、明治社会主義者たちを、「未来の平和と幸福とが、あんな人たちの間から、何んだかさう手軽には生まれて来さうにも思はれなかつた」と批判する背景には、いまだ明治社会主義の血脈が、かれの眼前で活躍していて、その緊張感にうらうちされた事情を私としてはあとづけたかったためである。

ついで、「金曜会」のいま一つの背景について一言しておきたい。それは、先にふれた、作家上司小剣の精神と創作過程にかかわる。

大正三年一月雑誌「ホトトギス」に発表した「鱧の皮」一篇で、上司小剣はその文壇的地歩を確固たるものにした、とはすでに文学史の定説である。その後、「天満宮」(同年九月「中央公論」)、

「父の婚礼」（大正四年一月「ホトトギス」）、「第二の母」（同五年四月「文章世界」）と、摂津多田神社時代の小剣と父母を取材した、一連の多田神社ものを書き、一方では、明治四十二年九月の「筍」（「新小説」）につながる、「開帳」（明治四十三年六月「早稲田文学」）、「膳」（大正二年八月「新潮」）をへて、「秘仏」（同三年五月「早稲田文学」）、「石」（同四月「新潮」）といった、所謂身辺雑話小説をも書いた。また、大正四年六月刊の『お光壮吉』（植竹書院・現代代表作叢書第十篇）にまとめられる「椿の花」*11（明治四十五年三月「太陽」）を起点とする情話ものの系譜もある。これらの各系列に対する詳しい論述は、また後日にゆずるとして、大正五年前後までの上記作品の大まかな公約数を指摘するとすれば、

> 私の小説に於て、私の思想、哲学は、私自身にさへ見出し難いほど奥深く包まれてゐるやうに思ふことがある。拙いながらも、私の芸術、私の技巧は、鵜の毛の先ほども主観を露出しないで、それをば底の底に秘めておいて、其処から分泌する液汁によつて、全体の潤いをつけたいと思つてゐる。
> 心蔵《ママ》は全身に血液を送るけれども、彼自身は皮の下で、肉の奥、骨に護られて隠れてゐる。私は私の芸術に於て、私の主観を人体に於ける心蔵《ママ》の位地に置きたい。心蔵《ママ》を引き摺り出して、頭の真向に振り翳したやうなものは嫌ひである。
>
> （大正四年四月大同館刊・エッセイ集『小ひさき窓より』序文）

という、主観排斥の小説群であるということになる。つまり、小剣の思想や哲学は、作品の内部に潜んでいて、生身の主観は、技巧によって奥深く包まれるというのである。小説「天満宮」が、小剣文学の中で、最もその作品的完成度において成功しているのは、まさにこの点にある。

しかし、小剣は、この芸術観をすこしずつ大正五年前後から変更していっているのである。大正四年七月の「美女の死骸」（「中央公論」）あたりから、翌五年八月の「引力の踊」（「早稲田文学」）にいたり、小剣は、その思想や哲学を露骨に作品に語りはじめる。大正六年一月「新小説」に載った「生存を拒絶する人」も、その例にもれないのは、近松秋江が、「作者の哲学が出過ぎてゐる」[*12]と、この小説を評した一文からも明らかである。同じ月の「下積」（「文章世界」）、同年七月の「紫合村《ゆうだ》」なども同様で、小剣自らこの年の創作にふれて、

> 一月の「新小説」に出した「生存を拒絶する人」といふのが、外国の或る思索家の「法律と強権」といふものに現はれた思想と言つたやうなものを背景にして痛々しい人々の身の上を書いたのですけれど、批評の善悪は別として、其の点を見てくれた批評家は少なかつたやうです。七月の「中央公論」に出した「紫合村」といふのも、ほゞ同じ思想の上に築き上げたもので、人間の小細工が自然の強みを自ら刪り棄て、行くことを書かうとしたのです。

と、「新潮」大正六年十二月号のアンケートに回答している。そして、ここに書かれた外国のある

思索家とは、いうまでもなくクロポトキンのことである。小剣にとっては、この革命家の名は、亡き幸徳秋水と一対の人物として、かれの内面深く刻印されていた。つまり、クロポトキンと幸徳秋水は、小剣の精神に分ちがたく結びつけられ、クロポトキンの著作の上に、小剣は、幸徳秋水の存在をつねに重複して見定めていたはずである。その遠因は小品「火」の紹介をかねていい及んだ。

小説「金曜会」が書かれ、秋水が「S」として登場する背景の一斑に、大正五年から六年頃にかけての、作家上司小剣の精神と創作過程がある、とするよすがは、一応説明し得たかとおもう。

では、先の小説「本の行方」とこの「金曜会」との関連性はどうなるか。たしかに、明治社会主義への批判という主題は、ひとつらなりの同一線上にある、といえる。しかし、大逆事件直後のまだ明治社会主義運動のくすぶりの最中に書かれた「本の行方」と、明治も去る六年後、たとえ明治社会主義の血脈が生々と脈打っていたにしても、この時期に書かれた「金曜会」とが、その文学的迫真性において、批判という額面上の文字は同じでも、全く異質であるのは無論である。作品の文脈にそくして検討すれば、モデル幸徳秋水の描き方が、もっとも截然と、二つの作品の相異として表われている。

「本の行方」では、小剣は、幸徳秋水の逝った道筋と、わが行く道とはちがうとして、秋水を「昔の鋳型に新らしい理屈を溶かし込もうとする」人であり、その犠牲を師岡千代子の実像にみた。小剣のわが道は、冷やかに凝り固まろうとするエゴイストのそれである、と。秋水への弔辞と、自己確認を、「本の行方」のモティーフとしたのである。ところが、「金曜会」は、秋水との緊張の糸がぷつりと切れており、そこには、亡き秋水への畏敬、親愛の情のみが横溢している。他の多くの登場人物は、ことごとく主人公に異和を表明されても、この秋水のみは格別の扱いをうけているのである。小剣は、生前の秋水に深い尊敬を感じていたと同時に、一定の批判的感情もないまぜで持っていたのは事実である。「本の行方」には、その両面の心理が微妙に反映しているのも見のがせまい。だが、「金曜会」一篇のモデル秋水は、小剣の一面の心理が完全に剥落して、死せる秋水へのなつかしい思慕のような感情があらわに表現される人物でしかない。そして、ここで秋水の実像は、虚像と化すことにならないか。小説「金曜会」のモデル幸徳秋水一人が、作者の恣意によって虚像と化せられた、といいかえてもかまわぬ。「美女の死骸」、「引力の踊」、「生存を拒絶する人」、「下積」、「狐火」（大正六年四月「太陽」）、「紫合村」、「暴風雨の夜」と書きつがれて行く、作者の思想・哲学のあらわな作品の流れのなかで、作者自身の内部に、虚像化した幸徳秋水と、クロポトキンがしっかりと地歩を築くことになったのではないか。後に、小剣のクロポトキン思想受容のし方は、社会・思想小説集『生存を拒絶する人』でふれたいとおもう。ここでは、先に挙げた社会・思想小説の執筆の作家意欲を、底から支えていたものがクロポトキンの虚像であり、同時に幸徳秋水の虚像であった一点だけは指摘しておかねばならない。小説「金曜会」一篇で、秋水一人が虚像化されて登場する所以も、ここにあったのである。

それにしても、作家の思想・哲学といったものを作品に表面化することを、あれほど嫌いつづけてきた小剣が、何故にかかる社会・思想小説の連続的創作におもむくこととなったのか、という疑問がのこる。この疑問を私なり理解する上で、徳田秋声の次の小剣評を尊重したい。大正六年十二月雑誌「新潮」の特集「上司小剣氏の印象」には、土岐哀果、前田晁、堺利彦、近松秋江とともに秋声も、「小剣氏に対する親しみ」を書いており、その一部である。

氏（小剣）は素と素と、小心で内気であつたやうに考へられる。そして生存の必要から、出来るだけ自己の色彩を出すまい出すまいと力めたらしく思はれる。無論それは普通の弱者に取つては処世上唯一の武器であるのだが、上司氏にあつては、年と共に、地位が出来ると共に、経験が積むと共に、それが自分の一つの強味となつて、そこに生成し来つた自我の手強い根城を築いてしまつた。つまり初めは怯懦であつたがために、自分の色を包むことを学ばされたのが、後にはそれが強い自信の上に築かれた生活上の一つの信条となつてしまつた。勿論今日と雖も、氏は内気で小心であるが、氏の実生活の態度は今日では最早や以前のやうに消極的ではなくなつてゐる。芸術の上では、無論さう出たいのであらうが、氏はまだそれに就いて、実生活のそれほど大胆にはなつてゐないやうである。

徳田秋声が、いみじくも指摘した、小剣内面の怯懦から自信への転換を、私はこの大正六年前後の時期に確認したい。雑誌「簡易生活」時代に、秋水らの社会主義運動の至近にまで辿り着きながら、とび込めず一歩退いた時、小剣のこころの奥底に、革命運動に対する負目が原罪意識として刻印された。自己の小心、臆病、怯懦を、小剣はその筆先にしばしばしたため続けたのである。いや、その生涯小剣は、自らの臆病を語り続けたといった方がよい。だが、小心、臆病、怯懦といった弱者の負目を語り続ける作業のなかで、徐々に負目としての小心や臆病や怯懦ではなく、秋声の説くように、一つの強味となり、そこに自我の手強い根城を築いてしまった。この時期から、作者の思想や哲学が露骨に表現される社会・思想小説の連続的創作、秋水やクロポトキンの虚像化、こういった文学的営為が、小剣自身の精神転換の過程とオーバーラップしていたのであり、小説「金曜会」もまた、そうした過程の一端とみることができよう。

四　小説「悪魔の恋」

秋水と管野須賀子の恋愛事件に取材した、小説「閑文字」が「早稲田文学」誌上に掲げられたのは、明治四十二年六月のことであった。この小説については、すでに詳細を叙したので、ここでは簡単にふれておきたい。

秋水と須賀子の恋愛事件に、その渦中で悲劇的立場にいた師岡千代子の姿をからませながら、明治社会主義者の精神に潜む前近代的精神の残滓といったものを摘出してみせた作品であった。しかし、当時のジャーナリズムや社会主義者の大方は、「閑文字」を、幸徳秋水の情事をスッパ抜いた暴露小説、あるいは新聞雑報という見方をして、周辺に少なからぬ反響を醸したのである。そして、モデルとされた秋水は、読売新聞社内上司小剣宛に長文の書翰をしたためた。秋水の長文書翰は、昭和八年十一月「U新聞年代記」（『中央公論』）に全文引用されており、昭和九年三月出版の『U新聞年代記』（中央公論刊）の口絵写真に、その実物の写真が印刷されている。縦二十五字詰、二十四行の赤罫の原稿紙六枚の初めの一枚が、口絵写真には使用されている。秋水書翰は、「閑文字」が、秋水の周囲に多大の迷惑をかけたが、責任を小剣に負わせようとする者ではない、ただ芸術創作のためという根拠だけで、実在のモデルを使っても、その作品が後にいかなる影響を及ぼすかは、作家の与かり知らぬこととしてしまっていいかどうか、すくなくとも多少他人に迷惑があると知れば、避けられるものなら避けるのも一つの美徳だとおもう、という文面で、小剣への忠告を主としたものである。

この時の秋水書翰に、様々なエピソードや他の端書を挿入しながら、秋水の一人語りの形式で書かれたのが、小説「悪魔の恋」である。大正七年十一月雑誌「新潮」掲載。「閑文字」以後略十年の幾月が流れている。

構成は、秋水の長文書翰を軸に、明治四十一年六月十八日土佐中村町に帰郷静養していた秋水から下目黒五百五十二の小剣に宛てた端書[*13]や、秋水の母についての描写、管野須賀子のことなども、組みこまれて、長文書翰を肉付けする。しかしあくまでも、この長文書翰が主軸となって展開していることにかわりはない。また、これらの実際の手紙は、小剣によって、かなり添削されていて、小剣の好みで改変されてもいる。全文をここで紹介すると煩雑になるので、その一部だけ、実物と作品をならべておきたい。

僕は御承知の通り多くの敵を有して居る、政府にも、民間にも、又不幸にして同志と称する人々の中にすらも頻りに僕を傷け僕を殺さんとして居るものがある、僕と管野すが子と同居したといふことは、彼等の為に好箇の武器として受取られた、或者は頻りに新聞や雑誌に書立てさせた、或者は熾んに知己友人の間を触れ歩いた、或者は各地の同志に檄を飛ばして此事をもて僕を葬るべく勧説した、而して恰も此時君の『閑文字』が出た、此小説は彼等が僕を弾劾するのに最も有利なる一大証拠品として用ひられた

以上は、実際の書翰。次にこの部分が作品の中では、

僕は御承知の通り、多くの敵を有してゐる。○○にも××にも、また不幸にして同志と称する人々の中にすらも、頻りに僕を傷け、僕を殺さんとしてゐるものがある。僕と水谷浪子との同居したといふことは、彼等の為めに好箇の武器として受け取られた。或る者は頻りに新聞や雑誌に書き立てさせた。或る者は熾んに知己友人の間を触れ歩いた。或る者はまた檄を各地の同志に飛ばし、この事を以つて、僕を葬るべく勧説した。而して此の時恰も、君の

ゐられた。

『雪夜物語』が出た。この小説は彼等が僕を弾劾するのに、最も有利なる一大証拠品として用

と、「閑文字」が「雪夜物語」、管野すが子が水谷浪子にかえられ、送りがなや句読点の添削がいたる箇所にみられる。他にも、長文書翰全文にこのような添加削除がある。「早稲田文学」が「○○○○」、「日本人」が「○○」雑誌、小剣が△△、秋水が○○、先妻が秀子、というふうに変わる。しかし、これらの秋水書翰の改変は、周到に、その文意をまでかえてしまうものではなくて、秋水の意志はそのまま忠実になぞられているのである。だから、書翰のもつ内実、小剣への忠告と秋水の須賀子との愛情告白という内実は、小説「悪魔の恋」のモティーフと連結する。小剣自らこの作品を評して、「七八年前に亡くなつた時代のパイオニアーの告白の一部で、私には会心のものであります。」（大正七年十一月「新潮」、「本年発表せる創作に就て」というアンケートに答えた「三つの作について」より）といっている。

ところで、実物の書翰は以上のように添削はほどこされながら、秋水の意志は忠実になぞられるわけだが、この長文書翰の間に書きこまれた挿話も、小説全体の半ばをしめているのである。それは秋水の母と管野須賀子に関するもので、これらの挿話が事実であるか、全く作者の創意になる虚構なのかは、はっきりしない。虚実相半ばと考えるのが妥当かも知れない。

秋水の父、幸徳嘉平次と、母、多治子は、二十二歳と十七歳の折に結婚して、秋水誕生の明治

四年の翌年に嘉平次は他界している。享年三十八歳。多治子が三十三の厄年で寡婦となった時、民野（十二歳）、亀治（七歳）、牧子（五歳）、秋水（二歳）の四人の子供が残された。多治子は、日夜奮闘して四人の子供を成育するのであったが、なかでも末子で先天的な虚弱児だった秋水への寵愛はすさまじいばかりであったという。これが、秋水幸徳伝次郎の生誕前後の史実である。この部分が「悪魔の恋」では次のようになる。

ところが、彼等攻撃者は、『雪夜物語』を武器として、今年七十になる老母——三百里外の郷里で僕の身の上ばかりを案じてゐる僕の母——を攻め立てるに至つた。彼女には無論芸術と雑報との区別を附ける眼はない。

これは正しく我が愛子のことを書いたのだと聞き、且つ思つて、一代の恥辱、家門の穢れと、痛憤の極、三日三夜を泣き暮らし泣き明かした末に、殆んど血で書いたかと思はれるほどの悲しい手紙を僕によこしたのだ。

この箇所では、母の悲しみに、「痛憤の極、三日三夜」云々という修飾語を作者はつけくわえているが、秋水書翰の文意をそこなわない範囲でほどこされている。母・多治子の小説「閑文字」に憤慨する有様を書翰が説明したくだりに、秋水は、「君（小剣）には母子の情はよく分らぬかは知らないが」という一文を挿入している。この一節は、秋水が小剣の幼少時代の悲惨[*14]を知悉していた事実を仄めかしていて興味つきぬものがある。小剣は、幼い折母に死に別れ、継母にかかったが、秋水は幼い折父に死別し、母一人に育てられた。クロポトキンの自伝に小剣が深い感銘をうけるのも、またかれが継母にかかったという経歴を持つ人物だったからでもある。[*15] 小剣と秋水は、親炙するうちに、それぞれの来歴を語り合って、その幼い頃の境涯について互いに共鳴していた、と推定することは許されよう。小剣が、亡き幸徳秋水を生涯そのこころの友とした歩みの一端に、このことは尠からずから関連していた、ともいえよう。「君には母子の情はよく分らぬかは知らないが」という秋水の一言をうけて、小説では、「僕」（秋水）の母にまつわる回想が、かなりの紙枚をさいて書翰の間に描きだされることになる。

小説の「僕の母」は、三十になってから「僕」を生み、初産。その後「僕」が四歳の時に、父は二十五歳で他界。秋水が、幼い折父に死別するのと、母が三十を越してからの誕生の二点は、史実と一致するが、先の嘉平次と多治子の年齢などは、小剣の創話である。私が、書翰以外の部分を、虚実相半ばと考える所以である。そして、母に関する回想は、「僕」を産んだ時に遡り、非常な難産であったとして、その出産の折の様子をかなり詳しく描写している。二日二夜苦しみ続けていた母の枕辺にやってきた、小都会の産科医者は、診察をすませると、器械で出さなけりゃ出やしない、十五円かかるがどうしよう、と言った。その言葉を伝え聞かされた「僕」は、四十年後の今でも、産科医者を力の限り殴りつけてやりたい。「僕の前額部と後頭部とには、今でも指で撫で、見ると、微かながらも窪みのあるのを感ずる。それが当年の名残だ。」、この名残りを思うと、「母一人子一人の懐かしみも、僕の母子に於て、殊に切なるものがあると思ふ」。小説は、母の懐旧から、水谷浪子（管野須賀子）と先妻（師岡千代子）との所謂愛情問題に及ぶ。

僕は明白に君に告げる、僕は水谷浪子と恋に落ちた。僕はこれを罪悪とも不名誉とも思つてゐない。殊更に吹聴すべきことではないが、何人の前にでも、安んじて公言し得るのである。

と、長文書翰を多少の改変を加えただけで、文意は全くそこなわせない以上の文言に続けて、「僕」は、二人の女性との関係の真相を語る。小説第「四」章ほぼ全文がそれである。先妻は、僕にとっては一個の重いお荷物にすぎぬと知ってからも、むざと彼女を路傍に棄てはしなかったし、今でもそうはせぬ。また別の意味で彼女を愛護していて、この点で『雪夜物語』と全く違っている。僕と先妻との関係は、衣食のため、地位のために結ばれた旧式のもので、この上長く彼女を負って歩くのは、大きい罪悪だと信ずるにいたり、解らぬながら、先妻はこの点をよく呑み込んで、別居するにいたったのだ。そして水谷浪子との関係は、「将来の自由社会に於ける両性関係の小模型」だ。

小説第「五」章には、「僕」と水谷浪子の日常茶話的なエピソードが記されて、最後に「六」で、この長い手紙は、「悪魔が恋を語るもの」とでも思って読んでほしいと書かれて、小説のタイトルに連絡させているのである。七年十月十九日脱稿、と注記されている。

いま、「悪魔の恋」を、秋水書翰と作者の創意をふわけしながら紹介して、ほぼ小説構想のポイントは指摘し得たと信ずる。そこで、この小説構想を支える作者小剣の、創作への意欲と、作品自体の孕む主題は、どう理解すればよいか、があらためて問題にならなくてはなるまい。

結論からいえば、小説「悪魔の恋」は、亡き幸徳秋水の、管野須賀子と師岡千代子と母についての誠実な心境告白、という一点に、文学的リアリティが存する、それ以外のなにものでもない。作者上司小剣は、秋水の肉声をできうるかぎり忠実に再現し、秋水の言い足りぬ箇所は、秋水の心理に即して代弁しているにすぎない。たとえ史実と吻合しない章句が、創意として書きこまれていようと、また、たとえそれが虚構でしかないにしても、小剣は秋水の肉声を再現復権せしむるべく情熱を傾けていて、その場合、虚構は虚構でありながら、支えられた情熱の深みによって、史実よりもさらに奥底の肉声に到達し得るのではないか。そういう意味で、この「悪魔の恋」一篇は、実際の秋水の書翰よりも、より秋水の肉声を再現した作品的真実性を確保しているのである。

小剣文学の流れのなかで、小説「悪魔の恋」は、やはり大正六年前後からの、小剣自身の精神的変貌と、そこから連続的に書かれるようになった社会・思想小説と、その中で作者の心理にクローズアップされたクロポトキンと秋水への傾斜、といった背景を持つ作品である点では、「金曜会」とかかわりはないのである。ただここで、「金曜会」との関連で、一言つけくわえたいのは、虚像化された秋水についてである。「金曜会」で述べたように、作品のモデル秋水は、かつて作者が携えていた尊敬と批判の両面の感情の、後者が完全に剝落して、虚像と化した。秋水の実像は放擲された。そういった意味の説明を加えたはずだが、「悪魔の恋」の「僕」もまた、虚像化された秋水であることにかわりはないのである。一個の人間の真実の実像を把握するとは、とりもなおさず、自我と他我との緊張関係のなかで、尊敬と批判の微妙な接点を、全体的視野において見定めることであるはずだからである。小説「悪魔の恋」のモデル秋水の告白が、実際の肉声以上の文学的真実性を獲得したとしても、秋水の虚像であることにかわりはない。上司小剣という一個性の内部から、秋水という他我を、尊敬と批判の微妙な接点から見定める眼が失われ、他我を自我との緊張のなかで確認する作家的作業も放棄されている以上、モデル幸徳秋水は、虚像のままである。

五　社会・思想小説集『生存を拒絶する人』

小説「悪魔の恋」が発表された翌月、大正七年十二月に「空想の花」（「中央公論」）、八年二月に「新らしき世界へ」（「文章世界」）、同年四月に「美人国の旅」（「大観」）、同年六月に「黒王の国」（「中央公論」）、同年七月に「分業の村」（「中央公論」）と、六年末から七年にかけて集中的に発表された社会・思想小説に、すこし前の六年一月に書かれた「生存を拒絶する人」（新小説」）をくわえて、大正九年四月に、社会文芸叢書第一編『生存を拒絶する人』が、聚英閣より上梓されている。この作品集には、かなり長い著者の自序が付されていて、作品集全体の俯瞰に欠かせぬ資料となっている。自序の内容を、簡単にたどると次のようになる。

もう十年余も前のことであろうか、あるところにクロポトキンの研究会が始まって、私も末席に列った。**Au-tour d'une Vie** と **La Conpuête du Pain** の二冊が教材であった。前者の一節に、著者が父の婚礼を見た一条のあるのを繰りかえしつつ、心を動かされた。私にも同じような過去があったからで、この際に得た感銘を骨子に、「父の婚礼」一作を成したことがある。[*16] 後者の終りの方の農業編が、私の創作欲の肥料になるような気がした。「空想の花」も「新らしき世界へ」も、ここに描かれた夢である。

クロポトキンは常に空想を排斥して、其の論文の随所に、今日現在行はるゝ実例を引用してゐるが、私は彼れの文章の中から、詩と夢とを抽き出して楽しむのを喜んでゐた。詩とは縁の遠かるべき筈の彼れの文章から、詩を採り取ることの難かしくなかつたのは、寧ろ不思議とでも言はうか。

そこで、クロポトキンと老子を連想したい。ク翁は愛世家であり、老子は厭世家であるが、そうした相違にもかかわらず、老子の理想国とクロポトキンの自由村とには、一味の共通点が通っているのを感ずる。また老荘の思想を受けた芭蕉にも、クロポトキンとの共通点を見たいような気がする。

たしかに、以上の自序で説明されているように、『生存を拒絶する人』収録の作品全体に流れているのは、クロポトキンの『自伝』と、『パンの略取』、さらに「生存を拒絶する人」の思想的原典『法律と強権』の、色濃い反映であり、これらを作品群のそれぞれにみるのはたやすい。それは、これらの作品を作品として論じる場合には、どうしてもとり上げなければならないはずであるが、本論の目論見は、「人形」、「閑文字」、「本の行方」、「金曜会」、「悪魔の恋」という系譜の線上に、『生存を拒絶する人』を位置づけることにあって、そのためには、小剣と秋水、小剣とクロポトキンのかかわりを中心に検証する中で、小剣のクロポトキン思想受容のし方を、まとめの意味をかねて書いておきたいのである。

自序で、小剣は、クロポトキンの著作にふれた時、かれの文章の中から、詩と夢とをのみ抽き出して楽しんだ、といっている。これを文面通りうけ入れるのは疑問がないか。殊に私どもは、すでに小剣の小説「三寸」や、その原形の小品「火」を知っているからである。なかでも未完の「三寸」の主人公宇都宮太郎が、クロポトキンの著作に内在する現代資本主義批判と無政府共産制の理想に共鳴し、何をなすべきかという行動への一歩手前まですすみ、作者小剣もまた社会主義運動にふれる至近に到達していた事実を知っている。自序が語る、詩と夢を抽き出して楽しむだけのことなら、小説「三寸」が中絶するはずもなかったのである。革命運動に投ずれば、主人公の周辺に起る「生活問題の急劇なる波瀾」まで予感する小剣が、クロポトキンの著作に詩と夢をのみ読みとったとするのは、どうしても肯首しかねるのである。

クロポトキンの『パンの略取』は、かれの思想の集大成ともいうべき書であることは周知のとおりである。幸徳秋水は、小説「金曜会」に描かれた金曜講演の集会の後、病気静養の目的で土佐中村に一時帰省する。その帰省先で翻訳したのが、『麺麭の略取』で、明治四十二年一月に平民社訳として発刊するが発行禁止になっている。この秋水訳の『麺麭の略取』を参考文献に、クロポトキン思想の三本の柱を簡略化してみると、第一に、現代資本主義の歴史的構造的矛盾の究明と批判、第二に、「革命に欠乏するかも知れぬのは、唯だ決行の勇気といふ一事」と指摘する実行の問題、第三に、「社会革命の前途に開ける地平線」のかなたにひろがる無政府共産制の自由村、この三本の柱にふ分けできるはずである。

小剣は、雑誌「簡易生活」時代に、この三本柱を一気にかかえこもうとして失敗した。殊に、第二の「決行の勇気」という一事から敗走したことになる。そしてこの敗走から、革命運動と革命家たちにたいする痛々しい負目を背負いこみ歩み始めねばならなかった。小心、臆病、怯懦といった言葉が小剣の作品のなかに屢々くりかえされる事実と、それは無縁ではなかったはずである。また、小剣の文芸観が、作者の思想や哲学を露骨に表現するのを嫌い、心臓を奥深く隠そうとするものであったこととも無関係ではあり得まい。

「決行の勇気」からの敗走で背負った手痛い負目が、よかれあしかれ、明治社会主義に対する緊張感をよびおこして、「人形」、「閑文字」、「本の行方」という作品を成立させ、なかでも「本の行方」のような幸徳秋水の実像化におもむく文学的成果として結実することになった。しかし、小説「金曜会」は、徳田秋声が見事に示唆したように、小心、臆病、怯懦といった言葉が、いつの間にか、小剣の自我の強い根城を築いてしまって、そういった言葉を裏側からささえていた負目という感情がずり落ちてしまう過程が、モデル秋水の実像から虚像への転換として現われた作品であった。

その時に、「決行の勇気」への負目がずり落ちる過程で、クロポトキンが再び新らたな姿でたち現われ、「詩と夢」を歌うことになる。『生存を拒絶する人』自序は、この意味で理解すべきではないか。小剣は、ただ、クロポトキンの描いた自由村を「詩と夢」とみて作品化するだけではなかった。そこには、第一の柱である、現代資本主義を批判する視点も内包されていなくもなかったのである。文明批評家としての上司小剣が、小剣論でつねにとり上げられるのも、その故である。

だが、「決行の勇気」への負目や緊迫感が欠落して、理想郷や文明批評の視点を作品化した時、どれほどの作品としての迫真性を保ち得るかには、大きな疑問があるといわねばならない。社会・思想小説集『生存を拒絶する人』収録の諸篇は、この意味からも味読する必要があるのではないか。

末尾に

本論稿では、副題のとおり、幸徳秋水とのかかわりのなかで書き継がれた系譜の作品をとりあげたが、小剣文学の本流は、なんといっても多田神社時代にまつわる作品の系譜にあることは多言を要さぬわけで、これらの系譜の検討と並立して、本論稿が位置づけられるとき、大正期の小剣文学の全体像にはじめて私なりに一歩なりとも近づけるものとおもう。

注

＊1　『幸徳秋水全集』別巻一に、現在では収録されている。昭和四十七年十月三十日　明治文献刊。

＊2　同『幸徳秋水全集』第九巻収録。「人間は如露亦如電だといつて、君のやうに詰らながつて泣たり笑つたり僧侶や哲学者や詩人や文人やは三千年来山ほどある、君にも似合はぬ陳腐な人生観だ、○イクラこぼして見ても死ぬる者は死ぬる、死ぬると極つても美人は美しく見へ、オイシイものを食へばオイシイ、人生はハカないやうで又面白いものだ、○面白く遊べる者を遊ばないで、苦しがつてる、仕方のないことを苦しがるのは愚ではないか、君は一つ間違ふと神さまに縋るやうになりはせぬかと案じられる、○併し人生はつまらぬ、男三郎だといつているのが矢張趣味で、此趣味を君は楽しんで居るじやないか、実際につまらぬなら疾くに華厳に行てる筈だ、チト酒でも飲で浮々し玉へ、僕のやうに寝たきり動けないものすらある。十八日秋水生」、以上全文。

＊3　大正七年七月雑誌「中央公論」第三十三年七月号特集「白樺派の人々」中、小剣「一点の赤い火」での使用語句。
＊4　相馬御風「文壇の近事を報ずる書」(「文章世界」第五巻第四号・明治四十三年三月）は、「髑の皮」前の小剣評であるが、早く、小剣文学の持つ平凡性と常識性を指摘した点注目に値する。また、「祭の後」のような作品での緊張が何故持続できないか、ともいっている。しかし　御風は、大正三年の「髑の皮」については、小剣自身には「過分の賞め」と感じられる評価を下している。長い手紙まで書いてこの作品を賞めたらしい事実は、昭和二年三月「文章倶楽部」第十二巻第三号の特集「大正文壇総勘定」に、小剣が「十五年間私史」を書いていて、その中にみられる。
＊5　筑摩書房版『明治文学全集72』、講談社版『日本現代文学全集31』収録の小剣年譜には、ともに「金曜日」となっている。
＊6　前掲『幸徳秋水全集』第九巻収録「渡米日記」の明治三十九年三月七日の項に、「上司、大杉等に書物送出行」という記録がある。
＊7　小剣は、バクーニンにかつて興味をもっていて、秋水に著作についてたずねたらしい。前掲全集に所収されている明治四十一年十二月七日付の上司延貴宛の秋水の端書が、明らかにする。
＊8　江口渙著『わが文学半生記』(昭和二十八年　青木文庫)
＊9　「近代思想」第一巻第十二号・大正二年九月、荒畑寒村「八月の雑誌」での使用語句。他に、第一巻第七号、第一巻第八号で寒村、第二巻第二号で堺利彦が、それぞれ小剣の作品にふれている。
＊10　「近代思想」第一巻第一号・大正元年十月の「消息」欄は　市井の歴史家となった白柳秀湖と、松村のもとに入った西川とをとり上げている。
＊11　小説「椿の花」は、「太陽」執筆当初には、後に『お光壮吉』とまとめられる連作の書きだしと

は作者は意図していなかった。主人公や舞台設定に、『お光壮吉』とは大きく違う点がいたる箇所にみられ、「椿の花」はそれなりに一篇として、末尾に「完」と付記されている。

＊12 「新潮」第二十六巻第二号・大正元年二月、「新春文壇の印象」（アンケート）中に、近松秋江は、「生存を拒絶する人」にふれて、「作者の哲学が出過ぎているけれど文章がいかにも軽妙で玲瓏で水晶のやうに透明である」といっている。

＊13 ＊2に示した端書である。

＊14 雑誌「文学」昭和五十年五月の拙稿「上司小剣文学の基底―摂津多田神社時代―」で、小剣の幼少年期の閲歴は、素描した。本書の第1章はこれを改訂したものである。

＊15 「父の婚礼」（大正四年一月雑誌「ホトトギス」）の冒頭には、次のように書かれている。「曾て、クロポトキンの自伝を読んだ時、まだ二十とはページを切らぬところに、父の婚礼を見ることが書いてあつたことを覚えている。

…母が死んでから、父はもうそろそろ眼を世間の若い美しい娘たちの上に投げた。―といふやうなことが、あの黄色い仮表紙の本の初めの方にあつたと思う。父の第二の婚礼の折の、子としての寂しさ、悲しさも書いてあつたであらう。いや確に書いてあつた。自分はそれを読んだ時、礑と自分の身の上に突き当つたやうな気がして、暫く其ページを見詰めていた。さうしていると、あの一面に刷つた小ひさな文字が、数知れぬ粟のやうな腫瘍に見えて来て、全身がむづ痒くなつたそれ以来自分はあの書物のあの辺を披いたことがない」。

＊16 ＊15を参看。

第4章　上司小剣『父の婚礼』論
――自己表白と隠匿の問題――

一　作品集『父の婚礼』と『鱧の皮』

小説集『父の婚礼』は、大正四年三月新潮社から上梓された。この時期にかぎらず、小剣文学全体の中で、その作家活動のピークをなした作品集であって、上司小剣文学の本質をみきわめるためには、避けられない関所のような書ではないか、とおもう。

『父の婚礼』の出版前の大正三年九月に、現代文芸叢書第四十一篇として春陽堂から小説集『鱧の皮』を上梓している。この作品集には、

○鱧の皮（「ホトトギス」大正三年一月）
○誕生の僥倖（「文章世界」同二年三月）

○人形（「文章世界」明治四十二年二月）
○鐘の音（「中央公論」同四十四年一月）
○東光院（「文章世界」大正三年一月）

の五篇と、序として花袋、秋江、星湖、作次郎、青峰の「鱧の皮」評を収めていて、それなりに纒まりがないとはいえない。またその後の作品集や文学全集に一顧もされなくなる「人形」という赤旗事件と堺利彦一家に取材した短篇が収められていることも興味深いが、私は三つの点で、小剣文学の代表的作品集は『父の婚礼』をおいて他にないと考える。

その一つは、作者上司小剣の作品選択の厳正さにおいて『鱧の皮』は、『父の婚礼』に及ばないという点。『鱧の皮』は、大正三年一月に発表された「鱧の皮」が、新春文壇に突如話題を独占し、小剣をたちまち文壇の大家の席に列せしめた事情をうけて、急遽まとめられた「鱧の皮」のための、ある意味では書肆要望の無作為の作品集といえなくもないからである。

これに対して、『父の婚礼』は、小剣自ら序で語っているように、「この一篇は、私の半生の記録である。苦悩のページである。外形は、長篇短篇取りまぜて十種を集めたことになつてゐるが、内容は、『天満宮』から『長火鉢』に至るまで、一つの連続した生活の塊りである」とし、幼年時代の記録、半生に大きな影響を与えた母方の祖母と叔父と叔母とその他の人々との物語、そして青年時代の物語に分類している。さらに、「私の全力はこの一篇に注がれ、私の思想と哲学とは、この一篇の芸術の奥深くに包まれてゐる。さうして、私のこれまでの総べてが、結晶してこの一篇を成したものと信ずる。」と書き、『父の婚礼』一篇が、実に厳密に一貫した視点から取捨選択された作品集である点で、『鱧の皮』は、小剣代表作品集として『父の婚礼』の質的内容に及ばないのである。

第二は、小剣文学のもっとも油ののったピークといえる大正三年の「天満宮」、「筍婆」が、作品集出版の時期的制約から『鱧の皮』には収録されていないという点である。

第三には、大正二年の作品ではあるけれども、小剣文学と小剣の人となりをとらえる上で注目したい「膳」が、『父の婚礼』には収められている点。

その三点から、私は『父の婚礼』を、小剣の代表的作品集、また小剣文学の基底を論じる場合の関所のような作品集といいたい。

ここで、『父の婚礼』所収の作品を、配列順に、初出誌と掲載年月を列記しておきたい。

○天満宮（「中央公論」大正三年九月）
○父の婚礼（「ホトトギス」同四年一月）
○寺の客（「新小説」明治四十三年四月）
○筍婆（「中央公論」大正三年四月）
○鱧の皮（前掲）
○東光院（前掲）

○兵隊の宿（「中央公論」大正四年一月）
○畜生（「中央公論」明治四十二年十二月）
○膳（「新潮」大正二年八月）
○長火鉢（「新小説」明治四十四年三月）

この配列は、序で作者自ら語っているように、「天満宮」と「父の婚礼」が幼年時代の記録、「寺の客」、「筍婆」、「鱧の皮」が作者の母方の祖母と叔父と叔母と、その他の人々の物語、「東光院」、「兵隊の宿」、「畜生」、「膳」及び「長火鉢」が青年時代の物語として説明されている。

本稿では、以上の作品すべてを逐条的に論じていくのではなくて、「鱧の皮」、「天満宮」、「膳」、「父の婚礼」などを中心に考えながら、波及的に他の作品に言及するという方法をとりたい。

二 「鱧の皮」への文壇の反応

大阪道頓堀付近のある料理屋の一人娘お文が、家出した放蕩養子福造からの一通の手紙に、一人の女としてゆれ動く。そのお文の女性らしい微妙な心理を中心に描かれた「鱧の皮」は、先に書いたように、大正三年一月「ホトトギス」に掲載された短篇である。

作者自ら後年回想して、「『鱧の皮』はごく短かいもので、力を入れて書くには書いたけれども、あんなに好評を得ようとは思わなかつた[*1]」といっているように、新春文壇の嘖々たる賞賛に迎えられた。大阪興行中の島村抱月と松井須磨子から連名できた端書に、鱧のことが書いてあったのと、同時に着いた大阪の従妹からの小包みに鱧の皮がはいっていたところからヒントを得た[*2]この作品は、小剣自身予想外の好評を博したと回顧しているのである。

大正二年十二月十八日、病気が腸チブスと診断され赤十字病院に入院した小剣は、一時危険の宣告を受けたが、もちなおし、翌年二月十二日退院するまで病臥の人となっていた。入院時にはまだ発表もされていなかった「鱧の皮」が、退院した折には、すでに上司小剣という作家を、文壇の大家に仕立て上げてしまっていたのだから、本人にはまさに驚嘆すべき事態が出来していた。まず「国民新聞」一月三日に、「年頭の文芸界」として島田青峰が筆をとり、

丁度「ホトトギス」が俳壇に鼓吹しつつある「平明にして余韻ある句」といふ様な流風を、小説壇に於いて築きつゝあるものは吾が小剣氏ではあるまいか。

と、「鱧の皮」と写生文の連関性を指摘している。この島田青峰の「鱧の皮」と写生文との共通性の指摘をうけて、いかにも円熟し、洗練された描写であり、味のある通な作で、渾然として完成された作である、と推賞したのは、「早稲田文学」（大正三年二月）の「新年の文壇」担当の加能作次郎であった。作次郎は、

「平明にして余韻ある句」とは、高浜虚子氏の句作に対する主張であるが、上司氏の『髑髏の皮』は、小説界に於いて右の主張に合するものだといふ意味のことを島田青峰氏が国民紙上で言うたが、さういふ味は確かにある。

と、高浜虚子の主張の同一平面上に「髑髏の皮」を位置づけたのである。

けれども、島田青峰（賢平）は、「ホトトギス」の主任編集者であり、加能作次郎はその「ホトトギス」に処女作「泰三の父」（明治四十三年七月）を発表した。この派の息のかかった作家であったことをおもい合すなら、高浜虚子の写生文主張と「髑髏の皮」をかさねあわせて、その圏内のすぐれた作品として推輓した事情もわからなくはない。その意味では、青峰、作次郎の「髑髏の皮」評は、同党同族意識から書かれたといってさしつかえないと思われるが、この作品を写生文にひきつけて評価したのはこの二人だけではなかったのである。

「ホトトギス」の正月の編集を済せた青峰は、この作品を近松秋江に読むように勧めた。秋江は、その読後感を次のように語っている。

正宗君が嘗て、虚子氏など、同じように苦労人の態度で世間を観た書き方だといつたのを、私は「髑髏の皮」によつて初めて十分に首肯し得たのであつた。

そして、「髑の皮」以前の小剣の作品に、正宗白鳥が、虚子との共通性を、すでに確認していた事実を取り上げて、秋江は白鳥の小剣文学把握のしかたを受けて、さらに秋江なりに「髑の皮」論の発展をこころざしている。

虚子氏に嘗て「三畳と四畳半」といふ優れた短篇があつたが、両方、違つたことを書いてゐて、それで書き方の飽くまでも平明で、確実な現実的、基礎を有してゐるところが頗る似てゐる。つまり巧妙なる写生である。上司君は器用な人だから此は「ホトトギス」に寄稿する物だからと思つて、特に写生的の物を書いたのでもあつたらうが、とにかく巧妙なる写生文であつて、同時に小説家として十分に才能のある、単なる写生の領域を踰えてゐる、あるものを示してゐた。

以上は、大正六年五月「文章世界」の「上司小剣論」中の秋江「上司君」の一節である。小剣文学と写生文との共通性連関性を逸早く感得したのは、秋江のいうとおり正宗白鳥だったかも知れないが、「髑の皮」一篇をもって、これ程截然と写生文であると裁定し位置づけたのは、あとにも先にも近松秋江一人かも知れない。

その意味で「髑の皮」論には欠くことのできない貴重な一文である。島田青峰、加能作次郎、正宗白鳥と、さらにそれらの評価の軸を発展させた近松秋江の「髑の皮」論評は、秋江の一文が、先の三人の論と作品裁定の質的強弱はあるにしても、いずれも写生文と「髑の皮」をかさねあわせたものである点では同一歩調の論としてさしつかえあるまいと思う。

田山花袋は「時事新報」一月四日の「新年の文壇」の四回に、この「髑の皮」について、

> 上司小剣氏の『髑の皮』は大変面白いと思ひました。お文といふ女とその周囲とがいかにもよく書いてありました。福造といふ亭主と短い会話の中にはつきり出てをりました。立派な短篇だと思ひました。それに大阪らしい気分が十分にはつきりと出てゐて、感じに確実（しつかり）としたところがあるのが及び難いと思ひました。

と、「大阪らしい気分」がよくでている点を感心したのである。この花袋の読後感をうけて、それに賛成としながらも注文をつけた人に中村星湖がいる。

> 『髑の皮』の描写と観察には実際、芸術家としての氏の天分が輝くばかりに現はれてをる。田山花袋氏も「時事」で評されたやうに、大阪のロオカルカラーや夫の留守のしめくゝりをしてをる女や、その周囲やは、凡手の到底及び難い細やかさと巧みさとを以て十二分の表現を遂げてをる。芸術家としての上司氏を見るに十分な作であつて、人としての上司氏をすこしも覗かせないのを、私は敬服すると同時に不満足に思つた。無理な注文かも知れないが、

その無理な注文をもこゝに提出しなければならないのが、今の私の心持である。

「文章世界」大正三年二月の「新年の文壇」に、中村星湖は、以上のように、「髑の皮」に芸術家としての小剣は十分に覗えるが、人としての小剣がでていないという、敬服と不満を書きつけたのである。

大正三年にこういった星湖は、その後、この小剣に対する注文が無理なものであったと自説訂正を試みている。先の近松秋江の「上司君」と共に、「上司小剣論」に掲げられた「材料の一二三」一文が、それである。この星湖の文章は、小剣研究の材料を箇条書き風にまとめたもので、前に紹介した青峰、作次郎、秋江らの、小剣文学と写生文との共通性、同質性の指摘と裁定につながる「一種の写生文」家としての小剣を問題にはしているけれども、あくまで感想の域をでない。それと、小剣研究の材料として、正宗白鳥の刺戟、明治社会主義者との交友、さらに「継児としての痛ましい淋しい幼少年時代」を経験したことをあげて、「境遇が性格の幾部分かを造るのが真理ならば、人としての上司氏を研究するものはまた此点を念頭に置く必要があるのであらう」とも記した。箇条書の域をでない、それ以上の具体的検証を経て論理的で精密な考証までにはいたっていない文章ではあるが、戦前戦後から現在にいたるまでの小剣の文学と人を研究する視座は、たしかにここにはじめてまとまった形で提示されていることは、評価に値する一文であるといえよう。余談だけれども、戦後の小剣研究ではじめてまとまった形で「上司小剣論」を書いた、青野季吉の方法の原形は、この星湖文にある。

ところで、星湖が大正三年二月の「髑の皮」所感を無理な注文であったと後年訂正しているのは、

その頃の私は、たゞ巧みに写すといふやうな事には飽きを覚えはじめてゐた。それ故、その作をそれまでになく円熟した物、それまでになく厭味の無い物として褒め上げながらも貶した。作者その人を窺はせるやうな何物も無いと言ふ理由で。(略)。そしてそれは非常に無理な注文でもある事を今になつて思ひ返す。それ迄の多少厭味のあつた作にこそ、比較的鮮やかに作者の主観が覗いてゐたので、その厭味が無くなつたのを讃美する以上は、作者その人の影を作中へ呼び出さうとするのは甚だしい矛盾であつたのである。

という部分である。星湖の「髑の皮」評の軌道修正は、作者の主観、思想といったものが作品の表面に直接現われていない「髑の皮」に敬服したのなら、作者の主観思想といったものをその作品に求め注文する事は、論理的に矛盾する、という一言につきる。

そして、星湖の評価軸の論理的矛盾は、一徹な星湖その人から自省する場合当然だとも考えられなくはない。けれども、星湖の評価軸の論理的矛盾はそれとしても、上司小剣の「髑の皮」や「天

満宮」を中心とした作品に対する一方の見方に、星湖一人ではなく、作者の主観、思想、哲学の発露がなさすぎるという視点から批判的であった文学者は他にも幾人かいたようである。

三　「鱧の皮」続文壇評価

作品における作者の主観、思想、哲学の発露、つまり、作者の作品創作における自己表現の態度の問題から、小剣の大正三年頃の作品に徹底した批評を加えたのが、相馬御風であった。

大正三年六月の「文章世界」の「五月号の諸雑誌の中から」に筆を執っていて、小剣の小説「妹より」（「太陽」）、「秘仏」（「早稲田文学」）、「紫の血」（「中央公論」）を直接には論の材料としながら、正宗白鳥と森鷗外における自己表現の態度と、上司小剣のそれとを比較言及しているのである。長い引抄になるが、小剣文学の本質を論じる貴重な、一方の資料としてここに書き写しておきたい。

　今年の正月出た『ハモ《ママ》の皮』と題する作を代表として、此の作者が最近至つて著しく文壇的興味の中心圏内に入つて来て居る事は明らかな事実であるが、それも大半はストーリーテラーとしての洗練された技巧が与つて力あるので、作者自身の生活そのものには、以前と今との間にさらに著しい発展の経過の認められるもののあるとは思はれない。今月出た三つの作中でも、前に挙げた作者自身の生活に近い二作よりも、単に一個のストーリーとして描いた純客観的な『紫の血』の方が、より多く作者のお手のものであるやうに思はせるのもその為めだと思ふ。

けれども僕が前に正宗氏を思ふと上司氏が直に聯想されると云つたのは、その事についてではなくして、自己表現の態度についてなのだ。もつと詳しく云ふと『桜咲く頃』に至つて稍面目を一新した如き観ある正宗氏を思つたと同時に、どこか一点以前の正宗氏の特色に似たやうな自己表現の態度を取つて居た上司氏が依然としてその態度を変へないで居るのを思つたのだ。僕は以前から正宗氏が自己の半面だけしか表現しないで本当の自分の他の半面を内に包んで居るやうなところのチヨイチヨイ見えるのを物足らなく思つて居たのであるが、上司氏に至つては更に更に、その甚しいのを見るのがあまり好ましくないのである。つまり或る範囲に限つた自己表白に止まつて居ると云ふ事なのである。その事を説明する為めには森鷗外氏が一番好い例である。鷗外氏は一時『あそび』主義と云ふ事を自己の生活哲学であるが如く云つた。そしてさう云ふ方面の自分を主として表現する事に努めた。併し少しく深く考へる者にはどうして、鷗外氏の生活が『あそび』主義で続けて来られた事を信ずる事が出来やう。『あそび』主義の隠れた半面にどんなに努力的な鷗外氏があるかわからない。第一あれだけの社会的地位が何で『あそび』主義などで得られやう。僕等の知りたいのは一方に『あそび』主義の哲学を説かなければならぬほどそれほど苦しい他の半面である、『あそび』

主義を要求するに至つた根本の鷗外氏の生活告白なのである。それと同じやうに、僕は上司小剣氏を初めそれに似寄つた作家に向つて聴くべく求めたいのは、常に表現されないで居る、表現を苦しく思はれて居る他の半面の自己である。正宗氏の『桜咲く頃』にはそれが出て来た。更に僕は上司氏に向つて『妹より』の中へ薄く一寸顔を出して居るやうな程度でなく、もつとしつかりと攫んで本当の自分が出して貰ひたく思ふのだ。そこから技巧家としての進歩以上の進歩が芽ざすのだらうと思ふ。

随分長い引用になったが、この相馬御風の一文は、この期の小剣文学への公約数的不満と批判の一方を的確に表現している。先の星湖評や「帝国文学」誌上での文芸時評で同旨の不満[*3]を小剣の作品になげかけている石坂養平らの論旨を代表する小剣評の白眉であると、考えたためにあえて長文引用となったわけである。また、未見ではあるが、「読売新聞」大正三年十二月六日に徳田秋江の筆名で「文芸偶感」を掲げている秋江によって紹介されている万造寺斉が「我等」に載せた「鱧の皮」批判などにも一脈通じるものがあるであろう。他に白石実三[*4]も、「鱧の皮」よりも「膳」などが好きだ、といっているあたり、この評価軸に属したものと考えることができよう。正宗白鳥も、「鱧の皮」よりも、「長火鉢」のような作物が小剣の作中で最も深く人間が写されている、といっている[*5]ところからは、やはりこの評価の系譜につながらなくはなさそうである。

以上、「鱧の皮」発表後の同時代文壇の反響を概観してきた。そこには、近松秋江に代表される評価のしかたと、相馬御風に代表される批判的立場とにうかがえるように、「髑の皮」により文壇の流行児（あるいは大家ともいわれる）となった小剣の作品に、略二通りの文壇の反応反響があったことになる。

しかし、これらの二様の反響に、独自無類ともいえる発言をした岩野泡鳴の、小剣文学把握もここで一通りはふれておく必要があろうかと思う。

「郷土芸術と描写問題（新年の初頭に考ふべき事）」と題した一文を、岩野泡鳴が、「読売新聞」に載せたのは、大正四年一月一日である。この文章は、大正三年の文壇を風靡した上司小剣の大阪に取材した「髑の皮」等の作品を批判徹底したもので、岩野の実生活と芸術描写の一元論的問題把握からの、独自の小剣文学駁撃論である。

岩野は、三年度文学界で「髑の皮」の加きが評判がよかったのは、描写論を単純な技巧の問題としてばかりみている創作家、批評家が多いからではないか、と皮肉な口調で語る。そして、小剣の大阪を舞台にした作品は、概念だけで不自然な大阪人しかでていない。その理由は、小剣その人の生活根柢が大阪的に深くないからだ。東京もしくは大阪の都会者は都会者としてもつと覚醒した生活に入るべぎだ。田舎出の作家はもう一度田舎に帰つて経験をやりなおせ。そうなると描写問題は直にその人の生活問題ではないか。という、結局のところは、小剣に大阪に定住し、その場で作家活動をすべきだ、といいたいわけである。

岩野泡鳴は、大正六年にも同旨の忠告をその「小剣論の一端」（前掲「文章世界」五月「上司小剣論」）

でくり返している。小剣が大阪的郷土芸術家として生活を深めて行く気があるのならば、流浪してでも大阪に住んでいるべきだ、と。

四 「鱧の皮」と写生文

以上「鱧の皮」発表後の文芸時評を、私なりに整理した。

讃岐屋という料理屋の三十六になるお文が、家出した夫福造からの一通の封書にゆれうごく心理描写、ここにこの小説「鱧の皮」のモティーフがあることはすでに周知のとおりである。お文が、母のお梶に銀場をたのんで、叔父の源太郎と、善哉でも食べに行こうと誘いだし、その実源太郎を小料理屋に誘い、酒をふるまう。それも、お文には酒の力をかりて源太郎に福造のことを相談するためで、作者は、その心理を一言半句も描いてはいない。

しかし、お文の酒の飲み方やしぐさのなかに、その心理の機微をただよわせる。また、使用人の若い男女の睦まじい様子に、ヒステリーを起す彼女を描く。あるいは、源太郎を誘いだして別れた後で、蒲鉾屋に寄って、鱧の皮を買い、小包郵便の荷作りをさせて家に帰り、お梶に気づかれぬように、そっと銀場の下に押し込み、寝支度の前に、今しがた入れた鱧の皮の小包を一寸と撫でてみる様子を描く。そうした描写の中から、実にみごとにお文の、家出した男に対する女の波立ちゆらめく心理が、浮び上がってくる佳品である。

とすれば、近松秋江が裁定した高浜虚子の写生文に共通する、平明で簡素で余韻ある描写は、たしかに指摘することができるとおもう。戦後の「髑の皮」に関する発言には、この作品と写生文の共通性ないしは同質性を問題にしたものはあまりないようだし、また秋江のそうした視点からの評価を紹介したものもほぼないように思う。

では、島田青峰、加能作次郎、近松秋江らのように、「髑の皮」を中心とするこの時期の小剣の作品に、高浜虚子の写生文と共通、同質性をみるとする場合、まず注意しなければならないのは、当の上司小剣は写生文派もしくは高浜虚子をどう見ていたか、という点である。

現在までの私の個人的調査の範囲では、写生文そのものをとり上げ、それについて小剣なりの意見を書きつけた文献はない。高浜虚子の『柿二つ』にふれたエッセイと、木佐木勝氏が記録した小剣の正岡子規についての発言の二つだけが管見である。

高浜虚子の『柿二つ』に所感を記したのは、「読売新聞」大正四年五月二十三日「小ひさき窓より」においてである。

　『柿二つ』では、曽てホトトギス誌上を通して見てゐた、子規氏と其周囲のことが、明らかに分つたのを面白いと思ひました。ホトトギスでは如何にも和気靄々たる光明の中に、釈迦を取り巻いた五百羅漢の上へ、紫の雲が下りて天女が楽を奏でゝゐるやうにも見えましたけれど、人間界のことはそんなものでないといふことを、この『柿二つ』で今更ながら知りました。勿論虚子氏のあの観方、解剖の仕方、尽く急所に当つてゐるか何うかは知りませんけれど、今の文壇で最も無駄のない筆つきの人、換言すれば、簡潔で内容を豊富にすることにおいては、何人も追随を許さないこの第一の名文家の筆は、たゞ何処かの病文学者の最後を描いたものとしても、『柿二つ』が尠からぬ価値を有するものになりました。芭蕉の門人の中に、若しこの『柿二つ』の作者ほどの芸術家がゐて、真の終焉記を書いてゐたならばと、そんな事をも考へました。

ここには、上司小剣が、「ホトトギス」に前々から着目してはいたけれども、あくまでも外からつき離し一定の距離を置いてみる、傍観者の立場がはっきりと読みとれる。ただ、高浜虚子を、「今の文壇で最も無駄のない筆つきの人、換言すれば、簡潔で内容を豊富にすることにおいては、何人も追随を許さないこの第一の名文家」と書きつけている部分は、小剣と写生文を問題にする場合着目留意していいのではないか。すくなくとも、小剣が、虚子を「何人も追随を許さない第一の名文家」と、虚子の文章にふれた事実は注目してよい。それを、すぐさま、小剣文学と写生文の連関性を指摘し、文学史的に位置づけるのは、強引にすぎようが、これからの小剣文学研究に、小剣と写生文、すくなくとも「軆の皮」と写生文の連関性の問題を詮議してみることは、全くの無駄、徒労とは思えない。

今一つ正岡子規にふれた小剣の発言は、木佐木勝著『木佐木日記二』（現代史出版会刊昭和五十年八月二十日発行）の、昭和二年七月二十七日の項に記録されている。

北村透谷、川上眉山、芥川龍之介の自殺を話題にした小剣は、かれらの死は、ロマンティックなものでも思想的なものでもない。生活難と強度の神経衰弱、あるいは動物力が失われたために起る生理的衰退であって、これは凡人でも非凡人でも同じだ。しかし、「正岡子規のように肉体から動物力を失つて、死を眼の前に見つめながらも、なお死と戦い抜いたのは例外」だ、といい、「子規のような人こそ非凡人だ」と小剣は語った。『木佐木日記』は、小剣の正岡子規についての発言をこう記録しているのである。

小剣は、一応外郭から傍観する態度を、「ホトトギス」、高浜虚子、正岡子規にとっていたらしい事は、これらの少ない資料からも読みとることができるし、虚子を第一の名文家といい、子規を人間観からではあるが、例外の非凡人と語った事実は記憶してよい。しかし、「鱧の皮」と写生文の共通性同質性は、先にもいったように文学史的位置づけとからみあわせては論断できない。そのための資料は余りに少ないからである。

現在の段階で確認され得る、「鱧の皮」前後の作品と写生文の連関性の問題は、次の三点にしぼれよう。まず、「鱧の皮」発表直後の文壇内部で、この作品を高浜虚子の言説や写生文と同質であると時評した文壇的反響が、かなりの量にのぼったという史的事実と、今読み返えしてもたしかに、平明にして余韻ある句の小説版、という読後感が、叙景、叙情的描写部分に非常にそぐわしいこと、さらにこれらの事情を支えるものとして、秋江のいう「上司君は器用なんだから此は

「ホトトギス」に寄稿する物だからと思つて、特に写生的の物を書いたのでもあつたらう」という小剣側の執筆態度、以上三点である。

五　小説「天満宮」考

島田青峰、加能作次郎、近松秋江らの「鱧の皮」評を中心に、小剣文学と写生文の問題を整理してきたが、次に相馬御風に代表される、小剣文学における作者の自己表現もしくは自己告白の問題をとり上げてみよう。

上司小剣の文学と人における自己表現、自己告白の問題を取汝汰する上で、小説「天満宮」と小説「膳」は重要な役割をもった作品である、という私の意見はこれまでにも書いてきた。[*6]

小説「天満宮」は、「鱧の皮」と同年の大正三年九月に「中央公論」に掲載された。大阪から六里距った山村のうらぶれた神社を舞台にこの神社の宮司前田道臣の酒と女に溺れ、怠惰に生きる姿と、その道臣の妻京子が、子宮病から強度のヒステリーになり、狂人として死去する姿とに、村人たちや、神主の一人息子竹丸の姿などをかさねあわせながら書かれた作品である。

本間久雄は、「文章世界」大正三年十月号の「九月の文壇」で、この作品にかなりのスペースを割いて論評している。

出来るだけ作者の主観を隠して、冷静の態度で、如実の人生を描写しやうとした一個のリアリズムである。で、この篇には、いつもの小剣氏の作に見えるユーモアのところは比較的少ない、否、殆んどないと云つてよい。その代り全篇を貫いて《ママ》。一種パセテイツクな哀愁の感がいつもよりも一層色濃く漂つてゐる。描写は実に手に入つたもので、事件的にも心理的にも、全篇の種々のシーンなりキヤラクターなりが、いかにもよく活躍してゐる。就中、道臣と京子の二人物、わけても京子は最もよく活躍してゐる。彼女の発狂が次第に死に近づくに従つて、おとなしくなり、素直になつて、無意識の間の嫉妬も不平も次第に柔らいで行き夫の道臣が情婦を相手に晩酌をしてゐるのを病床から眺めて、微笑してゐるあたりは、読んでゐると哀愁を誘はれるといふよりか、寧ろ一種の凄みを与へられる。この『天満宮』一篇の如きは、確かに、鋭く人生の一角を穿つた作として小剣氏の傑作であらう。

また、大正三年十二月六日の「読売新聞」に、近松秋江は徳田秋江の筆名で、「文芸偶感」を書いている。この「天満宮」が、材料の整理の巧みなこと、登場人物の一人一人が一糸乱れず明瞭に描写されていること、そして作者自身の感慨もセンチメンタルなところも全くないこと、などを列挙して、「『天満宮』などを読むと、自分の書いてゐることが、一本調子で、且つセンチメンタルで気恥しくなつて、筆が進みはしない」と賛嘆している。あるいは、「早稲田文学」大正三年十二月の「大正三年文芸界の事業、作品、人」の中で、秋江は、「淡白にして描破深刻」とこの作品を寸評してもいる。

読後当初秋江は、この「天満宮」が、小剣の幼少年時代に取材した作品とは思わずに読んだ、と前掲「上司君」でもらしている。

前の二作（「髑髏の皮」と「箚婆」と）が氏自身のことでないことは分つてゐるから、「天満宮」もやつぱり他人を細かく観察して描いたものであらう、よくも他人のことがあんなに精しく観察出来たものだと実に感心して、私は自己の芸術の成り難きにつくづく、と浩歎の声を幾度となく発したものであつた。「天満宮」は併し氏が自分の上に在つたことを書いた物であつた。けれどもたとひ自分の身の上であつたにしても、氏自身も全く自分から離れて遠く客観化されてゐる。殊に狂死する神主の妻や神主や、神主の家に始終出入りしている人物や、若い召使いの女や悉く巧妙な技巧によつてはつきりと浮び出てゐた。

本間久雄の、出来るだけ作者の主観を隠して、冷静に如実の人生を描写しようとしているリアリズム、とする「天満宮」評も、近松秋江の、小剣自身の身の上を素材としながらも、小剣自身から離れて、遠く客観化されている、という評も、ともに小説「天満宮」を作者の主観、思想、哲学の発露のない、客観描写あるいは写実小説と読む論点では、完全に一致している。

ところで、この本間久雄と近松秋江の「天満宮」評の視点が、「天満宮」読解のキーポイントであると同時に、上司小剣の人と文学の本質、その可能性と限界をふくめての全体像をみきわめる上でのマスターキーの役目をもつものではないか、とおもう。

小説「天満宮」は、近松秋江が言っているように、小剣の幼少年時代の史実を素材にして書かれた作品である。舞台は、小剣上司延貴が育った摂津多田にある多田神社と、その周辺であり、登場人物もまた、前田道臣が小剣の実父延美、京子が実母幸生、お時が同村の笹部秀と、ほぼ実在した人物がモデルとなっている。これらの人物については、第1章「上司小剣文学の基底(1)」に、私の調査し得たかぎりで、すでにふれているので、ここでは割愛したい。

この小説には、作者の自己表白は全くでていない。また、実在した小剣の実父母がモデルであることも、全く読者に明かさないし、読者もまた、それを作品表現からだけでは、とうてい感得できない。全篇にわたり巧妙に隠匿されてあって、近松秋江ですら、読了直後の感想に書いたように、ストーリーテーラーとしての小剣に感心したのであって、そのことに思い及び得ていない。それほど見事に、作者上司小剣は、この一篇の作品表現から自己の影を剝落させているのである。

竹丸の家は、天満宮の別当筋で別当は僧体であつたから、血脈は続いてゐないが、第四十五世別当尊祐の代になつて、国の政治に改革が起り、封建が廃れたので、別当の名で支配してゐた天満宮の領地二ヶ村半、五百石を上地し、別当は還俗して神主になり、名も前田道臣と改め、髪の伸びるまで附髷にして、細身の大小を差し、頻りに女を買つて歩きなぞした。

それが竹丸の父である。

と。維新での、神道の国教化政策の一環としての、神仏判然令、神社の社僧別当への還俗命令、廃仏毀釈運動などにもてあそばれた歴史上の一個の典型。そうした一地方の神官を浮かび上がらせている。そして、今では、女中のお駒か、妻京子のもとに裁縫の手習いに通って来ていたお時を相手に、来る日も来る日も一日中酒ばかり飲んでいる人物として描かれている。村人たちにも、「老いて醜男の道臣も、この村では第一の色師」とみられていた。

けれども、このような道臣の行状に、武家階級出身の妻京子は即応できない。子宮病から劇しいヒステリーとなり、最後には狂い死にする。京子もまた、歴史の波に抗うことも乗ることもできず散った、一個の武家の女の一典型でもあった。狂って病院から天満宮に連れもどされる前、竹丸とお時の父千代松が、六里の山道を下って京子を見舞う場面で、京子の様子は、

寝台から下りて、畳の上に座蒲団もなく坐つてゐた京子は、薄暗いランプの下で短刀を抜いて見てゐた。痩せこけた頬へ櫛巻きにした髪の後れ毛が振りかゝつて、大きな円い眼は血走つてゐるやうに思はれた。

と書かれている。また、いよいよ狂人となってしまった京子が、天満宮に連れもどされて暫く後、

ある夜こっそりと寝床を抜けだした場景は、次のようにも描きだされる。

寝衣《ねまき》も何もはだけ放題にはだけて、大腿まであらはに、口の辺りには、鉄漿のやうなものがベタ附いてゐる。

このように描きだされた前田道臣と京子は、完璧と思われるほど作者上司小剣その人から遠くつき離されている。道臣は、維新後の改革で還俗した、大阪から六里距ったある山村の小さな神社の、神主であり、日々酒と女に溺れる一個の男であるにすぎない。また、京子も、その好色漢の神主を夫としたために、子宮病からヒステリーとなり、果ては狂い死にする、武家出身の一個の気性のはげしい女であるにすぎぬ。近松秋江すら、この小説に「血」を読みとることができなかった、とする事情も諾い得る。

くりかえすが、作家上司小剣は、「天満宮」から、ほぼ完璧に近く自己の影を隠匿剝落させた。それは、上司小剣という一個性の禀質にもかかわるが、それ以上に、作者の厳しい意識的な創作への決意ととり組みがあったからである。

出世作「鱧の皮」も、作者の自己表白は、作品それ自体にはたしかにない。しかし、「鱧の皮」全篇には、その作品そのものに作者の叙情がほのかに揺曳していたのであって、同時代の評者たちが、挙って「情趣」というような評語で表現したのが、これである。「天満宮」にはそれがない。

作者は、この作品を執筆する際に、すっぽりと仮面をつけた。厳しい自己規定ないしは規制による冷厳な仮面である。自己の影を、この作品から完全にとりはらう信念を、意識的に持続させた。

そのために、作者は、登場するすべての人物に十全細心の配慮をし続けた。前田道臣も、京子も、お時、お駒、お駒の従兄定吉、お時の父千代松も、すべてそうした配慮から、作者からつきはなされた、作品上の人格として自立している。

だが、作者の十全細心の配慮が、逆に、この作品に伏在する作者の厳しい意識的営為の存在を、私ども読者に唯一感得させる人物を造形してしまったのである。

小剣自身がモデルの竹丸少年が、それである。

そして、「天満宮」の作者が、他の人物にも増して、厳格な自己規制の配慮をしなくてはならなかった人物が、竹丸である。小剣は、そのことを知悉していたのであり、そう試みてはいる。ところが、知悉していたからこそ小剣は、竹丸に自己の影が映るのを徹頭徹尾規制しすぎたのではなかったろうか。

天満宮の女中お駒は、十六、その従兄で彼女とどうも肉体関係のあるらしく描かれている定吉は十七である。ちなみに竹丸は十二才という設定になっている。

お駒が酒のお酌か何かに道臣の居屋へ入つて、長いこと密々話なぞしてゐる時、定吉は別に何事をも感ぜぬらしく、竹丸を嘲弄つたりして面白さうにしながら、何時までも根気よくお駒の出て来るのを待つてゐた。夜晩くなつてもまだお駒と道臣とが居室から出ないと、竹丸はよく定吉の膝に凭れて眠つた。お駒は定吉の来て待つてゐるのを知つてゐながら、別に気の毒がるといふことはなく、憚るといふ風も見せずに、四時間も経つてから、のつそりとして出て来ると、定吉と顔を見合つて互ひにニヤリと笑つた。

こういう表現で、作者は、十六のお駒と十七才の定吉とを、大人の約束事を知った人物として、あるいは大人と同様のあつかいをされる青年男女として描いてみる。だから、ある時には、お駒と定吉が、道臣のいない天満宮で同床するシーンも書き記すことを忘れていない。

漸く眼を覚まして、余りに日の高いのに驚きつゝ、定吉は起き上つて雨戸を繰り開けた。それに続いて、お駒も眼を擦り擦り起きて、よたよたしながら便所へ行つた。二人は縁側で眩しさうな眼をして、顔を見合つたまま黙つて突つ立つてゐた。白日は容赦なく二人のしどけない姿を照らし付けた。

この一節では、二人の同衾したらしい事実はぼかした表現になってはいるが、後に、「台所の次ぎの六畳で寝てゐるお駒と定吉とを蚊帳の外から起さうとした」という表現があるところから、この一節もそうとってさしつかえあるまい。

いずれにしても、十六才のお駒と十七才の定吉は、当時の村落共同体の中では早熟とはいえないけれども、大人もしくは大人と同等の人格として扱われ行動している。ところが、お駒より四才下の竹丸は、徹底的に幼い分別のつかぬ、喜怒哀楽の情をしかもたない、まさに幼さのみ身にまとう少年として描かれているのである。

十二才の竹丸が、お駒に着物を脱してもらったり、脱されたまま裸でお駒から駈け回って逃げる。千代松と道臣が、京子を連れに大阪に出かけて行く様子を、お駒と定吉が連子窓から見送っているところに、「竹にも見せて」といって定吉に抱き上げてもらう。さらに、「坊んち、阿母さんが死んだら踊りまへうか」という定吉の言葉に、「ふん踊らう」と、妙な手付きと足踏みとで座敷中を踊り廻る。その時の定吉との約束を、竹丸は母京子の末期の水を塗った死枕で、

『定はん、約束や。さア踊らう。』と、竹丸は台所の板の間へ駈けて行つて、其処に不安さうな顔を二つ並べてゐたお駒と定吉との前で、盆踊りの真似をした。と、定吉との約束をたわいもなく実行するのである。

こういう竹丸の姿は、お駒と四つしか違わない人物としては、あまりにも不自然なのである。また、あまりに幼なすぎる。お駒、定吉と竹丸の年齢の相違に比べて、その挙措動作と思考能力

が必要以上に隔りを感じさせる。

そこに、私は、作者上司小剣のもっとも厳しく自己規制のチェックをした作業の跡を確認したい。作者が、自己の影の映るのを恐れて、終始一貫細心の注意と配慮を働らかせた痕跡をみるのであり、そのことが、うらがえせば、小説「天満宮」におけるただ一点での作者の影が皮肉にも反照させられてしまう結果となるのである。

先に、作家上司小剣は、「天満宮」から、ほぼ完璧に近く自己の影を隠匿剝落させた、と書いた所以である。

ただ、小剣文学全体の中で、これまでに、自己表現、自己告白を剝落し、その意味で作中からほぼ完璧に近い自己排斥を遂行し得た作品は、後にも先にも「天満宮」一篇であったことだけはたしかだ。それがいいすぎだとすれば、すくなくとも、多田神社ものの中では、唯一無類である。そうした位置づけから、私は、「髑の皮」以上にこの小説を、小剣文学の最高峰に据えたい。小説「天満宮」の私なりの読解は、無論本間久雄、近松秋江の同時代評価の線上にあることはたしかで、こうした「天満宮」のもつ自己排斥の表現とその作者の態度に、大正三年の文壇が反駁を加えるものも、また自然であった。

「髑の皮」発表直後の評で、描写の巧みと厭味がないと褒めながらも「作者その人を窺はせるやうな何物も無い」点が、不満である、と書いた中村星湖は、次のように「天満宮」を論じている。

「髑の皮」以上に評判になった「天満宮」は、なるほど事件は際立った物だ。したがって人物も奇抜だが、芸術品としてしっとりした感じを与える点で、「鱧の皮」に遠く及ばない。やはり僕は、「鱧の皮」に深い愛着を残して、以前「新潮」に書いた「膳」の中に作者の真髄を示した、あの態度の復活を望みたい。

仮面を脱いで下さい。

六　「膳」という作品

「仮面を脱いで下さい」と小剣に訴えた中村星湖の文章は、大正三年十二月十一日の「読売新聞」に「本年の創作界」と題して掲げられたものである。

ところで、「仮面を脱いで」という星湖の言葉も、結局は、先に長文引用をあえてした、あの相馬御風の、「常に表現されないで居る。表現する事を苦しく思はれて居る他の半面の自己」、それを「もつとしつかりと攫んで本当の自分が出して貰ひたく思ふのだ」という言葉につながるものであることはいうまでもない。そして、「鱧の皮」、「天満宮」などの作品に対する、本間久雄や近松秋江らが推賞する客観描写、リアリズムといった評価軸に対立的な公約数的不満と批判[*7]がここにあるといえよう。

次に、「天満宮」評の中で、中村星湖が、仮面を比較的脱いだ作品表現をもつ小説として例示し、作者の真髄を示した作品といった短篇小説「膳」を、今少し検討しておきたい。

小説「膳」は、「父の婚礼」に収録されているが、「鱧の皮」より前の作であって、大正二年八月の「新潮」誌上に載せられた。

小説家らしい（「ペンばかり使っている身」と説明されている）私の、五円ほどで買って来た五人前の会席膳への異常な愛着ぶりがテーマになっている作品である。

私（上司小剣と思ってよかろう）は、人間よりも品物に多くの愛着を持っていて、肉体の傷は大きくさえなければ、棄てておいても癒るが、品物の汚点や瑕疵は、ひとりでに直るということがない、と考える人物である。

五人前の会席膳は、買って来た晩に、枕元に置いて寝た。が、その夜半眼を覚した私は、その会席膳に刷毛で撫でたような無数の細い疵のあるのを発見する。そして、△△家蔵と記すために、硯箱を探してガタガタと物音をさせた。その音に気付いた妻が噛み付きそうな調子で、もう新しい道具なんか買うのは真平だ、と言う。私は、

『寝られなけれや寝るな。……お前なんぞよりこの膳の方が、よつぽど大事なんだから。』

と、頭の中だけで言つて、一燭の電灯を十燭にとりかえて、また一つ一つ膳をひねくり廻わしかける。

『気違ひが……』と、妻は眼を擦り擦り棄台詞のやうに言つて、自分の夜の物を重さうに次

ぎの間の暗い中へ引き込んで行った。

このような私の、人より品物への愛着が強い心理を描く。畳の上に篦で痕がついた時とか、本箱は買いたいが疵をつけまいとする苦痛が怖しくなかなか買えないとか、夏祭で町内の若い衆に、新しく建て代えた門の柱や扉に疵をつけられないかと半日くらい門前に立ちつくしていたとか、ウォルサムの、ローヤルの機械の入った黄金の懐中時計を慈しむとか、その奇癖奇行譚が挿入される。

そして、会席膳がお桂さんという貧乏長屋に住む人の家での婚礼のために貸され、ついに疵をつけられてしまうまでの話が、中間から後をしめている。これが、小説「膳」の概要である。

「膳」は、明らかに「鱧の皮」、「天満宮」などと違う。作者上司小剣という一個性が、たしかに生身のまま、「私」を通して表現されており、星湖評のとおり、仮面を脱いだ作者小剣の自己表現がある。妻や子や他人といった人間よりも、家具調度品だとか、身のまわりの品物に、多く愛着する奇癖奇行の人上司小剣が、作品の表面にたち現われている。

同様に、作者上司小剣のこういった、人間よりも、品物に愛着をよせる心理を描いた作品は他にもある。

「秘仏」(大正三年五月「早稲田文学」)、「石」(大正四年四月「新潮」)などがあげられる。

また、家具調度や身のまわりの品物ではないが、妻や子、他人に薄情冷淡で自己本位な主人公を描いた作品、「筍」（明治四十二年九月「新小説」）、「開帳」（明治四十三年六月「早稲田文学」）、「百日紅」（大正三年十月「太陽」）なども、小剣自身の自己表白の作品系列として、「膳」にならべてよい。

しかし、これらの作品は、相馬御風が言った、所謂「常に表現されないで居る、表現する事を苦しく思はれて居る他の半面の自己」を語るという徹底した表現構造を確立した作品、あるいは星湖のいう「仮面」を脱いだ自己を、まごうことなく暴露徹底した作品と断定できるかどうか。

人としての小剣には、「膳」で描かれた「私」と同じように、人間より品物を慈しむ性癖があったことは事実である。

たとえば、先に紹介した岩野泡鳴の「小剣論の一端」の前半に、岩野の観察した小剣の性癖の一挿話がある。

小剣と一緒にある時電車に乗った。なにかの話のはづみに岩野のつばのかげが、小剣の着ていたマントのはじにかかったように見えた。すると小剣の顔色が少し変わって、話しぶりにぐれはまを生じて来た。実際にはつばはかからなかったのだが、そう云ったとて気の済む小剣でないことを岩野はよく知りぬいている。話しを続けながらそ知らぬふりで小剣を見ていると、かれは白いハンケチを取りだして、岩野のつばがかかったと思われるらしいあたりを、二、三度軽く払った。しかし、小剣は、それ切りでは済まなかった。山の手線を品川から有楽町へ来るまでに、なお二、三度同じようなことをくり返した。さらに電車を下りてプラットホームに立った時にも、また一度ハンケチでマントの裾をふり払っていた。岩野は、それを見るたびにおかしくてふき出しそうになったが、そうすればいよいよ小剣を気にさせることになるばかりだから、その日は、その事については何も語らなかった。

以上が、ある日岩野泡鳴の観察した、上司小剣の人となりである。

余所目から見た小剣の性癖は、この岩野の一文によく書かれているし、また、小剣自らも、屢々エッセイの類に、自分のこのような性癖を語ってもいる。

だから、小説「膳」やその他の同種系列の作中に表現された小剣は、小剣その人と考えてかまうまい。「膳」の主人公は、上司小剣その人だ、と断定してよい。けれども、はたして、表現すること自体苦しい自己であり、仮面を完全に脱いだ作品といい得るかどうか。

私は、決してそうとはおもえない。小説「膳」においても、やはり、鉄の仮面とまではいわないまでも、ある種の仮面を小剣は脱いではいないのである。

それは、ユーモアとアイロニーという仮面である。

ユーモアとアイロニーという仮面で武装した小剣である。小剣は、絶対に素手では闘わない。かならず手袋をする、仮面をかぶる。そうせずには、闘わなかった人だったし、また闘えない人でもあった。

「膳」の「私」も、作者のユーモアとアイロニーという仮面をつけて登場している。自己の内に潜む暗い自我の表白など、この作品には求めるべくもない。だからこそ、比較的作者自らを表現したかに考えられるこの作品に、全体としてコミカルな調子が漂うのだ。武装した仮面の空間から、ちらりちらり作者の素顔が垣間みえる程度の自己表現、自己告白なのだ。孤独で冷やかに凝り固った自我主義者上司小剣の素顔など、ほんのたまにしか現われない。大正四年四月の「新潮」に、「上司小剣氏の製作に隠れたる力」を書いた水野盈太郎は、

私は、上司氏の製作に対する時には、必ず巧みに彫琢されたもの、下に、まだ眠つて居る一つ不思議な、と言ふよりも、むしろ恐しい猛獣の隠れて居るのを感じる。（略）。私はどんなに考へて見ても氏を豊富だと思ふ事は出来ない。その魂が何処かものに屈従した人の持つて居る、ひかへ目勝で、衰弱した目で見た世間が表はれて居る。（略）。上司氏の心の中には、如何なる愛の力も感応しない心が宿つて居る。それは常に鈍色をした眼を開いて、一つ処ばかりを見詰めて居る。是は何物かの反動から起つた感情の結果ではない。氏の肉体の底にある一つの奇怪な石である。（略）。

私がこれについて感じたのは、氏が大正二年の或る月の「新潮」で公にした「膳」と言う題の短篇を読んだ時からである。この「膳」の主人公が、その心の偏僻な愛情を持つて、その所有の器具に対する状態の背後に、不思議な力が働いて居る。それを明かに言ひ表はす事が出来ないが、私は一種の半透明な、しかし恐しい目が、始終一つ処に向つて見開かれて居る事を感じたのである。

そして、最後に、「膳」には、比較的その力が露出してはいるが、記述者の巧妙の方に傾いていて、まだ縮っている。その外部の扮飾をすてる時があったならば、その時小剣の内にある猛獣が目覚めると思う、絶えず、この期待が去らない、と書きつけた。

水野盈太郎の論調に、多少針小棒大風の言いまわしと論理がないとはいえなくもないが、同時代の文壇の、上司小剣によせる一方からの期待と不満が率直に表明されていることもまた明白である。

万造寺斉の評は別としても、石坂養平、白石実三、中村星湖、相馬御風ら[*8]の小剣文学に対する不満と期待の同一線上に、この水野の論は位置づけられるものである。

七　大正五年前後の小剣文学

けれども、上司小剣という作家は、これらの文壇人たちの期待を、その文学的生涯の中で実行し得なかったのである。

第3章「上司小剣の大正期側面」ですでに検討したように、大正五年前後、上司小剣は急速に自己の思想、哲学を作品に表出しはじめる時期があるにはあった。

それらの作品群として、「美女の死骸」(大正四年七月「中央公論」)、「引力の踊」(同五年八月「早稲田文学」)、「生存を拒絶する人」(大正六年一月「新小説」)、「下積」(同年同月「文章世界」)、「狐火」(同年四月「太陽」）、「紫合村」（同年七月「中央公論」）、「暴風雨の夜」（同年十一月「太陽」）などを一応あげておいた。

小剣は、大正四年四月発行のエッセイ集『小ひさき窓より』序文に、「私の小説に於て、私の思想、哲学は、私自身にさへ見出し難いほど奥深く包まれてゐるやうに思ふことがある。拙いながらも、私の芸術、私の技巧は、鶫の毛の先ほども主観を露出しないで、それをば底の底に秘めておいて、其処から分泌する液汁によつて、全体の潤いをつけたいと思つてゐる。／心蔵《ママ》は全身に血液を送るけれども、彼自身は皮の下で、肉の奥、骨に護られて隠れてゐる。私は私の芸術において、私の主観を人体における心蔵《ママ》の位地に置きたい。心蔵《ママ》を引き摺り出して、頭の真向に振り翳したやうなものは嫌ひである」と、書きつけた。この一節に、それまでの上司小剣の文学作品における自己表現、自己告白に対する基本的態度姿勢がうかがえる。こうした態度姿勢が、大正五年前後から急速に変化しはじめるのである。

その原因に、私は二つの事情をあげておいた。

雑誌「簡易生活」（明治三十九年十一月〜四十年五月までの計六冊）時代に、明治社会主義運動の至近にまで辿り着きながら、歩一歩のところでたちどまり、参画するにいたらず、自ら傍観者としての位置を確定した。その時点で、背負った革命運動への負目が、小剣の原罪意識としてかれの精神の奥深く刻印された。後、「小供の時、ハサミ将棋を差すと、私はよく駒を斜めに並べて盤の一角を占領し、如何にするも敵の駒の侵入することの出来ない空地へ、自分の駒を一つ置いて、それを右に左に上に下に動かしつゝ、勝つことの出来ない代りに、負けることもない安全さを喜んでゐた」とか、「成るたけ薄暗い、戸袋の上あたりに網を張つて餌食の引つかゝるのを待つ蜘蛛のやうな生活がしたい。勝つこともなければ、負けることもない、安全なハサミ将棊が差したい」[*9]と語りはじめる。これらの一種隠遁者流の表現の裏側に、明治社会主義との緊張感と、それへの負目がないまぜになっていたわけである。

小説「人形」、「閑文字」、「本の行方」、「金曜会」、「悪魔の恋」、さらに後年の「平和主義者」といった、明治社会主義を直接取材した作品は、その結実である。つけくわえるなら、このように、文壇文学者が、明治社会主義に直接取材して、それなりの文学的成果を残した史実は、近代日本文学史上異例のこととして、もっと評価されてよい。

すくなくとも、「上司小剣というろくに小説がかけなかつた二流作家[*10]」として、文学史からの一種の無視、抹殺は、至当とは、私にはおもえないのである。

さて、以上のような明治社会主義、就中、幸徳秋水をモデルとした一連の作品（秋水だけではないが）は、「人形」、「閑文字」、「本の行方」とのぼりつめる。が、大正六年十一月「金曜会」、大正七年十一月「悪魔の恋」にいたる過程での作品形象に、モデル幸徳秋水の実像から虚像への転換がおこってくる。それまでの作品は、モデル秋水の描き方において、作者上司小剣の秋水への畏敬がうらうちされながらも、異和の表明が作品のモティーフを支える、という構造を内包していた。

「金曜会」では、はっきりと、死せる秋水への思慕のような感情があらわに表現され、それのみに支えられた「悪魔の恋」へとつらなっていく。

そして、このようなモデル幸徳秋水の描き方の質的転換にオーバーラップすることになるのが、クロポトキン思想受容の形而上的把握となり、革命運動、社会運動といった動的ダイナミズムからの乖離が色濃い社会・思想小説集『生存を拒絶する人』（大正九年四月聚英閣刊）に集約される。大正五年前後からの小剣文学における思想、哲学の表出、その一斑の事情がここらあたりにあった、と考える。

自己の思想、哲学といったものを、文学作品に露骨に語りはじめる事情の一端は、以上のとおりだけれども、それを根柢から支える上司小剣という一個性の精神構造の微妙な変化を作品転換のもう一つの原因とみなければなるまい。

作家上司小剣における、この精神構造の変質を、じっと見据えたのは、徳田秋声である。

小剣はもともと小心で内気であったように考えられる。そして生存の必要から、自己の色彩をだすまいと努めたらしい。無論それは弱者にとって処世上唯一の武器だが、小剣にあっては、年と共に、地位ができると共に、経験が積むと共に、それが一つの強味となり、そこに自我の手強い根城を築いてしまった。つまり、初めは怯懦であったために自分の色を包むことを学ばされたのが、後には強い自信の上に築かれた生活上の一つの信条となってしまった。だから、実生活は以前のように消極的でなくなっている。しかし芸術上ではまだそれほどには大胆になっていないようだ。

　これが徳田秋声の意見の概要である。

　徳田秋声は、この大正五年前後から小剣の精神構造の質的変化を、かれの実生活上から実に的確に深く見据えたのである。そして、この時期に、上司小剣の文学と人を、これほど深く観察し示唆した例を、私はまだ知らない。

「小剣氏に対する親しみ」（大正六年十二月「新潮」の特集「上司小剣氏の印象」中）と題した秋声の意見を、私なりに敷衍したのが、第３章「上司小剣の大正期側面」である。その中で、私は大略次のように書いた。

　秋声が、深く的確に示唆した、小剣内面の怯懦から自信への転換を、私は大正六年前後に確認したい。秋水らの社会主義運動の至近にまで辿り着きながら、とび込めず、一歩退いた時、小剣のこころの奥底に、革命運動に対する負目が原罪意識として刻印された。その頃から小剣は、自己の小心、臆病、怯懦を、その筆先にしたため続けはじめたのである。

　だが、小心、臆病、怯懦といった弱者の負い目を語り続ける作業のなかで　すこしずつ負目としての小心や臆病や怯懦ではなく、秋声の説くように、一つの強味となり、そこに一種の自我の手強い根城を築いた。

　この時期から、作者の思想や哲学が露骨に表現される作品を連続的に発表していくこととなった。

そうして、「人形」、「閑文字」、「金曜会」、「悪魔の恋」へと、秋水の実像から虚像化が作品形象の過程で明らかになる。この経緯と表裏一体の関係にあるのが、作者の思想、哲学のあらわになる社会・思想小説集『生存を拒絶する人』等に収められた作品群である。と、一応の結論を下した。

では、大正五年前後からたしかに明確な輪郭を形成しはじめた、作者の思想、哲学の露骨な作品は、はたして、中村星湖、相馬御風、水野盈太郎といった人たちが、小剣文学に期待した、その方向にかなうものであったかどうか。中村星湖が、「仮面を脱いで下さい」といい、相馬御風が、「常に表現されないで居る、表現する事を苦しく思はれて居る他の半面の自己」を、「もつとしつかりと攫んで本当の自分が出して貰ひたく思ふ」といい、水野盈太郎が、「如何なる愛の心にも感応しない心」、「ある一つの奇怪な石」に小剣が目覚めてほしい、といった、そうした内実をもつ、自己の思想、哲学のあらわな作品群であったかどうか。

私は、小剣はこれらの期待にこたえないで終った、と考える。社会・思想小説集『生存を拒絶する人』一篇にあらわれた作者の思想、哲学は、これら論者たちの意味した思想、哲学などでは全くない。

書けば苦しい。苦しいが書かずにはおかぬ、そうした自我の呻き。迷路を幾度もくぐりなおし、危機に直面し、明と暗の世界を流浪する、その苦の世界から、一歩一歩わが肉体として獲得した思想や哲学。かかる思想、哲学の文学的形象化とは、すくなくとも、大正五年前後から連続的に書かれはじめた作品は、はるかに異質である。『生存を拒絶する人』に限るならば、そして極端ないいまわし方が許されるならば、この小説集に収められた作品はほとんどすべて、明治社会主義運動からの負目が、ずり落ちた過程に、小剣の脳髄に花開いた中空のあだ花であった、といえるかも知れない。

つけくわえになるが、小剣自身は後年、前掲「十五年間私史─自分を中心とした大正十五年間の回顧─」の中で、「大正五年の一月には新小説に『生存を拒絶する人』を書いた。これはアナーキズムの思想を盛り込んだもの。其の他中央公論に書いた『空想の花』は相互扶助自由合意の思想を織り込んだユートピアであり、『黒王の国』や『分業の村』や『美人国の旅』や『新らしき世界』なぞ、皆私の理想郷を現はしたものであつた。もとより文壇人の批評なぞは眼中におかずに、私独りの世界を開かうとしたもの、文壇の批評はどうあらうと、以上いずれも、私にとつては、『鱧の皮』や『天満宮』よりは自信のある作であつた」と回想してはいる。

八　小説「天満宮」から「父の婚礼」へ

小説「膳」を中心に、中村星湖、相馬御風らの小剣文学に対する、作者の自己表白という問題を、しばらく考えてきた。ここでもう一度、「天満宮」をめぐる小剣文学評価の視点にたちもどりたい。

先に、小説「天満宮」を、本間久雄の、出来るだけ作者の主観を隠して、冷静に如実の人生を描写しようとしたリアリズム、という立論と、近松秋江の、小剣自身の身の上を素材としながらも、作者自身から離れて、遠く客観化された小説、とみる評言をとりあげた。そして、これらの論者の「天満宮」評価にそいながら、小説「天満宮」で上司小剣は、ほぼ完璧に近く自己の影を隠匿剝落させた、と書いた。それは作者の厳しい自己規制と、細心の注意で構想された結実である、とも書き、その具体的根拠として、少年竹丸の描き方がいかにも十二才の男子にそぐわない、不自然なところが多い点を指摘したはずである。

いずれにしても、小説「天満宮」という作品が、作者の影を、隠匿剝落させた、写実小説であることにかわりはない。

そこで、今問題になるのは、この後上司小剣は、小説「天満宮」で果した写実小説の成果を、さらに発展継承したのかどうか、あるいは、これまたその線上での発展を試みなかったのかどうか、ということである。

この点を検討する場合、『父の婚礼』に収録されている小説「父の婚礼」をとりあげるのが、もっとも適材だと考える。「天満宮」が、前田道臣の妻京子の死によって、お時がどうも道臣の後妻におさまるらしい場面で完結しており、「父の婚礼」は、お時と道臣の婚礼を中心とした作品である。素材の継承性がある作品という点でもっとも適材だと考えるのである。ただ、素材の継続はないけれども、やはり小剣自身の幼少年時代、摂津多田神社時代を舞台にした作品が「天満宮」

と「父の婚礼」の中間に発表されていて、この作品にも、一応はふれておく必要があるとおもわれる。

それは、「読売新聞」に短期連載完結の小説「トルコ帽」である。「トルコ帽」は、大正三年十二月九日から十二日までの(一)から(四)、十六日から十九日までの(五)から(八)、二十二日、二十三日の(九)、(十)と、計十回にわたり発表された短篇小説である。

神社の神官道臣が死んで、「私」と継母お力が葬式の準備にあわてる様子に、「私」と父道臣、「私」と継母お力の心理的葛藤を交錯させて描きだした、それだけの作品である。

素材の継承性が、「天満宮」との関連では直接にはない、といったのは、史実にもとづく。小剣の父延美が妻幸生を失ったのが明治十八年六月七日のことであり、その年の秋に、延美は同村の笹部秀を後妻に迎え、翌年三月四日にコレラで秀を失う。さらに秀の妹が多田神社に住み込むが、入籍までにはいたらず、明治二十年七月以前に笹部家にもどっていて、同年七月十二日には松浦なかを入籍して、間に明治二十二年十月三十日小剣と異母兄妹になるこつなが出生している。ちなみに、延美は、明治二十六年九月十三日享年五十八歳で他界している。幸生の死までが「天満宮」で、秀の入籍前後が「父の婚礼」で、秀の妹琴の住み込みあたりが「第三の母」で、松浦なかをモデルにした作品は、遡って「位牌」などであり、延美の他界前後を取材したのが、この「トルコ帽」という作品である。史実による素材の継承性という点では、「天満宮」についで「父の婚礼」がくるわけだけれども、小剣の所謂摂津多田神社時代が素材である点と、もう一つには、ほぼ完全に近く自己の影を隠匿剝落させた写実小説、「天満宮」と同じ系列の材をつかった直後の小説である点で、無視できないのである。

「トルコ帽」は、「天満宮」の前田道臣がそのまま登場し、道臣の他界前後を描いた小説であることは紹介した。しかし、この「トルコ帽」で、もっとも注意して読まなければならぬ人物は、「天満宮」での竹丸少年であることは言うまでもあるまい。

ところで、驚くべきことに、「天満宮」の、作者が自己の影を恐れ細心の注意と配慮をはらっていた竹丸少年が、「トルコ帽」一篇では、いきなり「私」＝上司小剣で登場してしまうのである。作者が、自ら作品に乗り込み、大胆な自己表白というほどではないにしても、道臣を「父」と呼び、お力や異母妹の人となりを、父の回想にからめていきなり語りはじめる。

私はまた病める父の枕元で、一言二言、詰らぬことを継母と言ひ争つた。

という冒頭の一節が、それを如実に示している。あるいは、次のような部分も挿入される。

胃腸病に膨くれた腹を突き出して、「ふたらアやまア……」と太い声を立てつゝ、光平の歌を朗吟してゐた　父が、今はもう動かなくなつて、其の声を聞くことも、其の姿を見ることも出来ぬと思ふと、月並の涙が頻りに込みあげて来た。

また、継母お力については、六分四分に入れる米と麦を、釜の中で源平の色分けのように、区切りを立てて炊き、飯櫃にうつす時混ぜるようにしていたが、底の方へ白いのをドッサリ入れて、彼女と娘とがわざとおくれて食事をする時、その底の方の白いのを掘り起して、二人で食べる計略を用いていた、と書く。

ここには、上司小剣の継母なかとこつなに対する幼い頃の怨みつらみの感情が、後年こうしたかたちで作品に書きつけられた、と考えてかまわぬ。小説「位牌」（明治四十三年八月「太陽」）などにも、すでにこの継母と娘への私怨のような感情が記されていて、どうも小剣は、彼女たちをよく書いたためしがなさそうにおもわれる。また、「トルコ帽」には、継母の娘についても、病床の道臣に頼まれた幹子が、焼酎の徳利を死ぬ三十分ほど前に手渡したことにふれて、「自分の小ひさな手で父を毒害したことも知らぬ妹は、母衣蚊帳の中で、スヤスヤと平和な眠りに入つてゐる」と。継母への私怨ならいざ知らず、そのいたい気な幼い娘をこのように書きつけ、「毒害した」とまで、言うのだから、怨みの感情は余程深いといえようか。

ところで、「トルコ帽」で問題なのは、小剣の父への私的感情なり、継母やその娘に対する怨みつらみが、それほど露骨ではない部分と露骨な部分があるにしても、そのことよりも「私」を通して語られる、その一点である。

殊に、小説「天満宮」の写実小説としての十分な可能性を、この「トルコ帽」一篇が閉じてしまっていることは、なににもまして重要ではないか。

この「トルコ帽」発表の翌月、大正四年一月の雑誌「ホトトギス」に、小説「父の婚礼」が掲載される。

くりかえしになるが、「父の婚礼」は、「天満宮」の前田道臣が妻京子を失い、後妻にお時を入れることになるらしい場面で完結した。その後を継承して、お時との結婚話を仲人を通じてまとめ、婚礼の夜を描いて終結する短篇小説である。

登場人物も、道臣、竹丸、お時、お駒と同じで、仲人役と平七とその妻が新たにくわわるのが変化といえばいえる。そうした素材の連続性だけからは、「天満宮」の続篇といえなくもない。しかし、小説の構造に照らして点検すると、「天満宮」との間に大きな懸隔と落差が存在しており、厳密な意味で、続篇とはいい難い。[*11] しかも、その懸隔と落差は、先の小説「トルコ帽」を仲立ちにして、さらに遠く深くなったのである。

小説「天満宮」執筆時の、作者の厳しい自己規制と細心の注意、その象徴的登場人物竹丸少年が、「トルコ帽」においては、いきなり緊張の糸がプッツリと切断されたように、「私」＝作者上司小剣で登場した。「天満宮」での作者の作品上における自己表白を、ほぼ十全に遂行した緊張と、作品構造でのそうした可能性が、大胆、露骨とまではいえぬまでも、回想的な作品構造におきかえられてしまった。小説「父の婚礼」は、こういう意味で、さらに「天満宮」一篇から、遠く深い懸隔と落差を顕在化する作品なのである。
それは、冒頭の次のような表現が、明らかに立証する。

父の婚礼といふものを見たのは、決して自分ばかりではない。それは継母といふものを有つた人々の、よく知つてゐることである。

曾て、クロポトキンの自伝を読んだ時、まだ二十とはページを切らぬところに、父の婚礼を見ることが書いてあつたことを覚えてゐる。

……母が死んでから、父はもうそろそろ、其の眼を世間の若い美しい娘たちの上に投げた。――といふやうなことが、あの黄色い仮表紙の本の初めの方にあつたと思ふ。父の第二の婚礼の折の、子としての寂しさ、悲しさも書いてあつたであらう。いや確に書いてあつた。

自分はそれを読んだ時、礑と自分の身の上に突き当つたやうな気がして、暫く其のページを見詰めてゐた。さうしてゐると、あの一面に刷つた小ひさな文字が数知れぬ粟のやうな腫瘍に見えて来て、全身がむづ痒くなつた。それ以来自分はあの書物のあの辺を披いたことがない。

小説「天満宮」の竹丸は、「父の婚礼」冒頭から、「自分」を語る作者上司小剣その人として立ちあらわれるのである。そこから、父道臣の婚礼前後のありさまが、「自分」を一端通過し、「自分」の中で反芻され咀嚼された上で、回想風に語られる。

それだけに、大胆、露骨な作者の自己表白はない。苦しみに呻ぐものの、やむべからざる弁疏、告白、自省の悪循環から表現されるデカダンスも、絶望、諦念の動的なニヒリズムも、この「父の婚礼」一篇とは無縁である。

わが来し方の「苦悩のページ」を、恬淡[*12]に回想する小剣が、小説「父の婚礼」に端座している。父の婚礼の夜、一人納戸に入って、蒲団に寝転び母の半身の写真を見ながら、「自分は生れてこのかた覚えたことのない、寂しさと悲しさとに、蒲団へ頬擦りして、涙を擦り付けてゐた」と書いた時も、やはり、そこに端然として居ずまいを正す小剣の姿がある。

にもかかわらず、淡々としてわが来し方の「苦悩のページ」を語る小剣が、そこに端座している事実が、「天満宮」の緊張から解き放たれた文学的弛緩を意味することは、疑う余地はあるまい。ほぼ全篇にわたって、その折々に起る事件や出来事に、無垢な幼い一少年の即物的に反応する感情、動作が、ポツリポツリと点描されるにすぎなかった「天満宮」の竹丸は、ここでは、全篇の総指揮を取る作者と、同等の列に昇格していることはたしかである。

だからこそ、「天満宮」において、自己表現、自己告白を剝落させ、作中からほぼ完全に近い自己排斥を遂行した小説構造と、作者の創作態度が、「父の婚礼」(「トルコ帽」を含めて)にいたり、遠く深い懸隔と落差をあらわにした、と考えるのである。

また、自己の影を隠匿剝落させ、客観的に事象や人物造形を試みることによって、その緊張感に支えられた、人間的文学的感動を可能とした写実小説「天満宮」の、文学的可能性は、「父の婚礼」にいたって、もののみごとに放擲された、ともいえよう。

大正五年四月の「文章世界」に掲げられた同一素材の「第三の母」[*13]の作品構造と作家の表現態度も、「父の婚礼」と同質の作品であることを、付けくわえておきたい。上司小剣は、もはや再び小説「天満宮」の緊張にたちかえる時がなかったのではないか。

九　上司小剣主義

これまで、『父の婚礼』所収の、「鱧の皮」、「天満宮」、「膳」、「父の婚礼」の四篇に論点を焦り、それぞれ同時代評を踏み台にしながら、私なりの考え方読み方といったものを紹介してきた。必要な限り、『父の婚礼』以外の未収録作品にも、論の及ぶ範囲では鳥瞰し得たと信ずる。ただ、本章のテーマの関係で、『父の婚礼』に収録されている作品のいくつかには、一言も論究しないですませたものもあり、中でも、「東光院」、「兵隊の宿」といった（後に「椿の花」、「汽車の中で」、「お光壮吉」などとともに中篇『お光壮吉』にまとめられる）情話小説風な作品についての、詳細な成立事情には、是非とり組みたかったが、割愛せざるを得ない。

文壇出世作「鱧の皮」をはさむ前後一年有半、上司小剣の文学に対して、同時代の文壇が、どう反応したか。感銘、評価、期待、不満、失望、無視、さまざまな対応をみせた文壇の小剣文学へ熱い視線の中で、では小剣自身はいかなる文学的営為で答えていったのか。これらの問題点は、それぞれの作品自体に即しながら、その時々に私見の一端は書きつけたつもりである。そこで、次に以上の文壇の反応や小剣文学そのもののあり方を、全体的な視野から把握してみたい、とおもう。

小剣の文学には、「鱧の皮」をめぐる同時代文壇の反応から推して、概ね二通りの評価軸が存在した。

「鱧の皮」を写生文的傾向を有した作もしくは写生文そのものと評した視座をふくめて、「天満宮」における徹底的自己規制による写実小説（リアリズムという用語をもちいた論者もいた）と読み、こういった小剣文学を高く評価し期待する視座が、まずその一方にあった。

他方、そういった作者の自己表白の態度を、小剣文学への不満としながら、書きたくない苦しい自己をしっかりとらえて表現してほしい、あるいは、作品の中に作者の主観が窺えないとして、仮面を脱いでほしいと切望する視座があった。

つまり、徹底的に作者の主観、思想、哲学を作中から隠匿剝落させることを評価する論と、そうした作者の仮面を脱いで、作者その人を自己表白していく方向性を可とする論、この左右からの小剣文学論が、小剣文学に常につきまとうことになったのである。そこで、前者が、「鱧の皮」、「天満宮」を褒めれば、後者は、「膳」といった系統の作品をもちあげることとなる。中村孤月は、「上司小剣」（大正四年七月磯部甲陽堂刊『現代作家論』）で、「自己の内的生活を深くして其れを描く作家になるか。更に緩和的な態度を採つて、其の豊かな人生味を楽しい、快い気分をもつて、傍観的態度から得来つて他人の出来事の上に潤ほして其れを描くか」の、「分岐点に立っている」と書きつけている。

しかし、上司小剣は、そのいずれの道筋をも全うせず、丁度その中間の道筋に、わが文学的立場を確定していったのではなかったか。事実、「天満宮」から「父の婚礼」への傾斜にしても、「膳」から「美女の死骸」、「引力の踊」、「生存を拒絶する人」、「下積」、「紫合村」、「暴風雨の夜」などへの連繫にしても、それらの作品自体が、二つの道ゆきへの徹底を意味しないで、いずれをも採らぬ中間の軌跡をのこすものではあった。では、小剣文学における中間の軌跡とはいかなるものであったか。

中間の軌跡といえば、それなりに聞えはいい。けれども、小剣文学における中間の軌跡とは、その中間の立場を文学的立場に据えて、どんな事態に遭遇しようと、動ぜす、中間を全うする一徹な文学理念に昇華して行くものでもなかったのではないか。右があり左があり真中がある。その真中を、わが生涯の文学的志向と確定し、真中を徹底一貫するのでもなかったのではないか。中間の意志はあっても、中間の文学理念を確立するような情熱的な深化発展性は、はっきり言って小剣文学には存在しないし、小剣自身も文学的生涯の一大課題として、それを意欲的意識的に深化発展させたとは、とうてい考えられないのである。

不徹底の徹底という表現が、許されるなら、小剣の文学は、不徹底の不徹底という表現もできようか、とおもう。小説「天満宮」の、あれだけ一貫性を持つ文学的成果の結晶を、いともやすやすと抛棄する作家精神に、不徹底の徹底という中間の文学的栄冠を与えるわけにはいかない。

小剣の文学は、不徹底の不徹底という名称が、よくなじむようにおもう。そして、それは、たたかいから遠く離れた所に身を置き、たたかいを傍観し得る安全な場所からの文学的作法として成立している。小説「天満宮」の一筋に、文学的理念を確認し、深化発展させるリアリズムの道も、自己の内面の語り難き自己を表白する一筋の道も、また、その中間の一筋の道も、徹底するという情熱や意欲が伴うことによって、いずれもたたかいの道筋であることはいうまでもない。

小剣の文学は、時代の真只中にありながら、国家、社会、家、人、思想、といった変転きわまりないダイナミズムの種々多様なたたかいから、遠く孤絶したところに成立した傍観の文学であった。もし仮に時として、好むと好まざるにかかわらず、たたかいの渦中に身を置かねばならない事態になっても、小剣はもっともたたかわなくても済む場所に、ちゃんと我身を移動して行くのである。

そのあたりで、戦闘的文学者岩野泡鳴などの眼からみると、「渠は滑稽家として飽くまで人情に徹した泣き笑いも出来ず、諷刺家として人間性をえぐり出すだけの大胆もない」、「小利口のようだが、実は、卑怯な」[*14]人、と小剣を論じる、そうした視点も成り立たなくはない。

徹底したリアリズムからも、徹底した自己表白からも、その中間の道への情熱的志向からも、そうしたあらゆる戦闘性を内在する文学からの回避から成立した、不徹底の不徹底、非戦闘の文学、それが小剣の文学であった。

そのあたりに、上司小剣が、昭和初期から戦後今日にいたるまで、ある種の忘れ去られた作家としてあつかわれてきている原因の一端があるのかも知れない。

逆説的になるが、たたかいのあらゆる場所から、たたかいのない安心な場所を選ぼうとした小剣であったからこそ、かれは、あらゆる戦闘的事態に、人並み以上に感心も寄せ、それらへの鋭敏な反応をしめさざるを得なかったとは、言えないだろうか。ユーモアやアイロニーの仮面をつけたまま、小剣は、時代の戦闘的事態に感応し続けた。幸徳秋水らの明治社会主義運動、大杉栄・荒畑寒村の「近代思想」、第一次世界大戦[*15]、関東大震災[*16]、大平洋戦争[*17]、また人としての幸徳秋水、堺利彦、片山潜、大杉栄[*18]、荒畑寒村、岩野泡鳴、石川啄木[*19]、宮島資夫[*20]、そして文学現象としての労働文学、プロレタリア文学[*21]、さらに思想現象としてのアナーキズム、社会主義、つけくわえるならば社会運動としての労働運動、階級闘争[*22]、といった戦闘的現象、人物に、上司小剣は、その生涯感応し続けたのである。

一瞥すれば明らかなように、小剣の感応した戦闘的現象、人物の大半が左翼現象、人物に集中していることの裏側に、明治社会主義とのかかわりから、クロポトキンの「詩と夢」をかかえこんだ小剣の、なみなみならぬ社会主義体験が潜在している。と同時に、幼少年時代に主観を隠す処世術を身にしみこませた体験とに、深く起因するであろうたたかいの場からの回避隠遁への感受性が、以上の戦闘的現象、人物に対する、人並はずれた鋭敏性を可能とした、と私は考えたい。

たたかいの場から、安全な場所に待避するためには、すくなくとも、たたかいの本体の存在を知らねばならぬはずだからである。

リアリズムにもつかず、ロマンティシズムにもつかず、その中間の徹底にもつかない、不徹底の不徹底としての文学。それを内面から透視すれば、たたかいの場からのあくなき回避隠遁によるたたかいの場への「執着」の文学。そして、近松秋江のいった「自然主義、人道主義でもない上司小剣主義」を、そこに私はみたい。

小剣文学の、おもしろさとおもしろくなさ、ともどもにその事情の深因がこの辺にあるようにおもわれる。

小説『父の婚礼』一篇は、その意味からも、たしかに小剣文学の本領を発揮した作品集だといえようし、「髑の皮」、「天満宮」などの芸術的完成度の高い作品を収録した、小剣文学の代表的著作集なのである。

注

＊1 「十五年間私史—自分を中心とした大正十五年間の回顧—」（「文芸倶楽部」昭和二年三月 特集大正文壇総勘定）。

＊2 「処女作時代」（「女性」大正十三年六月）。

＊3 「四月の文壇」石坂養平（「帝国文学」大正三年五月）、「五月の文芸」石坂養平（「帝国文学」大正三年六月）。他に、石坂養平は、「文章世界」大正三年七月に「六月の文芸」を書いて、「筍婆」、

「妹より」、「秘仏」、「紫の血」、「夏太郎」などを批評している。しかし大正四年一月「帝国文学」に「大正三年の文壇における諸作家」を書いて、小剣の「筍婆」、「魚の目」、「天満宮」、「百日紅」を取り上げはしているものの、「氏には思想と云ふべきほどの思想はない。氏のやうな作風と態度とを有する作家にその態度を一変すべきを求むる前に思想を求むるのは求むる者の不見識を曝露するに過ぎないであらう」とつきはなした発言をするにいたっている。

＊4　「大正三年文芸界の事業、作品、人」（「早稲田文学」大正三年十二月）中の白石実三の一文。

＊5　「一日一信」欄（「読売新聞」大正三年十月十日）。「一日一信」は小さなコラムで、白鳥、秋声、俊子、小剣らが分担執筆していて、中でも小剣のものが多い。『金魚のうろこ』にまとめられる。大正五年二月二十日東雲堂書店刊。

＊6　拙稿「上司小剣文学の基底─摂津多田神社時代─」（岩波書店「文学」昭和五十年五月　本書第1章）、同「上司小剣の大正期側面─モデル幸徳秋水の実像から虚像への転換─」（明治大学文芸研究会「文芸研究」昭和五十一年十月刊　第三十六号本書第3章）。

＊7　「読売新聞」大正三年九月二十日に、「今月の『中央公論』」という雑誌内容の紹介記事が載っているが、無署名で執筆者がわからないので、本文に引用はしなかった。ただ、中村星湖の「仮面を脱いで下さい」という「天満宮」評と同一視点の文章として無視できないので、「天満宮」評の部分だけ「注」として記録しておきたい。

「上司小剣氏の「天満宮」は若い女から女を求めて自ら慰みとしてゐる男と、それを気に病んで発狂した女と、その周囲の光景を叙写した物である。所謂平面描写、客観描写とも云ふ可き立場からは妙を極めた出来栄で、宛ら鐘に物象を映出したやうになつて浮動してゐる。描写の妙はあるが創作の霊がない。姿は美しいが心に乏しい。」

＊8　前掲「早稲田文学」の「大正三年文芸界の事業、作品、人」に白石実三は、小剣の作では、「髑髏の皮」などよりも昨年の「膳」などが好きだ、という一節を記入している。ここに列挙した所以である。

＊9　「ハサミ将棊」（「近代思想」大正二年四月）。

＊10　飛鳥井雅道著『日本の近代文学』（昭和三十六年十二月　三一書房刊）。

＊11　そういった素材の連続性から、小剣は、「髑髏の皮」に対して、「妾垣」（「中央公論」大正五年七月）を「後篇」と呼んでいるが、そこに共通しているのは、時代、場所、人物といった現象上の事項である。「後篇」と称するものの、その実、主人公お文から源太郎への移行と、それにともなう主題の変化転回などが明らかなわけで、決して「髑髏の皮」の厳密な意味での「後篇」ではない、むしろ個々独立した小説として扱うべきだ、と私は考えた。「髑髏の皮」の検討の中で、一言半句も作者自称の「後篇」「妾垣」に、言及しないでおいた所以もここにある。小説「妾垣」が、むしろ小剣文学初期の『木像』（明治四十四年一月今古堂）や、「子を棄てる藪」（「中央公論」大正六年四月）などとの連関性の中でとらえ得る作品ではないか。小剣は、『木像』の主人公福松を、「妾垣」の光淳を経て、「子を棄てる藪」で、「極上の善人の、これが末路」と結論づけたのである。福松、光淳、拙者は、勿論同一人物である。

＊12　この「恬淡」という言葉は、小剣のよく使うものであって、「小ひさき窓より」（大正二年三月三十日「読売新聞」）で、トルストイと幸堂得知の死直前を比較して、そこに「執着」と「恬淡」の両国民性をみる、と書いている。

＊13　近代傑作叢書第二編『巫女殺し』（大正五年九月十日　須原啓興社刊）所収。

＊14　前掲「小剣の一端」。

＊15 「小ひさき窓より」（「読売新聞」大正三年八月十日）。随筆集『小ひさき窓より』所収「戦場へ」。
＊16 「凋落の裏に復興の気」（「中央公論」大正十二年十月）。「政治論と蟋蟀」（「中央公論」大正十二年十一月）。他に、小剣の大震災に対する反応を知る上で興味深い文献に木佐木勝著『木佐木日記』第一巻の「大正十二年十一月九日」がある。
＊17 評論集『清貧に生きる』（昭和十五年四月十二日 千倉書房刊）。
＊18 「一日一信」（「読売新聞」大正三年十一月五日）。
＊19 「小ひさき窓より」（「読売新聞」大正二年六月二十二日、七月十三日）。
＊20 「プロレタリア文芸総評」（「中央公論」昭和二年七月）。
＊21 ＊20と同じ。「『東京』争闘篇の後に」（『現代長篇小説全集（10）上司小剣篇』末尾、昭和三年十一月一日刊）。
＊22 「労働の快楽化」（「新潮」大正八年九月）。

第5章　上司小剣「西行法師」論
——主題と方法——

一　問題の発端

関東大震災の狂乱に際し、憲兵大尉甘粕正彦が、大杉栄、伊藤野枝、甥橘宗一を外出先で拘引し、憲兵隊本部で絞殺し屍を構内の井戸に投げ捨てた、所謂「甘粕事件」[*1]が起ったのは、大正十二年九月十六日のことであった。

この権力による最も尖鋭なアナーキスト惨殺事件の焦臭い余塵の残る大正十三年七月二十日に、上司小剣は歴史小説「西行法師」を脱稿し[*2]、八月の「中央公論」に掲載したのである。秋水幸徳伝次郎が、明治絶対主義権力の策謀により、「大逆罪」の汚名を着せられ絞首台の露と消えたのは、明治四十四年一月二十四日であった。小剣の最も畏敬する思想上での知己であったが[*3]、大杉栄もまた小剣の尊敬すべき畏友[*4]であって、大正十二年九月十六日、奇しくも二人目の知己との異様な別離に遭遇したこととなる。

歴史小説「西行法師」の読後評として、谷崎精二が、「小剣氏の物として出来の悪い方」だと論断裁定し、「西行の逸事」を掻き集め「西行の一生を髣髴せしめようとした努力は認め」るが、「特に新しい解釈」もない。「頼朝のミリタリズムを罵らせた」部分も「大して生きて居ない」、「第一此の西行法師は少し饒舌過ぎる様だ[*5]」と酷評した。かつて小剣に向って、「社会問題を捉げ来つて問題小説が、つた物を作るよりも、やはり素地のまゝの優しい、寛大な気持から、あるがまゝの世相を観照して、何処迄も現実に即した、非概念的な情味の豊かな作品を書く方が氏には多く適して居る」といい、『髑髏の皮』其の他の作者として上司氏を敬愛[*6]すると書いた谷崎精二の批評眼からすれば、「饒舌な」西行像彫琢なぞ歯牙にもかけられぬ駄作と映ったのも無論であろう。小剣の構築した西行法師が、「饒舌」であるという印象批評もそれなりには正鵠を射ている。

しかし、「西行法師」一篇の問題の発端は、「饒舌」な西行法師像を先の畏友大杉栄惨殺という時代情況の中に置いて検討するところから、新らたな意味が発見できるのではないかというところにある。

二　饒舌な「西行」

「其の一　伊勢路の問答」から「其の七　都が恋しい」まで全七章から成る「西行法師」は、「東から来た僧と、西から来た僧とが、伊勢路の細道で往きちがった」というプロローグを持つ「其の一」から、すでに「饒舌」な西行像彫琢への作家意志が働らいているのである。「東から来た僧」が円心であり、「西から来た僧」が西行である。この伊勢路で二人が邂逅してから、西行と円心は「一所不住の修行」を積む行脚の同行者となる。作中円心は西行の弟子という設定である。史実に即せば、この円心は、もと源次兵衛で後出家して西住と名のり、西行がまだ佐藤左兵衛尉義清であった頃からの親朋で、この実在の人物をモデルとした見方も出来なくはないが、「其の三　秋の夜がたり」には円心とは別個に西住法師を登場させていることから、円心は作者の全き虚構と考えられる。西行に「饒舌」を託すには、「親朋」ではなく「弟子」でなくてはならなかった。一方的に西行の人間観、人生観、社会観を「秋の夜がたり」として語らせ、「饒舌」を厭わず黙って聞く相手、弟子円心の設定がどうしても必要だった。「其の二　二見の浦の花筐」から「其の三　秋の夜がたり」まで、西行が最も饒舌な相貌をもって表現されるのは、この仮構の人物・円心を相手にする時なのである。「其の四　大井川の渡船」で円心と別れた後、「其の五」では、荒法師文覚上人、「其の六」では、源頼朝と対座することで、西行の饒舌は継続する。その文覚と頼朝を相手とする場面からは、作者は円心の存在を削除している事実からも、作者が円心に作中で負わせた役割は截然と泛び上る。

円心の存在を、「饒舌」な西行像造形のために虚構として設定した作者上司小剣の意図的作為と理解するなら、そこから大正十二年九月十六日の大杉栄虐殺という時代情況と、「饒舌」な西行像とを連結する視点は、あながち唐突とはおもえない。

明治四十四年一月二十四日畏敬する思想上での先輩幸徳秋水を失う。その死後、大正二年四月には、「成るたけ薄暗い、戸袋の上あたりに網を張つて餌食の引つかゝるのを待つ蜘蛛のやうな生活がしたい」[*7]と、諦念と傍観に支えられた寡黙の主体として小剣は自らを定立したはずである。明治三十九年末頃の雑誌「簡易生活」時代に、小剣は秋水の畏敬すべき人格を通じて、「階級戦争に加はつてい[*8]ゝ」と正宗白鳥に漏らす地点にまで進み、堺利彦、森近運平、西川光次郎らの手で、「直言」廃刊後それに代わる新しい社会主義中央機関紙「日刊平民新聞」発刊計画が日程にのぼった際に、新機関紙社会面編輯主任のポストに内定していた。この時小剣は、明治社会主義本体の至近にいたのであったが、動揺と苦悩の末離反し、その後大逆事件で秋水と離別することとなったのである。小剣は、そうした明治社会主義体験を経て、冷やかに凝り固った寡黙のエゴイストとして自己定立を完了したのである。そして、大正十二年二人目の畏敬する知己大杉栄を、不条理にも失う。大杉栄の死後、昭和五年十二月には、「思ふ通りのことをそのまま書けば、殺されるだらうなぞと臆病風に吹かれ、恐怖に包まれながら書く私たちの文字です。いかに巧みにアルゴを使ったとて、自由なことは言へません[*9]」という時代情況を痛切に受けとめたのである。大逆事件直後から大正五年前後までの小剣文学は、多かれ少なかれ、「天満宮」などを代表とする、作品への自己投影を避ける隠匿の文学として把握できる。けれども大正五年前後から上司小剣は、徐々に自己の思想や哲学を作中に投影する表白の文学に赴き、「生存を拒絶する人[*10]」、「空想の花」、「新らしき世界へ」、「美人国の旅」、「黒王の国」、「分業の村」などを輯めた、社会・思想小説集『生存を拒絶する人』（大正九年四月刊）に結着していたのである。

未来のユートピア空間に自己の祈願や思想、哲学を形象していった時期と、小剣の本格的な歴史小説執筆開始時期とは、隣接している。その意味で、「思ふ通りのことをそのまま書けば、殺される」という時代環境の中で、できる限り「自由なこと」を言いたい、という作家的欲求が、未来のユートピア空間を借り、あるいは過ぎし歴史素材に託して本心の一端なりとも語りたい方向に屈折を強いられたともいえよう。歴史小説「西行法師」は、大杉栄虐殺という時代背景の下で、生得の精神的羸弱をかかえて、「恐怖に包まれながら」、可能な限り「自由なこと」を語った小説であり、そこから、「西行法師」の西行が、文明批評眼を付与された「饒舌」な人物として創造されることとなったのである。こうした小剣なりの苦悩と作者の作品構築の意図を無視する印象批評が、単に「西行法師」を「饒舌」と論断するような、寡黙の美徳を文学的評価規範と見る日本的裁定に陥いるのも明らかであろう。

いずれにせようした個性的、環境的背景から成立した歴史小説「西行法師」一篇が、文明批評的作品意図を濃密に具現していることは確かである。

「其の四　大井川の渡船」では、二見浦の草庵に飽きた西行と円心が、東国への旅を思い立ち、大井川（作中一箇所天龍川となっている）に差しかかって、渡し舟に乗り込む。ところが乗り合の客が多すぎて舟が動かない。そこで船頭は西行に、「人を助けるは出家の役」だ、「舟を下りて、乗合の衆を対岸へ渡せ」といったが、西行は歌のことを考えていて気付かない。短気な船頭は、「いきなり水馴棹を揮ひ、発矢とばかり、西行の円い頭を打つた」。「西行の頭の皮は破れ、浅くとも肉が裂けて、血がだらだらと目に染むほど流れた」が、西行は「自若として神色変らず、血汐の流る丶頭の上へ笠をかぶつて」、「ゆつたりと舟を出た」。この西行説話は、「西行物語」に流伝された有名な箇所で、大正十一年に出版された『西行法師全集』巻末に「歌僧西行の生涯」を書いている尾山篤二郎は、この伝記的記事を、「信ずべきかどうかは知らぬ」と虚構を仄めかしている。小剣にとって、それは虚構としての西行伝説でかまわなかった。船頭（武士とする史料もある）の傍若無人な暴力の前に、「自若として神色変ら」ぬ徹底的非暴力平和主義者・西行を描くための、恰好の素材であれば、大正十三年頃までの西行研究の水準[*11]など論外なのである。「其の四」において、理不尽な暴力の前に徹底した無抵抗平和主義者・西行の像を刻むことで、次章「其の五　西行と文覚」とで、今度は理不尽な暴力ではなく思想的人格的「軍国主義、戦闘主義」者・文覚と西行の対峙対決の舞台へ移動する布石としたのである。この時には、「饒舌」な西行の前から、円心は姿を消すことは先に記したとおりである。

三　暴力主義と平和主義の狭間に

行脚をつづけた西行は、都に立寄り東山雙林寺の客となる。その噂を耳にした西行の娘は、「祖先秀郷から伝はつた十数巻の兵書」を「女の身で守護するにも憚りがある」と思い、人を差立て、「秘蔵の兵書」六韜三略を残らず雙林寺に届けさせる。ところが、西行は、「この罪悪の書よ、穢らはしき文よ」と叫び、「兵書を残らず、庭に蹴おとし、自ら火をつけて、焼き棄てしまつた」。作者上司小剣は、兵法の極意を伝える武家の命ともいえる六韜三略を焼かせる伝説をここで採用し、西行に「徹底平和主義無抵抗主義」で思想的な武装を完遂したのである。この西行の六韜三略焼却事件を、「高雄神護寺の文覚」が耳にし、「世にも貴き六韜三略の巻を足蹴にした上、焼き棄つるとは、身のほど知らぬたはけ者め、仏法は王法が本じや、王に叛き国を罵つて、何の仏法ぞ」と憤慨激怒する。小剣は、仏法を王法の下位におき政治権力（王法）に迎合する卑小な宗教（仏法）家文覚を、思想的「軍国主義、戦闘主義」者として顕現して、「徹底平和主義無抵抗主義の西行法師との対抗」に筆を進める。「其の四」では、理不尽な暴力と対峙した僧西行を描き、ここでは、偶発的直情的暴力ではなく、思想的な暴力主義と、思想的な平和主義との対抗に作品は上昇していく訳である。そしてこの闘は西行を「辛き目」にあわせるどころか、「あの西行は文覚に頭砕かる、顔つきか。文覚の頭をこそ、眼に見えぬ棒で打ち砕かんずる西行なれ」と、「首を縮めつゝ言ふ」文覚を描くことで、「徹底平和主義無抵抗主義」者・西行に軍配はあがった。

小剣は、この文覚一件を『井蛙抄』に取材しているが、この伝説的挿話も、ほぼ小剣の描いたとおりの筋書であって、西行に敗北を負わせる程の伝説変更改変は犯していない。大正十三年現在の時代情況の反映をこの小説に読みとる上で、平和主義者西行の勝利は、たしかに楽観的であり、希望的であるであろう。しかし、「思ふ通りのことをそのまま書けば、殺される」という時代の恐怖に、人並以上鋭敏であった小剣にしてみれば、せめて文学作品の中でだけでも、こうした現実的にはまるで無力な思想を、勝たせたいという自慰的作意が働らかなかったとはいえまい。にもかかわらず、次章「其の六　銀の猫」においての源頼朝と西行との対決という作品のクライマックスでは、微妙なニュアンスを含んだ描写により西行を最後の勝利者として設定していないのである。

さて、偶発的直情的暴力と西行との対抗を、「無茶な船頭も、西行の動作の、沈着か、阿呆なものか、えらいのか、わからぬまゝに気味わるくおぼえた」と書き、思想的暴力主義には、「あの西行は文覚に頭砕かる、顔つきか。文覚の頭をこそ、眼には見えぬ棒で打ち砕かんずる西行」であると書き、偶発的暴力も思想的暴力主義も、ともに西行の平和無抵抗主義の軍門に下った。そして、文明批評的モチーフをもつこの小説は、最後のクライマックス、武家政治の最高権力者源頼朝と西行の対座場面の描写へ繋がる。作者は、西行を徐々に、偶発的暴力から思想的暴力へ、さらに終着として、「人殺しの問屋の元締」、武家政治最高権力者との対決へつき動かしていくのでである。

そうした作品構想の伏線として、思想的対決に進む前提が、六韜三略焼却一件で西行に思想的武装を完遂させたことであったと同様に、文覚の「仏法は王法が本ぢや、王に叛き国を罵つて、何の仏法ぞ」という言葉が書き記されていたはずである。その作品構想の伏線のライン上に、王法＝政治的最高権力者との対決に小説は展開する。『吾妻鏡』の伝える西行逸話を素材にした、「其の六　銀の猫」の部章は、その文脈理解を基本に読まれるべきである。「西行も放浪のうちに年をとつて、文治二年八月となつた。彼の詩想は漸く枯淡の境に入り彼れの人生観は厭世のうちに一味の洒脱を加へて来た」が、俊乗坊重源上人に説かれ、南都東大寺再建の沙金勧進に奥州に下る。途中鎌倉に寄り、鶴ヶ岡八幡参詣にと足をむけた。そこで西行は頼朝と会い、頼朝の館にまねかれ、歌道、兵法の話をすることになる。源頼朝と相対する西行は、頼朝の「眼底に禍心を蔵めてゐるのに気づいて」、頼朝の顔を見詰めた。そうして思った。「軍商売の大将の興亡盛衰」は、「朝顔の花」の咲き萎むのと変らぬ。「ただ其の度に田畑を踏みにじられ」る百姓があわれだ。「甲冑着けた強盗」軍兵も、互に顔も知らぬ者同士が殺しつ殺されつするのは「無惨」である。「戦といふ人間の愚劣な動作」が忌しく呪しい「将軍とか武将とかいふ獣」が、大きな面をしているのは「見苦しい」。頼朝は、「人間の中で一番浅ましく卑しい職にある」人間だ、と西行は思う。歌道を語り、兵法を「講義」する西行は、「月見ればちゞにものこそかなしけれ、わが身一つの秋にはあらねど」と朗詠して、「我が身一つの秋ではない。……これが兵法の極意」だとして、政治的覇権を一手に握ろうとする頼朝に皮肉を投じる。が、真意の充分納得できない頼朝は、「呆気に取られ」、やがて「わかり申した」と調子外れの返事をするのである。

　この頼朝と西行の対決は、先の船頭や文覚との対抗で勝利を得る西行とは、微妙なニュアンスの相異がある。「我が身一つの秋ではない。……これが兵法の極意」だと、「軍国主義」政治の最高権力者源頼朝に皮肉を投じ、「烟に巻」いた西行の、「徹底平和主義無抵抗主義」は、最後の勝利を得たかに読み取れる。しかし、翌日頼朝の屋敷をでる時、「下されもの」の白銀製の猫を、西行が表で遊んでいた「賤の童」に、「よい、手遊品ぢや、さアこれをやらう」と与えた描写に続けて、次のように、作者は書きつけずにはいられなかった。「この銀の猫をば、こはごは、貰つた童は、其の父母とゝもに後からひどい咎めを受けたといふことは、西行もつひに知らなかつた」と。これが、同じ「其の六」の中での西行の述懐、「軍商売の大将の興亡盛衰」のために、「ただ其の度に田畑を踏みにじられ、米麦粟稗を掠められる百姓があはれ」だという叙述に微妙に連繫する。

　ただ己れの権力誇示、拡張のために、「戦といふ人間の愚劣な動作」を「職業」とする、「軍商売の大将」、「人殺し問屋の元締」源頼朝の存在を、無意味に「米麦粟稗を掠められる」百姓、民衆の存在に対置した。その叙述と同質の文脈の上に、自己の理念「無欲」を顕示する西行の、「賤の童」に白銀製の猫を与えた動作が、やはり無慈悲にも「父母ととゝに」、その童も咎を受けさせるという叙述を書きつけることで、作者は西行にもまた最後の勝利者としての権利を与えていないのである。そこに、上司小剣という作者の、「徹底平和主義無抵抗主義」の現実的有効性に対する、一種の無力感なり疑義がうかがえないではないし、後にふれるように、また作者自身の精神構造と社会的立場が揺曳してもいる。

いずれにしても、以上のように、「徹底平和主義無抵抗主義」者・西行は、「軍商売の大将」源頼朝と相対座したのである。ここから、歴史小説「西行法師」一篇の、大正十二年九月十六日大杉栄惨殺に象徴される時代環境の悪気流に、「思う通り」を書けば「殺される」と感受しながら、「饒舌」な西行像を彫琢した上司小剣の文学的モティーフは明白である。

つまり、先に、「西行法師」一篇が、文明批評的作品意図を濃密に具現した小説とした所以であり、いうなれば、上司小剣の精神内部に潜在している反権力厭軍意識の、文学的モティーフこそが、この作品に一貫するものということができる。「饒舌」な西行像を創造するための、弟子・円心の虚構的設定も、大井川の渡舟に関する『西行物語』の伝える一条も、また荒法師文覚と西行のエピソードを流布する『井蛙抄』の一節も、さらに源頼朝と西行の著名な説話を記した『吾妻鏡』の一節も、徹底した平和主義無抵抗主義者・西行と、偶発的、思想的、政治権力的暴力との対抗の中に、作者の反権力厭軍意識を鮮明化するための歴史的素材であった。

そして、鳥羽院のもと北面の武士で、先祖に俵藤太と号した藤原秀郷をもつ、武の名だたる家系を嗣ぐ佐藤義清（西行の俗名）が、古来様々な揣摩臆説[*12]はありながら、いずれにせよ武士権力の地位を決然と捨て顧みず、戦乱の世を歌に生き歌に逝ったその生涯の足跡が、上司小剣の人間的文学的モティーフを顕現する上で、最適の史的素材であり、同時に深い人間的人格的共鳴をもたらしたことは疑いない。

けれども、西行の生涯に、深い人間的人格的な共鳴を礎としながらも、小剣は、史実に即して実像西行を泛び上げようとしたのではなく、あくまでも小剣自らの反権力厭軍意識を、史的人物に借りて表現しようとした。だからこそ、「西行の逸事」を掻き集めて、「西行の一生を髣髴せしめようした努力」を、評価軸に置き、「饒舌」な西行像を非難した、谷崎精二評は的を射ていないのである。大杉栄が、明らかに軍の権力によって惨殺されたという時代環境の中で、上司小剣が内包していた反権力厭軍意識を、様々な西行伝説を駆使しながら造形した虚像西行であることは、作品理解の第一に据えておかねばならない。

「其の二」で、「後鳥羽の院の新殿の普請が落成」し、画障子に貼られる歌を詠んだ西行は、恩賞に朝日丸の宝剣を賜わるが、その宝剣を、「不祥の兇器」と「恐ろしい人の心に慄へた」西行とか、先の文覚上人を、「軍国主義、戦闘主義の思想が荒々し」いと書き、頼朝を「将軍とか武将とかいふ獣」とも、「人殺しの問屋の元締」とも書く。西行については、「徹底平和主義無抵抗主義」という修飾語を態々付す。ここに、大正十三年七月執筆の歴史小説「西行法師」の持つ、現代的でアクチュアルな論題を読みとることは容易であるし、またこの小説が、鷗外の所謂「歴史離れ[*13]」の作品であり、大岡昇平氏が、「歴史は現代的心理の恒久性の偽証にすぎず、或いは逆に心理の現代性が歴史の現実性を偽証する[*14]」という、芥川龍之介、菊池寛などに代表される大正期歴史小説の主流圏内の作品であることも無論である。

かかる文学的モティーフを、歴史素材を取捨選択し再構築する作業を通じて、文学形象した歴史小説「西行法師」を含め『生存を拒絶する人』などに現われた、「ブルジョア的享楽を嘲り、アンチ・ミリタリズムをほのめかし、プロ階級に同情する」小剣の文学的態度をもって、「大体に於いて、社会主義的傾向を帯び」た作家という文学史的小剣文学の位置づけが、高須芳次郎著『明治大正昭和文学講話』[15]あたりから始っている。そして、戦後の小田切秀雄氏などの小剣文学把握、「江口渙や小川未明や上司小剣のような作家が労働者階級と社会主義とに近づいていきて芸術的にすぐれた活動を示すようになった」[16]、という視点に継続され今日に到っている。だが、歴史小説「西行法師」に即して言えば、こうした文学史的措定を可能とする、反権力厭軍意識の抽出だけでは、まだ充分とはいえないのではないか。そして、そのことは、「西行法師」一篇が作品自体の内におのずから表出していることでもある。

　前述したように、「徹底平和主義無抵抗主義」者・西行が、「軍商売の大将」源頼朝と微妙なニュアンスで、同質の民衆的背信を行なう叙述があった。自己の「無欲」の思惟理念からでた行為が、はからずも「賤の童」を権力者の前に跪伏させる結果となる表現意識の底には、労働者階級や社会主義に対する作家上司小剣の微妙な位相が表白されている。そこで、「西行法師」に仮託した小剣の反権力厭軍意識を、この作品の文学的モティーフと理解するとともに、そうした意識を奥底で支える、「西行」（小剣）の自我の情念を検討する必要がでてくるのである。また、それなくして小剣の社会主義や労働者階級との微妙な位相も明らかにはならない。

平和主義、無抵抗主義理念を色濃くその思惟や行動に表わす西行像造形が、「其の四　大井川の渡船」、「其の五　西行と文覚と」を経て、「其の六　銀の猫」に到りクライマックスを迎える作品の経緯は、先に述べてきた。しかし、小説「西行法師」の西行が、そうした思惟、理念で武装して行く過程に、先行ないしは並行するように、そうした意識を底で支える西行の人間としての存在感覚とでもいえる精神構造をも、作者は西行像のアイデンティティに据えているのである。

四　小剣の存在感覚と「西行法師」

「其の一　二見の浦の花筐」で、西行は夢に、「頭の上に烏帽子があつて、身には狩衣を纏」っている北面の武士時代を、見る。そこには、「後鳥羽の院の北面の武士、従五位の下、左兵衛尉、藤原秀郷の裔。………こんなことが何んの誇りだ」と、武士であることになんら人生的価値を発見し得ない、青年西行の懐疑が語られている。また、「院の叡感に入つて、検非違使に補せらるべき旨が下つた」時、「彼れは固く辞退」する。それは、「強権を笠に着て、人の罪を糾すといふやうな気になれなかつた」からであり、「正直な彼れの眼には強権其のもの、基礎さへぐらついて見えた」からであつた。非法や非違行為を検察し、訴訟、裁判を扱う「権勢強大」[*17]な、検非違使を強権ととらえ、「正直な彼れの眼」には、その「強権其のもの、基礎」がぐらついて見えたというのである。武士階級になんら人間的人生的価値基準を見いだせず、懐疑を抱く西行の眼を、作者は「正直な彼れの眼」と書いたのである。この「正直」という言葉は、「其の三　秋の夜がたり」にもう一度でてくる。西行の娘が重病に罹った折の西行の心象風景を、「正直にいふと」という前提で、「其の時の義清には娘の病気を心配する心と、もに、とても助からぬものなら、早く死んでしまへ、といふ鬼のやうな蛇のやうな、冷酷な心が、可なり盛んに働いてゐた」と描写している。

この「正直」な眼の実体が、作者が西行に負わせた存在感覚なのであり、それはそのまま作者小剣の精神的カオスをも意味しているはずである。「西行は人間を見ることを厭うた」、「けれども、彼れはまた決して、全く人間を見ないでくらすといふことも出来ない」と、人間嫌いと人間への執着の間をゆれ動く西行の人生観を、次のように記す。「この世は、たとへば笹蟹の蜘蛛の巣で、おのが身は、偶然それに引ツか丶つた散る花の一片のやうなものだ。風に吹かれてゆらゆらしてゐる間が一生涯だ」と。人間の創り上げてきた社会総体を、「笹蟹の蜘蛛の巣」に、人間の存在を、「散る花の一片」に、人間の生涯を、「風に吹かれて」いる間だ、という観念の深層に、人間存在の虚無にむかう深淵を、かいくぐった作家の、「正直」な眼を認知したい。それが、摂津多田神社時代の少、青年時代の異様な体験によるものか、後の幸徳秋水の死様を目睹した経験によるものか、断定はできない。ただいずれにしても、大逆事件直後から、「成るたけ薄暗い、戸袋の上あたりに網を張つて餌食の引つか丶るのを待つ蜘蛛[*18]」に自らの存在感覚を措定していった文脈と、この「西行法師」における西行の存在感覚叙述の文脈が、同根同質のものであることはいえよう。

「其の三　秋の夜がたり」では、「饒舌」を託すために登場した弟子・円心に、西行が語る、人間観、存在感覚が最も鮮明な映像をもって泛び上がる。

「北面ばかりぢやない、俗の世で力を根にして繋らうとする人間」をひとしなみに、「強さ」つまり「強権」に依存する人間ととらえて、それらは結局「鍼一本急所へ打てば死ぬ人間」であり、そのような人間の「強さ」は、「何の強さぢや」という箇所にも、権力否定意志の底に、人間存在の虚無の深淵を見た「正直」な眼がある。さらに「其の三」では、娘の危篤を冷然と聞く西行の心底を、「冷酷な心」と呼ぶ。そして、「とても助かりさうもない病児の枕頭」に坐して、妻の愚痴を聞くのも「たまらない」と外出してしまう西行を、妻は、痛ましさに耐え切れず家を出る夫の心と解釈し涙を流す。自分の思惟や行動を誤解して落涙する妻を、西行はこう考えるのである。「自分を最も理解してゐる筈の妻」でさえ、「自分の行動」の真相を「誤つて観察」する。ましてや「他人」はあたりまえで、同時代人、後世の人たちは、どうして「自分の行動」の真相など想像し得よう。

北面の武士も、検非違使も、妻も、そして娘も、「鍼一本急所へ打てば死ぬ人間」であり、西行の「正直」な虚無の淵をかいくぐった眼には、すべて「人間といふ阿呆」と映じている。そして「彼れは遂に冷やかなものに」なったのである。たしかに、この西行は、「無常迅速の理」を悟り、「厭世」を抱え、「物の哀はれさへも振り棄て丶、枯れ果てた淡い淡い心の中」に身を置くようになる、という中世的悟道の聖僧の相貌もあたえられていないではない。しかし、それらもやはり、西行の人間存在におけるペシミスティックな存在感覚にうらうちされてのことである。小剣「西行」は、人間はむなしいとするペシミスティックな存在感覚をたずさえるが、その先に潜む自己否定への契機をふくむ、虚無の奈落、徹底したニヒリズムの淵には、ついに歩をすすめることはないのである。そこに導入され、西行の歩行を、ニヒリズムの淵から隔一線で留めるのが、「彼れはいかなることにも徹底した諦めをもつ。彼れの諦めは底の底まで突き抜いて、掘りぬきの水で冷したやうな諦め」という、「魂魄」の「氷よりも更らに冷たい」諦念である。

これは、いうまでもなく、「西行法師」の作者の存在感覚そのものであって、かつて水野盈太郎が、「奇怪な石」と言い、「如何なる愛の力にも感応しない心」[*19]と呼び、その徹底と文学的昇華を期待した小剣文学の基底にあるものなのでもある。「上司小剣氏の製作に隠れたる力」一文で、水野が小剣文学に期待した実質は、ニヒリズム文学としての徹底昇華であった。が、私見によれば、上司小剣はその期待に即応した方向に、深化徹底しないで、あくまでも人間存在へのペシミスティックな諦念という存在感覚に留まり、ニヒリズムの隔一線の場所に我が身をおいた作家であった、と考える。いうなれば、それは、自己否定への意志や志向を内包しない存在感覚なのではないか。「勝つこともなければ、負けることもない、安全なハサミ将棊」[*20]みたいな生活がしたい。「安全な生活区域に楽々として、この世の戦を傍観したい」[*21]。「兎に角戦争は怖い。階級戦争や社会的大革命はなほ恐しい。エルヴエなぞの戦闘的非戦主義は厭だ。そんな恐ろしいことや厭やなことは余所に見て、私の一代は明月の下で笛でも吹いてゐたい」[*22]。こうした行文に明らかに一貫しているのは、小剣の自己防衛、自己保身への執着意識である。闘争のあくことない世を、余所に見て、「私の一代は明月の下で笛でも吹いてゐたい」という自己保身への執着からは、自己否定の情念は生起すべくもない。常にニヒリスティックな様相を呈しながらも、ついにニヒリズムと隔一線でその生涯をとどめ続けた小剣文学のあり方が、自己否定への契機をふくまないものであっただけに、大きく変容変質すべくもなかったのも無論である。

「幼少にして母に別れ、父に棄てられ、家も道具も何一つ、先祖からの恩沢を受けたことのないものは、已むを得ず家庭が出来たとて、飽くまでも自分一人だけのことを考へて行かねばならぬ。独力で立ち、独力で進まねばならぬ[*23]」と、真情を吐露した章句に、自己否定が即ち死の奈落への転落を意味した延貴上司小剣が、いかに自己の精神と肉体を保つかに執心したか、「自分一人だけ」の防衛意識を、若い精神に刻印し反芻せざるを得なかったか、その道程が如実に表現されていよう。幼くして「家」から放逐され、生得の気弱さをたずさえ生き延びなくてはならなかった小剣の、その文学に、自己否定の契機より、自己保身自己防衛といった自己肯定の色合が濃いのもそのためである。付加すれば、北村透谷や川上眉山[*24]、また芥川龍之介の自殺を体質的に拒絶し、正岡子規の生涯に「非凡」だという、やはり体質的直感的共鳴を示した[*25]真因もこのあたりにあった。

小剣の「西行」が、人間存在に対するペシミスティックな、諦念とも言える存在感覚を体現し、ニヒリズムとの隔一線でとどまり、自己否定への志向をもたないエゴイスティックな性格を与えられたのも、このような小剣の精神的カオスを反映している。妻も娘も、源頼朝に象徴させた強権とその暴力も、ついに西行にとっては、自己を理解しない、「鍼一本急所へ打てば死ぬ人間」だ、という思考思惟、つまり、くりかえすが人間存在に対するペシミスティックな、諦念とも言える存在感覚を有する。けれども、その存在感覚のさらに奥所には、己れだけにむけての信頼感覚も潜伏している。妻は西行には、己れの自我の真相を理解しない存在だから否定される。娘も、頼朝もそうである。そこには、西行の絶対的な自己信頼がある。エゴイズムに支えられた人間存在へのペシミスティックな諦念、それが最も直截に作品に語られるのが、やはり娘の危篤に際しての妻と西行の精神的懸隔を描いた箇所であろう。

娘の病の枕辺で、苦しみを見ながら、妻の愚痴を聴くのも「たまらない」から、弓を引きに外に出た。妻は自分を「買ひかぶ」って「同情の涙」を流す。「かたはらいたい次第である。自分を最も理解してゐる筈の妻でさへ、自分の行動を誤つて観察」する。だから「他人」は勿論、「同じ時代に生れ合はした人間」も、ましてや「後の世の人」など、「想像」すらできない。日常茶飯での妻の無理解という一事から、他人、同時代人、後世の人間へ、敷衍される西行の感慨は、さらに飛躍する。「若し過つて、歴史といふ偽りの記録」に自分の姿が残るならば、「似ても似つかぬ変な姿に描かれて、いつまでも恥ざらしをすることだらう」。「大まじめで嘘を吐く。………それが国の歴史といふものぢや。記録といふものじや」と。日常茶飯での妻の己れへの無理解から、西行の思念は、一挙に、「歴史」的史実否定の観念にまで連結していくのである。そういった想念の直覚的飛翔の根抵には、西行の自己なる存在への絶対的信頼がある。

他ならぬ小剣の「西行」が、ニヒリズムとの隔一線でとどまっているのも、反権力厭軍意識をモティーフとして背負わされているのも、こうした、体質的自己防衛、エゴイズムに支えられた結果である。だからこそ、政治的最高権力者頼朝に、「徹底平和主義無抵抗主義」者西行が、その対決の終着で、「賤の童」の挿話を書きつけられる一点で、微妙に勝利者として描かれるどころか、頼朝の権力と同等のレベルに陥落した西行が、彫像されることとなったのである。「軍商売の大将」頼朝の強権が、「百姓」をふみにじるのも、自己の理念に「正直」であったことで、「賤の童」を権力の面前に跪伏させてしまうのも、ともに「民衆」への背信とする想念から、西行は最終の勝利者とはなり得ない。そのことをもっともよく知悉していたのは、上司小剣自身であったはずである。

五　「西行法師」の文体

そしてエゴイズムに支えられた、人間存在へのペシミスティックな存在感覚を内含した西行法師が、ニヒリズムへの隔一線をふみはずすことがなかったことも、そうした存在感覚に支えられた西行の反権力厭軍意識が、終着の勝利者と設定されなかったことも、歴史小説「西行法師」の文体がそれを証しているのである。全体としてニヒリズムの表出がうかがわれながらも、反権力厭軍意識が描かれながらも、つきつめていく鋭利な作品的感動が薄いのは、作者の、独自な文体に依るところが多い。

頼朝を「人殺しの問屋の元締」と、揶揄表現する文体からは、現代の情況においての鋭角的な反権力厭軍意識の反映は望めない。あるいは、「人間といふ阿呆」という表現からは、「冷酷な心」や「諦め」が、驚異的なニヒリズムの「冷たさ」へむかう射程をうかがうことはむずかしい。そこには、アレゴリカルなアイロニーや風刺、諧謔は読みとれても、透徹した鋭角的なペシミズムや反権力厭軍意識を読みとることはできない。

けれども、上司小剣という作家は、こういった文体でしか、大杉栄惨殺という暗い時代環境に対応できなかったのである。生得の気弱さを内に秘めて、「独力」で生き延びるための自己防衛の文体といえよう。歴史小説「西行法師」のもつ、エゴイズムにうらうちされた人間存在へのペシミスティックな存在感覚と、そこから出立する反権力厭軍意識の作品形象モティーフと、この自己防衛の文体の緊密な円環を、読みとることなしに、「西行法師」の主題と方法は明らかにはならない。

大正六年度に、岩野泡鳴は小剣と文学を評して、「人情に徹した泣き笑ひも出来ず、諷刺家として人間性をえぐり出すだけの大胆もない。[*26]」といった。この否定的酷評も、一面の正当性をもちながら充全な小剣論とはいえない。また、谷崎精二の「西行法師」評が、「饒舌」の意味を解明していないのも、小田切秀雄氏の「労働者階級や社会主義」に接近した小剣文学の文学史的位置づけが、位置づけとして正しくとも、小剣文学の秘密に逢着していないのも、やはり歴史小説「西行法師」にみられるような、存在感覚と社会意識と文体の緊密な円環に、総体の論として赴いていないためなのである。高須芳次郎が、「小剣には、アナアキスチックな社会主義的傾向がある」と評した直後、「大体に於いて、やはり芸術派にちかい」という、結局いわずもがなの評を下したところには、三者の円環を同時に内包する小剣文学の秘密に思いをいたすことが出来ていない証憑とみてよい。

いずれにしても、歴史小説「西行法師」は、幾多の芸術的弱点をもちながらも、小剣文学における存在感覚と社会意識と文体の三者の連環の秘密をうかがい知る好箇の作品である。

注

＊1　『日本近代史辞典』京都大学文学部国史研究室編　昭和三十三年十一月　東洋経済新報社刊。

＊2　大正十四年一月而立社刊　歴史物傑作選集第五巻『西行法師』所収「西行法師」末尾参観。なお本稿「西行法師」引抄文はすべてこれによる。この歴史物選集には、他に「女帝の悩み」（大正十三年六月「中央公論」夏季増刊号）、「死刑」（大正十年十一月「表現」）、「三月堂」（大正十一年七月二十八日～「国民新聞」）、「石川五右衛門」（大正九年七月「改造」）が収録されている。ただ「三月堂」は歴史小説ジャンルから除外すべき作品ではある。

＊3　「本の行方」（明治四十四年三月「太陽」）、「金曜会」（大正六年十二月「新潮」）、「悪魔の恋」（大正七年十一月「新潮」）、「平和主義者」（昭和十二年四月「中央公論」）など幸徳秋水をモデルとした小説は多い。

＊4　「徳富先生と大杉栄」（大正十四年十月「不同調」）、「プロレタリア文芸総評」（昭和二年九月「中央公論」）、小説「女夫饅頭」（昭和十年一月「文芸春秋」）などに小剣の大杉栄観がうかがえよう。
＊5　『文芸年鑑』（一九二五）大正十四年三月　二松堂書店刊、引用は昭和四十九年十月　文泉堂書店復刻版より。
＊6　「才分ある人」（大正六年五月「文章世界」、「上司小剣論（作家論の五）」所収）。
＊7　「ハサミ将棊」（「近代思想」大正二年四月掲載）。
＊8　小説「平和主義者」参観。
＊9　「二、三の通俗小説と社会時評と」（「新潮」昭和五年十二月）。
＊10　大正九年四月聚英閣、社会文芸叢書第一編。
＊11　明治三十九年藤岡東圃『異本山家集』および巻末「西行論」、明治四十四年　釈固浄著　梅沢和軒校『山家集詳解』および巻末「西行聖人伝」、大正四年梅沢精一（和軒）著『西行法師』、尾崎久弥著『類聚西行上人歌集新釈』など、『西行物語』や『撰集抄』等の伝える西行の虚像と実像を正確に分析統合しようとしている著作は多い。
＊12　川田順著「西行」昭和十四年十一月　創元社刊。
＊13　「歴史其儘と歴史離れ」（「心の花」大正四年一月）。
＊14　大岡昇平「歴史其儘と歴史離れ」（『歴史小説の問題』昭和四十九年八月　文芸春秋社刊所収、初出「文学界」昭和三十九年七月）。
＊15　昭和八年九月　新潮社刊。
＊16　三一書房『日本プロレタリア文学大系1』、「解説」、昭和四十四年一月　第四刷より引用。
＊17　『岩波古語辞典』昭和五十年五月。

＊18　この「ハサミ将棊」の他にも、「私は、隠遁にして全く無為な卑しい芋虫の生活や、孤独の網を張つて静かに世の中を睨んでゐる醜い蜘蛛に就いて、特に物思ふことが多い。」という『小ひさき窓より』（大正四年三月大同館刊に収められた「蜘蛛と蟬と蝶」というエッセイもこの類である。

＊19　水野盈太郎「上司小剣氏の製作に隠れたる力」（「新潮」大正四年四月）。

＊20　＊7に同じ。

＊21　前掲『小ひさき窓より』所収「秋江様へ」、初出「読売新聞」大正三年六月二十九日。

＊22　『小ひさき窓より』所収「戦場へ」、初出「読売新聞」大正三年八月十日。

＊23　「非家庭主義者の家庭生活」（大正四年五月）。

＊24　木佐木勝著『木佐木日記』第二巻　昭和五十年八月　現代史出版会刊。

＊25　「遺書の技巧美」（「中央公論」昭和二年九月）。

＊26　「小剣論の一端」（「文章世界」大正六年五月）。

第6章　上司小剣の歴史小説
――大正期を中心にして――

一　小剣の歴史小説事始め

上司小剣の歴史小説執筆の試みは、本格的には大正十年前後から始まっている。この時期に書いた所謂歴史的素材を扱った主要な作品は、短篇集『西行法師』（大正十四年一月歴史物傑作選集第五巻・而立社刊）に収められている。「石川五右衛門の生立」（大正九年七月「改造」）「三月堂」（大正十一年七月二十八日「国民新聞」）、「死刑」（大正十年十一月「表現」）、「女帝の悩み」（大正十三年六月「中央公論」夏季増刊号）、「西行法師」（大正十三年八月「中央公論」）、以上計五篇が『西行法師』にはまとめられている。ただ、「三月堂」一篇は、正確には歴史小説の枠にいれがたい小品で、小剣の歴史小説を論じる場合除外して考えたい。

ところで『西行法師』に収められたこれらの歴史小説を、文学史の流れの中に位置づけるならば、おおむね、森鷗外、芥川龍之介、菊池寛、谷崎潤一郎らの歴史小説執筆による文壇的隆盛がまずあって、そうした動向に遅ればせながら呼応した、小剣なりの文壇的反応とみなすことができる。中村星湖が、なにも知らぬ新進作家までもが、「歴史物へ歴史物へ、と走つて行く」[*1]と慨嘆したのが、大正五年頃の文壇現象であった。

小剣は、星湖がなげいた時期には、別個の文学的主題を追いかけていたわけで、その意味で大正五年頃の歴史小説隆盛に即応した作家とはいえないのである。ただ小剣と歴史小説とのかかわりは、本格的にではないが、意外に早かったのである。

明治二十年十四歳まで、摂津多田神社で生活した延貴上司小剣は、この年大阪にでている。そこで明治三十年一月東京にでるまでの間、大阪予備学校に学び、小学校代用教員をしながら青年期を過した。この大阪時代については小剣自身あまり多くを語っていない。堺利彦の自伝と小剣の若干の記録と小説を除けば、足跡に空白の部分が多い。その数少ない大阪時代を回想したエッセイに、「処女作時代」（大正十二年六月「女性」）がある。

この「処女作時代」には、堺利彦の紹介で西村天囚を中心とした「浪華文学会」に関係し、曽根崎にあった天囚の家に出入りした、と書いている。その時期に前川虎造経営の「阪城週報」に初めて「小王国」と題する随筆を連載したという。活字になった最初の作品である。ついでこう記しているのである。「博文館少年世界の懸賞歴史小説に『幸寿丸』を応募して、一等に当選したことがあった」と。この「幸寿丸」（未見）が、してみると小剣の初めての歴史小説となるはずで、その意味ではたしかに、小剣と歴史小説のかかわりはかなり長いといえよう。歴史小説への試みはすでに修作時代から始っていたことになる。

さらに『西行法師』を経て、昭和十六年『余裕《ゆとり》』[*2]、『生々抄』[*3]などに所収の歴史小説、歴史随筆、また昭和十七年の史伝『伴林光平』[*4]、昭和二十一年の『菅原道真』[*5]まで視野に入れるならば、小剣の歴史物への関心は、処女作時代から晩年まで続いたことになるのである。他にも、以上の作品集、単行本に収録されなかった歴史的素材を扱った作品の数は夥しい。「河豚を喰った夜の芭蕉」（大正十二年一月「新小説」）、「傑僧と将軍」（昭和七年七月「キング」）、「歌舞伎お国の妹」（昭和十一年五月～七月「婦人之友」）、「滋野井家の老女」（昭和十一年十一月前後「婦人之友」一部未確認）、「稗田阿礼」（昭和十五年四月「文芸世紀」）、「伴林光平のこと」（昭和十五年十一月「文芸世紀」）、「南山踏雲録を薦む」（昭和十七年三月「新潮」）、「寄世祝―愛国百人一首のうち伴林光平の歌―」（昭和十八年二月「文芸春秋」）、「源頼朝」（昭和十八年九月「日本産業経済新聞」）など。

二　「西行法師」における資料の扱い

上司小剣の歴史小説の全体を理解するためには、処女作時代から大正期を経て、戦時下さらに戦後に至る作品を綿密に検討する必要があるのだが、本稿では、前章の「上司小剣『西行法師』

—主題と方法—」において、テキストクリテークに徹した論を展開した。そこで今一度より側面的、つまり小剣の歴史小説執筆と文献資料の関係や文壇史的な位置づけなどを中心に、『西行法師』を軸に論じておきたい、というのが本章の目論見である。論の展開上「上司小剣『西行法師』—主題と方法—」と重複せざるを得ないであろうことを、あらかじめ断っておきたい。

大正十三年八月「中央公論」掲載の「西行法師」は、「其の一　伊勢路の問答」、「其の二　二見の浦の花筐」、「其の三　秋の夜がたり」、「其の四　大井川の渡船」、「其の五　西行と文覚と」、「其の六　銀の猫」、「其の七　都が恋しい」の七章の構成をもつ作品である。

「東から来た僧と、西から来た僧とが、伊勢路の細道で往きちがつた」と書き始める。西から来た僧が、在俗の時、「後鳥羽の院の北面の武士、従五位の下、左兵衛尉、藤原秀郷の裔」佐藤義清、つまり西行である。この西行が、伊勢路を東に旅する途中で円心という旅の僧と出会う。「其の一」から「其の三」までは、この円心と称する旅僧を弟子にした西行が、武士を捨てて出家するまでの経緯を、旅すがら、あるいは草庵にあって語り聞かせる趣向である。「其の四」は、二見の浦の草枕に飽きた西行が、弟子円心と共に東国に向う。大井川の渡し舟に乗り込む。客が多くて舟がだせない。そこで船頭は、西行に下りるように命じたが西行は気付かない。憤慨した船頭は、西行の頭めがけて棹を打ちつける。西行の「頭の皮は破れ、浅くとも肉が裂けて、血がだらだらと目に染むほど流れた」。それでも西行はじっと辛抱して舟から下りた。同行の弟子円心は「師の坊に無礼」だとおさまらない。その心緒を見透した西行は、円心に「もう同行はかなはぬ」と言いわたして独りで東への旅を急いだ。「其の五」には、「奇行を衒う名を売るしれ者」と西行を憎む「高雄神護寺」の荒法師・文覚と西行が対峙する場面が描かれる。「其の六」は、「西行も放浪のうち年をとつて」、時はすでに文治二年八月となる。俊桑坊重源上人に説かれ　南都東大寺再建の沙金勧進に奥州に向う西行が、八月十五日鎌倉鶴ケ岡の八幡へ参詣のため立ち寄る。その時偶然右大将頼朝の行列と出会う。頼朝は自分の館に西行を導き、歌道の話を聞く。翌十六日西行は頼朝から白銀製の猫をもらって辞す。表にでると二三人の童が遊んでいた。西行は、その猫を子供らに与えて去っていった。終章の「其の七」は、四方行脚をしては、都に戻ってくる西行の姿を描く。或る時、後徳大寺の邸を訪れるが、寝殿とおぼしい建物の棟に縄が引き廻わしてあり、それが鳶を厭わせられる工夫だと知ると、「当館の主人も思ひのほかな、うつけ者」という言葉を門番に残したままそこを立ち去ってしまう。また旅に。この時円心に再会し共に行脚を続けることになる。治承二年九月末、津の国の江口の里にさしかかる。そこでもと遊女であって今は尼となっている四十ばかりの女性に会う。この西国の旅で円心と別れ、都に帰えるがまた東国に出立してゆく。その頃千載集勅撰を知り、好きな歌のこととて都に上る。道中、登蓮法師に会う。彼から「鴫たつ沢の秋の夕ぐれ」という歌が千載集に採られていないと知らされ、そのまま東国に下る。しかしまた都恋しく東山・雙林寺に立ち戻り庵を結ぶ。そして建久九年二月十六日七十三歳で往生を遂げる。以上が「西行法師」の梗概である。末尾に「二十四、七、十」脱稿と記してある。

こうした西行法師像を描くにあたって、小剣はどのような史料を渉猟し、典拠としたのであろうか。西行物語、吾妻鏡、百練抄、撰集抄、西公談抄、十訓抄、一生涯艸紙・井蛙抄等に記録されている西行像。これらの原典文献に依りながら、一篇の歴史小説として、小剣流に蒐輯、取捨、選択をして構築したのだろうか。あるいは、明治期以降刊行された西行関係の伝記、評伝、研究書、例えば、明治三十九年藤岡東甫『異本山家集』および巻末収録の「西行論」、同四十四年釈固浄著梅沢和軒校『山家集詳解』および巻末所収「西行聖人伝」、大正四年梅沢精一（和軒）著『西行法師』、同八年上野松峯著『西行』、同十一年尾上篤二郎編著『西行法師全集』および巻末「歌僧西行の生涯」、同十二年尾崎久弥著『類聚西行上人歌集新釈』なども参看した上でのことであろうか。

大正十三年頃までの西行研究の水準を云為する資格は、私のような門外漢にはない。けれども、右に挙げた西行関係研究書、伝記、および評伝の大部分は、西行物語や撰集抄などの流伝した西行像の、実像と虚像を正確に分析総合して、できうる限り実像・西行の全体を浮かび上げようという意図のもとに書かれた著作であることは理解できるのである。例外は上野松峯の『西行』であって、この書は著者自ら、「自分の創作」であり、「歴史に徴して、どの程度まで確実性を帯びて居るか」、「私に、余り関はりの無いことになる」と、その序文で一言しているように、源平盛衰記の所謂「たいへんロマンティックな臆説[*6]」、「源は恋故とぞ承る」に拠った、西行恋愛伝説に材をとる小説「西行」であることは指摘しておく必要はあろう。

西行の実像と虚像を学問的に峻別しようとしていた明治大正の西行研究の水準に、「西行法師」の作者上司小剣が、全く無関心であったはずはなかろう。具体的に先に挙げた研究文献のどれを典拠としたかは、小剣の創作メモなど管見に入らぬので不明とする他はない。それでも次の様な箇所については、それなりの推定は可能なのである。

小剣は「西行法師」中、西行出家の年月日を、保延六年十月十五日二十三歳、と記している。右の尾山篤二郎の「歌僧西行の生涯」によれば、西行出家の年月日には様々な異説があることが知られる。吾妻鏡は保延六年三月八日と記録しているが、尾山は「鎌倉祐筆の誤聞であらうとされている」と書く。また尾山の見た西行物語はこれを踏襲しているとも、他本西行物語は大治二年十歳の時、さらに撰集抄には長承の末の年、などとあるそうである。その尾山は、台記、百練抄の保延六年五月十五日を一応信じておくと書いているのであり、小剣もまた、この年月日を西行出家の時として作品に採用している。なお付言するならば、西行入寂の年月日についても、小剣は、西行研究の定説的伝記に従っている。

だとすれば、小剣は、吾妻鏡、西行物語、撰集抄など古典文献を翻読していた可能性も、また当時公刊されていた尾山らの西行研究水準にも全く無関心であったとは考えにくいのである。むしろ先に列挙した古典文献にも、同時代研究文献にも想像以上に通暁していたと推定する方が自然であろう。

そして、歴史小説「西行法師」一篇の問題は、ここから出発する。

年代記的叙述においては、今検討したように、当時の学問水準では一応定説化し信憑性を持つ史実を小剣は、各種文献から選別した。が、それは単にそれだけの意味を事実として示しているにすぎぬ。問題は、年代記的叙述に正確を期しながら、その他の大部分は、ほぼ全章にわたって、虚像としての西行逸話を利用し組成した。いうまでもなく伝説西行像を、作者は彫琢していることろにある。各章の見出しタイトルを一瞥するだけでも、古来より伝説化して流布している虚像としての西行法師を、小剣は描き上げていることは明らかであろう。

「其の二」で、北面の武士佐藤義清であった頃の西行逸話の一つ、後鳥羽院新殿落成に際し、十首の和歌を詠んで、その恩賞として朝日丸の宝剣等を賜った、という伝説を小剣は書きつけている。ところがこの逸話について、「歌僧西行の生涯」の著者は次のようにいう。「経信、匡房、基俊、俊頼及び彼（西行）の歌を召された」とする伝記者流の著述は、「経信は永長二年正月、匡房は天永二年十二月薨去して」おり、「彼〈西行〉の生れぬ前に亡くなつている人々と一緒に歌を作る道理がないことは既に墨水遺稿に論じられてゐる」から、事実無根であると論断しているのである。

年代記的叙述に正確を期した小剣が、この事実を知らぬわけはなかろう。にもかかわらず「朝日丸」伝記を当用した小剣は、西行と共に詠んだと伝えられる経信、匡房らの存在を、小説「西行法師」から意図的に削除した上で採用しているのである。また同著の「西行物語などは後人の手になる一種の伝記小説に過ぎないから、憑拠とするに足らぬ」といった考証による結論に目を通していないはずもない。西公談抄にある二見浦草庵の様子、「其の三」の、北面の武士時代における十訓抄の伝える娘の病、左衛門尉憲康の死、「其の四」での、大井川の渡し一件、「其の五」の文覚一件、など、「歌僧西行の生涯」の著者により、「余りに小説的」、「真偽には多分の疑がある」とか、「これをこゝで信じやうとするのではない」とか、あるいは「信ずべきかどうかは知らぬがかなり有名な話」とされている箇所を、あえて作者小剣は念入りに収集し利用しているのである。

そこには、虚像を虚像と確認しながらも、しかもそこに執着しようとする小剣の歴史小説の方法論がはっきりと現われている、といってよかろうとおもう。

三 「大まじめに嘘を吐く」歴史小説観

小剣は、小説「西行法師」発表と同年、大正十三年一月の「週刊朝日」に、歴史随想「能因法師」[*7]を掲載している。

そこで小剣は、能因法師の「あらし吹くみむろの山のもみぢ葉はたつたの川の錦なりけり」を取り上げている。「地理の上から、どんな大嵐があらうと、三室の山の紅葉が龍田の川へ錦と見るまでに散つて行く筈はない」として、能因を非難した者があった。それに対して能因が、「山の紅葉が散つて流れて、嵐が川の中に錦を織りなす、といふ美しさが現はれて居ればよいのぢや。地名なんぞに拘泥することはない。それほど気になるなら、龍田の川の近くにある山の名を三室と改めてもよし、三室の山の麓にもし川があるなら、それを龍田の川と呼んでもよいではないか」といった能因の言葉を小剣は、わが意を得たりと紹介している。つまり、小剣はこの能因の強引な論理を、「芸術家或は詩人としての見識」だ、と受けとめているのである。ここに上司小剣という作家の、歴史小説観のみならず、文学作品全般にわたる「見識」が鮮かに表明されているのである。

とすれば、「西行法師」という歴史小説が、事実無根の西行虚像伝説であろうとなかろうと、小剣にとってはさして重要な文学的論題ではなかったことになろう。西行という歴史上の人物の実像を史実によって再構築する努力は、小剣の歴史小説においては、圏外の文学課題ということにもなる。能因法師の歌が地理的に不自然であれば、逆に地理的条件を和歌のモティーフに適合するように変えてしまえ、という論理の中に、小剣は明らかに、史実実証主義的歴史小説論議を一笑に付して、自己の歴史小説を「空想」(「能因法師」)に翔ぶ美への完成と定立したようである。大正期に書かれた『西行法師』にまとめられた歴史小説諸篇は、こうした性格を持つものであった。ただ、戦時下の多産した歴史物が、同じ論理に貫かれては必ずしもない、という点については一言しておかなければならない。時代の制約を考えなければならないのである。

昭和十七年の『伴林光平』の「まえがき」に、次のように書いている。「深くその人物、個性」を描き、「人間光平を描写し、その全人生を今日に創作しようとしたものであつて、半ば伝記小説の形式をとつたが、しかしへ史実を尊重して、一点の誤りなきを期した」と、その創作態度を表明しているのであって、すくなくとも歴史小説集『西行法師』を執筆した時点での小剣の歴史小説観と、「史実を尊重して、一点の誤りなきを期した」とする戦時下の『伴林光平』執筆時の歴史小説観とは、異なったものになっている事実は確認しておかなければなるまい。この問題については、昭和、殊に戦時下における上司小剣の歴史小説として稿を改めて論じる必要があろう。

いずれにせよ「西行法師」一篇が、史実尊重でも、過去という時空や人間の再現でもなく、作者の「空想」の恣意的な飛翔から成り立った歴史離れの作品であることはみてきたとおりだ。「西行法師」の中で、西行の口に託して小剣は、自らの西行像を闡明している。西行は、同行の円心に「秋の夜がたり」として、次のように述懐する。

「若し過つて、歴史といふ偽りの記録に自分の形が残ること〻もならば、似ても似つかぬ変な姿に描かれて、いつまでも恥ざらしをすることだろう。後の世の人から言へば、い〻加減な人形を紙の上に踊らして、あれはどう、これはかうと、勝手にきめたのを、まじめくさつて眺めてゐればよいので、ほんとうにあつた人間とどれだけちがつてゐやうと、それは構はぬ。大まじめで嘘を吐く。……それが国の歴史といふものぢや。記録といふものぢや」。西行は円心にむかってこう弁じる。「歴史といふ偽りの記録」といい、「大まじめに嘘を吐く」のが「国の歴史」であり「記録」というものの内実だ、と小剣が考える時、かれの脳裏に、虐殺された幸徳秋水や大杉栄のかつての姿が髣髴しなかったとだれがいえよう。小剣の諦念にも似た歴史観。その諦念を逆手にとることで、ひらきなおることで、『西行法師』所収の歴史小説は書かれたのではないか。能因法師の強引な論理も、この西行法師の述懐も、ともに大正期の上司小剣の思い屈した精神の深部で、再構築された歴史観であり小説観であり、さらには人生観であった。

幸徳秋水や大杉栄という知友が国家からうけた汚辱にみちた扱いのかなたに、国の歴史の虚実を凝視し、諦念をかかえ込みながら、国の歴史の「虚」を逆手にとってひらきなおった時、上司小剣の歴史小説は、歴史を借りて現代を語る地平に立ち、その中で作者の近代的精神や情趣といったものの意味付けにむかった。現代国家、社会内の自我の有様やあり方、あるいは国家や社会や家や、そして人間のアクチュアルな課題を、『西行法師』の諸篇が背負う、アナクロニズム歴史小説が成立したのである。

四　諸家の歴史小説論議

森鷗外の余りにも高名な「歴史其儘と歴史離れ」が発表されたのは大正四年一月であった。「わたくしは史料を調べて見て、其中に窺はれる『自然』を尊重する念を発した。そしてそれを猥に変更するのが厭になつた」、「わたくしは又現存の人が自家の生活をありの儘に書くのを見て、現在がありの儘に書いて好いなら、過去も書いて好い筈だと思つた」、そしてさらに、「わたくしは歴史の『自然』を変更することを嫌つて、知らず識らず歴史に縛られた。わたくしは此縛の下に喘ぎ苦んだ。そしてこれを脱せやうと思つた」[*8]と、「山椒大夫」創作の動機を語った。周知のように、このささやかな一文が、その後現代に到るまで、歴史小説論の先蹤的役割を担うこととなる。鷗外の意図とはもちろん別様の、予期せぬ大きな試金石となって今日まで歴史小説論の論議に影響を与えつづけているのである。

大正十二年三月十六、十七日の「国民新聞」紙上に、藤井真澄が書いた「歴史小説の革命」は、鷗外の「歴史其儘と歴史離れ」の呪縛から無縁の視点から論じられた数少ない歴史小説論といえる。藤井真澄の論は、中里介山『大菩薩峠』、吉野臥城『西行』を具体例として、「革命された日本歴史観」を「土台」に「革命的歴史小説の創造」へ努力すべきだと語り、日本人の歴史意識、理論の「革命」と歴史小説変革を同時に思考する論考で、それなりに着目検討されてよい文章だ、とおもう。尾崎秀樹の詳細綿密な「歴史文学年表」[*9]にも、日本歴史小説論、史劇論の展開を周到にたどった志村有弘の「古典の取材した近代文学」中「(二)歴史小説論・史劇論の展開」[*10]にも、この藤井の「歴史小説の革命」は取り上げられていないようである。

戦後になるが、千葉亀雄の「歴史小説」[*11]なども、「史実を重要視」するか、「史実を自由に想像化」するかは、歴史小説論においては、「むしろ意義に乏しい問題たるに過ぎない」、「世界の歴史小説」は、浪漫主義理想主義写実主義現実主義の「視角」から創作され、また観照されるべきである、としている。この千葉などの文章も、鷗外の歴史小説における「後世の歴史小説分類の基準」[*12](志村有弘)の呪文的定式から一歩踏みだした論であろうか。

川村二郎は、鷗外の「歴史其儘と歴史離れ」について、「鷗外という小説家が、自己の創作の過程において浮んだ感想をさりげなく書きとめた、といった程度のもので、ここからことごとしい原則論などを引きだすのは、批評の野暮というものでしかないとぼくは思う[*13]」と書いているが、文学史の実際に関する限り、様々なニュアンスや落差はありながらも、今日なお、鷗外のこの一文が、歴史小説論の重い「原則論」として近代日本文学の流れに、多かれ少なかれ、深浅の差こそあれ、君臨して来た事実は、たしかだということは確認しておかなければなるまい。

大正期の歴史小説論は、評論の分野では決して盛んだったとはいえない。先の志村の整理に従えば、木下杢太郎の「現代の歴史小説[*14]」、中村星湖の「歴史小説に就いて[*15]」、長谷川天渓の「現代の歴史小説――歴史物の面目[*16]」、石坂養平の「現代の歴史小説――諸家の意見を読んで[*17]」も、大正後期の、中里介山の「歴史小説の本領[*18]」、真山青果の「歴史小説の本領に就いて――中里介山氏に[*19]」も、やはり語彙や表現の差異はあるものの、鷗外文の呪文から解き放れてはいないのである。

よかれあしかれ、一部の論者を例外とすれば、大正期歴史小説論は、鷗外の所謂「歴史其儘」と「歴史離れ」、つまり史料によりかかる史実尊重主義的な創作方法と、史料や史実に呪縛されないで作者の自由なモティーフを想像力を駆使して組成する創作方法とに、その興味や関心の中心があったのである。そして、実作者に即すならば、芥川龍之介、菊池寛たちの歴史小説、「歴史のなかに『近代人』を見出し、あるいは『近代』を仮構することだけ」に興味を感じ、「歴史のなかにただ抽象的な人間の真理を、心理的な逆説を通じて、見出そうとする[*20]」と中村光夫が説明した、いわば「歴史離れ」による歴史小説が主流をなしていたのである。

ところで、上司小剣の「西行法師」、「女帝の悩み」、「死刑」、「石川五右衛門の生立」など、歴史物傑作選集『西行法師』に収められた作品は、その作家個性のあり方やモティーフは違っても、大正文壇史の流れの中では、明らかに芥川、菊池たちの歴史小説方法と同一平面上に位置するものといえよう。「女帝の悩み」では、時代の最高権力者が死に直面した際の心理を近代的感覚で裁断し解剖する。「死刑」では、奉行という地方権力者が、一片の命令書によってもろくも幕府という巨大な権力に圧殺されるプロセスを描く。さらに「石川五右衛門の生立」では、村落共同体の中で一人の少年が性に覚醒していく生理と情感を、やはり近代的心理と重ねて描く。これらの諸作は、あくまでも作家上司小剣の個性に寄ったテーマ小説であって、歴史の中に、あるいは史実の中に一定のテーマを探求するものではなくて、作者の主題を生かすための歴史素材に仮託した小説である。

小剣をも含めて、芥川、菊池などの大正期歴史小説の主流は、たしかに大岡昇平のいったように、「歴史は現代的心理の恒久性の偽証にすぎず、或いは逆に心理の現代性が歴史の現実性を偽証する。そしてその全体は大正的理智主義或いはセンチメンタリズム、有閑市民の自己満足を充足する[*21]」方向に働いたのもたしかではある。そこから、大正期歴史小説の大衆小説化への距離は歩一歩であったのも諾えるのである。

けれども、私は、歴史小説をそれ自身の自己運動と把握するだけでは充分ではない、と考えるものである。一方に、大正期以降の私小説との対応関係においても検討していく必要がありはしないか、ということである。鷗外が、「現存の人が自家の生活をありの儘に書くのを見て、現在がありの儘に書いて好いなら、過去も書いて好い筈だ」と、自然主義文学、あるいは私小説を意識したのと同様に、大正期歴史小説の「歴史離れ」的傾向を、私小説との対応、あるいは対抗関係でとらえることができはしまいか、とおもうのである。単純な図式的理解ではなしに、私小説と歴史小説の相関を、文壇史の問題として同一圏内に設定して論じることは不可能な課題ではない。

すくなくとも、大正十三年に「本格小説と心境小説と」[22]を書き、同十四年に「歴史小説のこと」[23]を書いた中村武羅夫や、同十三年に「日常生活を偏重する悪傾向（を論じて随筆、心境小説などの諸問題に及ぶ）」[24]を書き、同十四年に「芸術的歴史と歴史的芸術と」[25]を書いた生田長江などの文学意識の中では、私小説問題も、歴史小説問題も、明らかに共に小説創作における虚構性の問題として、同時的に論じられていたのである。中村武羅夫の「本格小説」概念と、歴史小説における大胆な虚構性の提唱とは、「いわば正統的なリアリズム論からの客観性の恢復を念願する中村自身の小説概念」[26]（平野謙）で、確実に接着していたのである。

そうした中村武羅夫などの念願が、大正期歴史小説実作のプロセスで、どの程度実現されたかは、今は問わない。ただここでは、大正期の歴史小説論議や実作の問題が、私小説論争や私小説そのものの論題と、接続し密着していた事実を、問題提起しておきたい、とおもうだけである。

五　歴史小説と未来小説

『西行法師』を含む、菊池寛『名君』芥川龍之介『報恩師』、長与善郎『エピクロスの快楽』、武者小路実篤『釈迦と其弟子』、佐藤春夫『李太白』など、シリーズで刊行された而立社の歴史物傑作選集に、発刊の辞「歴史物傑作集に就いて」という一文が、各巻巻頭に掲げられている。「新らしい精神に依つて、新らしい態度に依つて　新らしい立場に依つて作られた歴史物」であり、「歴史の中に」、「我々の心のあらゆる姿」を見る。「従つて狭小な自分の経験だけに題材を取らうとするよりも、これを歴史の中に求むることは頗る賢明な態度」と言える。「編者識」となっていて、具体的に誰の執筆によるものがわからないが、この歴史物傑作選集が、「狭小な自分の経験だけに題材を取らう」とする私小説主導の文壇風潮にアンチテーゼを提示する歴史小説シリーズであったことは、この一文から充分察せられよう。

上司小剣の歴史小説集『西行法師』も、その線上で書かれたものであり、大正期文壇の私小説偏重に対する、反作用として発刊されたという事情の一端は説明できたか、とおもう。

けれども小剣一個の精神史に即せば、そうした文壇風潮への反抗的、批判的態度だけをクローズアップするわけにはいかないのである。文壇風潮への異和と、小剣一個の精神的文学的営みが微妙にからまりあって、歴史小説『西行法師』は書かれているのである。

大正十年頃、私小説的作品が皆無とはいえないが、おおむねこの時期の小剣は、私小説圏外で創作活動を展開していた。大正五年前後から、小剣は、かつての自己隠匿的な小説「天満宮」などとは異なった、自己の思想や哲学を表白する作品を書き始めている。大正六年「金曜会」、同七年「悪魔の恋」などでは、刑死した畏友幸徳秋水の実像化から虚像化へと赴いて、さらに同九年『生存を拒絶する人々』に収斂される空想的社会小説「空想の花」（大正七年十二月）、「分業の村」（大正八年七月）等を連続的に発表している。これらは、小剣が、明治社会主義体験をくぐりぬけた時、精神の奥底に刻印したクロポトキン著作からつかみ取った「無政府共産」の自由村の「詩と夢」として昇華した作品群であった。これらはいうまでもなく、歴史小説ではない。未来小説である。小剣の空想と想像力とによって組み立てられた虚構の世界に他ならない。小剣の「夢」を空想の中で造形したユートピア空間であって　いつ到来するか不分明な革命後の未知空間なのである。未来にむけての原始共産社会仰望の結実である。それは未来にむかいながら同時に古代へ回帰する。

大正九年『生存を拒絶する人々』上梓前後から、歴史小説執筆にとりかかる土壌は、少年の日に神官であった父・紀延美に教えこまれた、古事記、万葉集、源氏物語、十八史略、左伝、史記などの素養に端を発していよう。そして、「私は子供の時に義経や清正の活躍を聴いても、それがえらい人である代りに、危険な世渡りをしてゐるのが不安でならなかつた。殺されはぐツたり、死にはぐつたり、毒饅頭を喰はされたりするのが厭であつた」[*27]（「小ひさき窓より」）とか、「小供の時、ハサミ将棊を差すと、私はよく駒を斜めに並べて盤の一角を占領し、如何にするも敵の駒の侵入することの出来ない空地へ、自分の駒を一つ置いて、それを右に左に上に下に動かしつゝ、勝つことの出来ない代りに、負けることもない安全さを喜んでゐた」[*28]（「ハサミ将棊」）とか書いている生得の精神的脆弱さが、未来小説や歴史小説執筆の深因であったことも理解しておかなければなるまい。

そして弱さ故に、現実の動向により鋭敏に反応することにもなる。「思ふ通りのことをそのまま書けば、殺されるだらうなぞと、臆病風に吹かれて恐怖に包まれながら書く私たちの文字」[*29]（「二三の通俗小説と社会時評と」）というおののきを記したのは昭和五年のことである。「ハサミ将棊」は大正二年、この文章は昭和五年、前者は畏友幸徳秋水刑死直後の、後者は知友大杉栄虐殺後しばらくしての文章である。

生来の精神的脆弱さ、時代環境の影としての秋水、栄の虐殺事件、私小説主導の文壇的風潮への反発、未来小説から歴史小説へ、というような錯綜した諸事情がからまり合って歴史小説集『西行法師』に結実していったのであった。

注

＊1　中村星湖「歴史小説に就て」（「時事新報」大正五年三月二十五日、二十八日、二十九日、三十日、三十一日、四月一日連載中より二十九日から引用）。

＊2　『余裕』昭和十六年三月　東洋書館刊。
＊3　『生々抄』昭和十六年八月　大東出版社刊・大東名著8。
＊4　『伴林光平』昭和十七年十月　厚生閣刊。
＊5　『菅原道真』昭和二十一年二月　生活社刊・日本叢書28。
＊6　上田三四二著『西行・実朝・良寛』昭和五十三年三月　角川書店刊・角川選書56。
＊7　前掲『余裕』、『生々抄』所収。
＊8　筑摩書房版『明治文学全集27森鷗外集』昭和五十二年三月より引用。
＊9　尾崎秀樹著『歴史文学論　変革期の視座』昭和五十一年八月　勁草書房刊所収。
＊10　志村有弘著『近代作家と古典―歴史文学の展開―』昭和五十二年四月　笠間書院刊・笠間選書71。
＊11　藤村作編纂『増補改訂日本文学大辞典第七巻』昭和二十六年八月　新潮社刊所収。
＊12　＊10に同じ。
＊13　川村二郎「伝説と小説―折口信夫『身毒丸』をめぐって―」(「群像」昭和四十六年五月)。
＊14　「時事新報」大正五年三月二十三日、二十四日。
＊15　「時事新報」大正五年三月二十五日、二十八日、二十九日、三十日、三十一日、四月一日。
＊16　「時事新報」大正五年四月三日、四日、六日、七日。
＊17　「時事新報」大正五年四月十二日、十三日、十四日。
＊18　「都新聞」大正一年五月七日。
＊19　「都新聞」大正十二年一月十二日、十三日。
＊20　中村光夫「新現実主義」(河出書房版『日本文学講座六巻　近代の文学後期』昭和二十五年十二月刊所収)。

＊21　大岡昇平「歴史其儘と歴史離れ」（『歴史小説の問題』昭和四十九年八月　文芸春秋社所収）。
＊22　「新小説」大正十三年一月。
＊23　「文壇随筆」大正十四年一月。
＊24　「新潮」大正十三年四月。
＊25　「新潮」大正十四年三月。
＊26　未来社刊『現代日本文学論争史　上』所収　平野謙「解説」より引用、昭和三十四年七月。
＊27　「読売新聞」大正三年五月十一日。
＊28　「近代思想」大正二年四月。
＊29　「新潮」昭和五年十二月。

第7章　上司小剣の昭和期評論活動・序論

――昭和初年代を中心にして――

一　小剣の「プロレタリア文芸総評」

昭和二年九月の雑誌「中央公論[*1]」に、小剣としては、初めて、プロレタリア文学を正面に見据えて本格的に論及した「プロレタリア文芸総評」と表題した評論を載せている。無論それまでにも、プロレタリア文学に感応して、その時々に感想や意見を披瀝していないではない。たとえば、大正十二年二月号の「新潮[*2]」には、「所謂プロレタリア文学と其作家」という書肆からのアンケートに答えた「一時の流行現象に過ぎない」を載せている。また、昭和二年四月「新潮[*3]」の、「現代文芸家の社会的地位を論ず」なども、やはりプロレタリア文学の動向を意識した上で書かれた評論である。そして、これらの評論は、小剣とプロレタリア文学の呼応関係を閲する上で、無視するわけにはいかない着目すべき稿であるが、プロレタリア文学を己が身の正面に見据えて、冷静にその総体に論及したという意味で、「プロレタリア文芸総評」は初めてのものであったろう。

この「プロレタリア文芸総評」が書かれた時期、昭和二年七月二十四日未明に芥川龍之介は、「何か僕の将来に対する唯ぼんやりした不安」という自殺の原因を仄す言葉を残して逝っている。平野謙氏の所謂「当時のインテリゲンツイアの危機意識を表白するひとつの時代的典型」[*4]の死がそこに横たわっていた。そうした芥川の自殺に到る前後、日本プロレタリア文学は、同年福本イズムの影響もあって日本プロレタリア芸術連盟が分裂、六月には脱退した蔵原惟人、青野季吉、葉山嘉樹らにより労農芸術家連盟が結成された。

こうした運動内部の分裂抗争について、上司小剣は、「作家諸君の属する分派に就いて」は、「委しく承知しない」、といい、「ただ作物に現はれたところによつて、私の判断を加へることがあるかも知れぬ」、と断っている。「プロレタリア文芸総評」は、つまり、運動体内部の発展、分裂、抗争を逐一点検し評価を下す視野からではなくて、冷静な第三者の立場から、総体として論評しようとした「総評」である。ただ、小剣個人の閲歴が明らかに示すように、明治社会主義運動から大正期の「近代思想」を経て労働文学、プロレタリア文学運動に、多少なりとも触発されつづけて来た者としての、主体的評価や批判の視座が皆無であるはずはないのである。多少なりともといったのは、あくまで相対的な言い方であって、初期は新感覚派の影響下にありながら、昭和二年一月頃からの武田鱗太郎の「新しき出発」[*5]一文などを経て、鹿地亘の「如何なる観点に立つべきか」[*6]、「夾雑物の掃除―田口、林両氏の所論に就いて―」[*7]や、中野重治の「四つん這ひになつたインテリゲンチヤー武田麟太郎君の『青年』に就いて―」[*8]が誌上を占有するようになり、ほぼ丸ごとの左傾化を辿る「辻馬車」、また新感覚派の論客から、左傾化して昭和三年には旧労農党に加わった片岡鉄兵などの例に、小剣の革命運動やプロレタリア文学に対する態度を照らし合わすならば、やはり、「多少なりとも」ということになろう。

「プロレタリアの文芸といふやうなものを、特別に見出さなければならぬ世の中を、痛ましいとも悲しいとも思ふ」と、「プロレタリア文芸総評」の冒頭に小剣は書く。そして、大杉栄の口から聞いた、「まづいね、き君、プロレタリアの作家ちう奴は。……どいつも、こいつも物にならない。……か書くのを止めて、う腕でやるといふほどの奴もゐないし。あ、あれで、ううまく行つたら、作家で飯を食つて、をさまらうといふんだから、づうづうしいや。……おおれは文章もまづいし、喋舌《しゃべ》るしやべることも、でできないから、（と、指で口を、軽く突きつゝ）うう腕でやる。……」と、大杉がマドロスパイプを握ったまま、手を振り、吃りながら、小剣に言った言葉を書きとめて、「私は革命の戦士たるものが、筆や口で、まはりくどく、ノロノロやつてゐても仕方がないと勇んでいつた大杉の言葉に感動したことがあつた」とも、書きつけている。

この大杉栄の「うう腕でやる」と云った言葉は、たしかに小剣にそれなりの、「感動」というよりも衝撃を与えたようである。大正十四年十月号の「不同調」[*9]に、「徳富先生と大杉栄」と題したエッセイを小剣は書いており、横須賀東京間の列車の中で、「日本に於ける無政府共産主義の一学徒」大杉栄と、「帝国主義者高等ジヤーナリズム等々の巨頭」徳富蘇峯との偶然の邂逅を、「名匠の画にもがな」と興味深く見つめている。その文章に、やはり小剣は、大杉の「おおら、文章も書けんし、演説も出来ないから、さ堺の所謂逃避者にもなれない、おおらう、う腕でやる」と力んだ言葉を挿話として挟み込んでいるのである。

先の「プロレタリア文芸総評」と、この「徳富先生と大杉栄」とでは、大杉栄の語った「う腕でやる」といった根拠が、プロレタリア作家に対する不満と、堺利彦に対する不満とでくい違うわけで、いずれが正確な大杉の言葉なのか疑問が残らないではない。が、いずれにしても、小剣の記憶に、ある種の衝撃として鮮明に刻印されたのは、「う腕でやる」という大杉の寸鉄殺人的一言であっただろうことは諾える。

「プロレタリア文芸総評」冒頭に、「プロレタリアの文芸といふやうなものを、特別に見出さなければならぬ世の中を、痛ましいとも悲しいとも思ふ」と書きつけた小剣の脳裡に、大杉の「う腕でやる」という言葉が、鉛錘のように残存していたのである。だが、その大杉の言葉を、「感動」という情感にすりかえたところに、小剣独特の精神的操作がほのみえるのである。そのことについては後に結論にからめて論述するつもりである。

二　思想の骨子

ところで、「腕」といい、「手」といい、これらの表現は、日本革命運動の揺藍時代から、労働者階級を中心とする労働運動、革命運動と、プチブル・インテリゲンチャとの相関を暗示する踏絵の如きものとして屢々使用されて来た。

夙に、明治社会主義運動の初期、日露戦争前年の十月に開催された社会主義協会主催の、非戦論演説会の模様を、木下尚江は小説『墓場』（明治四十一年十二月、昭文堂刊）に描いている。尚江自身と目される主人公「僕」は、この演説会で「劇烈な負傷」をその精神に受けたのである。それは、片山潜がモデルの「幡山」の演説においてであった。「幡山」が、経済的観点から戦争の害悪を諄々と説いて来たところで、聴衆の中の反対論者が演説の妨害を始めた。「幡山」は、この冷笑熱罵の中に立って、「両のポケットに手を挿んで、真直に突つ立つたまま、瞬きもせずに睨みつけて居たが、やがて其の毬栗頭を二三度ぶるぶる、と動かしたかと思ふと、大きな拳固を突出して叫んだ。／『諸君！手を出せ！』／其の恐ろしい声と、奇妙な態度に反対者の騒ぎが急に静かになつた。／すると幡山は威猛だかになつて『労働者は皆な熱心な非戦主義である。戦争を好む者は皆な手の白い遊民である。諸君！手を出せ！』」と。この「手を出せ」という「幡山」の絶叫に、「僕」は、「覚へず我が手先を両の股の下に隠くした」のである。そして、その瞬間、「社会主義を主張する資格が無い」白い手の遊民にすぎぬと考える。

明治社会主義運動の揺藍時代に、すでに木下尚江は、革命運動に相対するプチブル・インテリゲンチャの悩みに直面していたのである。片山潜が、「手を出せ」と叫んだ瞬間に、尚江は、「覚えず手先を両の股の下に隠した」のであり、「白い手の遊民」を自覚し、「社会主義を主張する資格」がないという、「重き悪念」に呪縛される。

また、大正十年前後からの社会主義、労働運動の新らたな展開発展、労働文学から本格的なプロレタリア文学運動への進展などの情況に、既成文学側からの逸早い反応の一つとして現われた有島武郎の「宣言一つ」(『改造』大正十一年一月)は、やはり労働者階級とインテリゲンチャの相関に悩んだ宿命論的絶望宣言であった。有島は、「宣言一つ」の結語的部分に、「私は第四階級以外の階級に生まれ、育ち、教育を受けた。だから私は第四階級に対しては無縁の衆生の一人である。私は新興階級者になることが絶対に出来ないから、ならして貰はうとは思はない。第四階級のために弁解し、立論し、運動する、そんな馬鹿げ切つた虚偽も出来ない。今後私の生活が如何様に変らうとも、私は結局在来の支配階級者の所産であるに相違ないことは、黒人種がいくら石鹸で洗ひ立てられても、黒人種たるを失はないのと同様であるだらう。従つて私の仕事は第四階級以外の人為に訴へる仕事として始終する外はあるまい」と書いた。黒人の譬えが適切とは思えないが、原文通りとしておく。

有島の所謂「第四階級以外」に所属する人間も、木下尚江の「白い手の遊民」も、ともどもに、こと革命運動における労働者階級に対するインテリゲンチャの宿命論的絶望の表白である一点で共通している。その意味で、同質の苦悩を、明治と大正という時代の相異こそあれ、有島武郎と木下尚江は携え歩んだ知識人ということができる。

先に紹介した大杉栄の、「う腕でやる」といった言葉も、片山潜の「諸君!手を出せ!」と絶叫した言葉も、ともに同時代の知識階級に、それなりの衝撃を与えた。そして、木下尚江も、有島武郎も、その衝撃の前に居竦み佇立し首をたれたのである。だが、かれらとは別様に、歴史動向を詳細に検証し、知識人と革命運動の相関を正の方向で論じ、有島の思考の誤謬を指摘した「有島武郎氏の絶望の宣言」(大正十一年二月「前衛」)をものした堺利彦の存在も忘れてはなるまい。

そういった、革命運動と知識階級の問題を、上司小剣もその精神の根元に持ち携えていたであろうことは、大杉の言葉を、「う腕でやる」に集約し受け止めて、反芻していた事実からも推察に難くない。

ただ、小剣の場合は、「腕」や「手」を眼前につきつけられることで、有島や木下のように負の方向に呪縛されもしないし、堺のように正の方向にわが道を確定しようともしていない。

「プロレタリア文芸総評」は、大杉の言葉を回想した次の章で、「七八年前のことになる」、久米正雄の依頼で雑誌「人間」に載せた一文「ひとりごと」を全文引用している。大正十一年六月の雑誌「人間」[*10]初出のエッセイらしいが、未見である。このプロレタリア文学観を吐露した文章は、小剣自身余程気に入ったものらしく、先に挙げた「一時の流行的現象に過ぎない」という「新潮」

に掲げた一文も、「プロレタリア文芸総評」全文引用のものと全く同じである。また、「プロレタリア文芸総評」に、「現に目下進行してゐる或る著書の序に代へて、以上の文章を其のまゝ入れやうと思つてゐる」と書いている。昭和三年十一月新潮社刊『現代長篇小説全集⑯上司小剣篇』に、長篇「東京」の「愛慾篇」、「労働篇」、「争闘篇」三部が収録[*11]されており、その「争闘篇」の末尾に、『東京』争闘篇の後に」と題する一頁のあとがきを添えていて、そのことと一致する。これは、全文ではないが、先の一文の部分的引抄であるが、内容には全く変更訂正はない。

長い引用で煩瑣になるかも知れないが、ここでその全文を、「プロレタリア文芸総評」から再録しておきたい。

プロレタリアの芸術とか、ブウルジウアジイの芸術とか、妙な言葉を聞くものだ。芸術には国境がないと、もに、また階級があつてはならぬ。階級の撤廃を説く人が、芸術に階級を築かうとする。変ぢやないか。

いい芸術は、どこまでもいい芸術だ。わるい芸術は、どこまでもわるい芸術だ。強ひて階級的に言はうとするならば、芸術とは貴族的のものだ。平民的の芸術なんて、そんなものがある苦《ママ》はない、と言へるのであらう。

階級闘争の思想に捉はれて、貴族的といふ言葉をば、芸術の上から無理にも取り去らうとするのは、下世話に言ふ『坊主憎けれや袈裟まで』の類だ。貴族といふ言葉は、わるい言葉でない。総べての人間を皆貴族にする――貴族と卑族との別を無くする――のが、人間生活の向上ではないか。

たとへば、鉄道列車の階級を撤廃するのは結構だが、それは、一等、二等を廃して、総べてを三等にするのではいけない。二等、三等を廃して、総べてを一等にしなければならぬ――それと同じだ。

進歩とは、堕落のことではない。

衆愚の跋扈、歴史の濫用、趣味の低下。……この三つが近世の風潮の齎した或る主義思想に伴ふ、人類生活の堕落だ、といふ声は、ずゐぶん久しい前から響いてゐる。さうして、それが屢々事実の上に証拠立てられる。

人間生活の堕落は、即ち芸術の堕落となつて現はれる。『芸術は文明から逃げるものと見える。』と言つたクロポトキンの言葉が、痛快に味はれる。

今日の芸術が、ルネエッサンスの芸術に及びも付かないのは、今更言ふまでもないことであらう。それは芸術といふものが、人生から創造されないで、書斎や画室から出て来るやうに、近世の文明が築き上げられた為であることは、これまた言ふを待たない。

科学が進み、文明が開けて、分業といふ一つの科《しぐさ》が、芸術にまで入り込んだ。こゝに芸術堕落の端が開けて、職業芸術家がうじようじよと、其の製作を競ふやうになつた。近世の社会制度、経済組織が、いよいよ彼等職業芸術家の存在を確保するとともに、インスピレーションから来ない芸術が、ドンドンと、堕落の一路を辿つて行く。

かくして、活きた製作といふものが、あらゆる芸術家の手から全く引つ込んでしまつた。プロレタリアートの芸術。……そんなものが、どこにある。プロレタリアートは、其の苦しく虐ひたげられたる生活の為めに、芸術を味はふことなんぞは、疾くに忘れさせられてゐる。其の忘れさせられたものを、奪ひ還へすの途は、一に社会の▽▽にある。万人が総べて貴族になるにある。再び言ふ芸術は貴族的のものである。

根本の療治を忘れて、芸術の糸の堕落を救ふことは出来ぬ。

万人が皆貴族になり、貴族が総べて芸術家になる。……少し工合のわるい言葉だが、これ以上、今の世では、私に書く自由を許されない。再び言ふ、プロレタリアートの芸術とは、何んだ。

小剣自ら語るところによれば、この文章の初出は、大正十一年六月の「人間」であった。その同一文を、昭和二年に到っても、「私は今日に於いても、大体において、以上の所説に大変更を加へやうとは思はない。私の思想の骨子は依然としてそこに存する」(「プロレタリア文芸総評」)と書いているのである。

大正十一年前後から、関東大震災を挾んで昭和二年頃まで、日本の労働運動、革命運動、またプロレタリア文学運動はめまぐるしい質的変転を遂げて、実践的にも理論的にも深化していった筈であるが、そうした歴史の動的変転、変質は、不思議にも、小剣の「思想の骨子」を改変することはない。それどころか、大正十一年頃考えた内容を、昭和二年頃も繰り返えしているのである。

三　宮島資夫の小剣批判

さて、敢て長文再録した文章は、同時代のプロレタリア文学を論じてはいる。しかし、一読して理解できるように論者上司小剣の眼光は、今その目前で展開し揺蕩している運動体の各々のあり様や方向性にそそがれてはいないのである。小剣の目は、表面上ではたしかに、現代の社会動向にそそがれているように見えながら、実は、現代という余りにもアクチュアルでダイナミックな運動体を素通りして、遙かかなたの地平にそそがれているのではないか。「万人が総べて貴族」となり、「貴族が総べて芸術家」になった、所謂「クロポトキンの自由村」(『生存を拒絶する人』序文)[*12]に集中し、その世界を透視した眼から逆に現代をながめなおす。「万人の安楽と余裕とを想望する未来の社会」にそそがれた小剣の眼に、同時代のプロレタリア文学が、「妙な言葉」だと映るのも、「平民的」芸術なんてある筈もない、と映るのも必然であろう。つまり、小剣のプロレタリア文学論は、かれ自ら想望する仙境的な無政府共産の世界からながめなおすという一点で、現代の革命と文学の相関を能動的主体で思考し、いかにかかわるかという視点が剝落しているのである。

木下尚江や有島武郎のあり方と、小剣の所謂革命運動におけるプチブル・インテリゲンチャの立場のとらえ方が、おのずと異っているのもこのあたりに事情がある。

「プロレタリア文芸総評」は、「死んだ大杉のやうに、『腕だ、腕だ。腕でやる。』と言つてみても、私にはそんな腕はない。実際運動などといふことば、引ッ込み思案の臆病者の私には、聞いただけでも手足がブルブル慄へる。やはり書斎に引ッ込んで、ただむしやくしやしてゐるよりはほかないのであらう。」と、諦念の嘆息をもらす。木下や有島は、自己の所属する階級が、結局労働者階級以外の階級であると考えるところから、宿命論的に自己の立場を決定する。それらに対して、小剣には、階級史観にもとづく決定論的宿命観は稀薄であって、階級としてのインテリゲンチャの革命運動への参画が可能かどうか、という問題よりも、むしろ、一個の非力な一知識人としての革命運動参画への諦念が、その精神の根柢に潜伏しているのである。

それでいて、革命のかなたに拡がるであろう無政府共産の輝しい世界を、「夢」になぞらえながらも、捨てさるにしのびない。こうした一個の非力な知識人の撞着的存在を、小剣は自ら「悲哀」[*13]と呼ぶ。だからこそ、そういった小剣の人世に処す態度に、労働者出身の労働文学作家・宮島資夫は疑義を呈したのである。

大正十一年一月二十八日から二月二日まで「読売新聞」に連載した「第四階級の文学」[*14]がそれ

である。宮島資夫は、奇しくも、同年一月「改造」発表の有島武郎の「宣言一つ」と、同年一月六日七日連載の小剣文、「芸術は文明から逃げる」(「時事新報」)を、ならべて批評している。

有島の「宣言一つ」には、「此の新年の論壇には大分問題になつたやうである。そして之れを論じた広津君も中村君も共に芸術は階級闘争以外に超然としたものであると云ふやうに云つてゐる。芸術と云ふものが斯如く超然とし得るものか、どうかそんな事は論ずる余裕も持ち得ない。然かし、第四階級の精神を精神とし、血を血とし肉を肉として進むものには、他の一切の階級の有するものは必然に悪である。」と書いている。また、「ひとりごと」、「一時の流行的現象に過ぎない」、「プロレタリア文芸総評」引用文と同旨の、「芸術は文明から逃げる」という小剣文には、宮島資夫は、「新年になつてから現はれた感想の中で上司小剣氏の意見は、私は最も賛成する。然し氏があの意見を有しつつああして納つてゐる態度はよく判らない。今日の多くの文学者は、労働運動に対しても、相当に理解と同情を有つてゐると口にする。然も彼等は何にもしない。」と疑義を投げつけているのである。

宮島は、有島の「宣言一つ」、広津和郎の「有島武郎氏の窮屈な考へ方」(「時事新報」大正十一年一月一日、二日)などにむけては、「芸術」と「階級」の視点をとり入れて批判しており、小剣文には、理解と同情を読みとりながら「然も彼等は何もしない」という「態度」の問題として批判しているのは文脈上明らかであろう。

そして、なにもしない「態度」の問題は、とりもなおさず、上司小剣の文学と生活の核心をつくもっとも手痛い論題であった筈である。宮島資夫は、労働運動なり革命運動に一定の「理解」や「同情」を持ちながら、「然も彼等は何にもしない」という一個の非力な知識人の内面に、皮肉を投げつけた。

前田河広一郎の「三等船客」、「太陽の黒点」、新居格の「月夜の烟」、葉山嘉樹の「海に生くる人々」、今野賢三の「暁」第三部「光りに生きる」、などのプロレタリア文学作品を遂一論評した中で、「プロレタリア文芸総評」は、宮島資夫の「流転」にもふれている。小説「流転」を論じながら、

三四年も前のこと、私が或る新聞に、アナアキズムの上から下した芸術観を述べると、この作者はそれを何かの誌上で評して、『全部同意だが、それにしても氏（私のこと）の現在の生活はどうしたといふものだ』と言つた。これに対して私は、ほんとうにぎよつとしたことがある。自分の作や言説に対して、何を言はれようと、私は一切無頓着で、人は人、自分は自分と、冷静に構へてゐるのだが、宮島氏のこの言葉にだけは、戦慄をおぼえた。さうして今もなほハツキリと、其のまゝ其の折の戦慄を胸に貯へてる。

くりかえせば、宮島資夫は、小剣にむけて、言っていることは正しい、しかしその生活態度はどうしたことだ、という疑義をつきつけたのである。上司小剣は、たとえ自己の精神的動揺なり

不安なりを直接には吐露しないで、常に冷静に受けとめる態度を、生活上でも執筆上でも堅持していたはずである。その小剣が、宮島の疑義に、「戦慄」したというのは、やはり小剣の思想と実際にかかわる核心的発言であったからにちがいない。その意味で、先の木下尚江の「白い手の遊民」や有島武郎の「第四階級以外」の階級という、自己の所属階級の確認からの自己定立とは、明らかに小剣の場合は違う。所属階級での「戦慄」ではなくて、実際運動にかかわり得ないわが「態度」での「戦慄」なのである。

そうした小剣の「態度」に、不満を表明したのは、宮島資夫一人ではなかった。「プロレタリア文芸総評」批判として、青野季吉、前田河広一郎、江口渙といった左翼陣営側から上司小剣の思想性を論難する者が現われた。小剣自身それらの批判を、「犬の遠吠」(「新潮」昭和二年十二月)[*15]という短文に整理している。中でも、前田河の小剣に冠した、「貴族的無政府主義者」という名称を、「うれしく受ける」と書き、「私は貴族の上品な趣味好尚が好きです。虚偽矯飾の貴族生活は嫌ひだが、貴族を滅すとともに、永年貴族によつて養はれた上品な趣味好尚までをも共に滅したくはないと思つてゐます。私は総べての人類をば、よい意味での貴族にしたいと考へてゐる。平民を廃して、貴族ばかりにする革命を夢想してゐる。」とも書きつけている。

先に紹介した宮島資夫の、作家上司小剣への、思想性と「態度」にむけての疑義を、「戦慄」してうけとめた小剣は、ここでの前田河の「貴族的無政府主義者」と規定する批判には、「うれしく受ける」と応じたわけである。

前田河文にしても、宮島文にしても、ともに、上司小剣の思想と実生活を云為した点で同質であるにもかかわらず、一方を「戦慄」的発言とし、他方を「うれしく受ける」とする思考に、思考の中絶中断がほの見える。私は、そこに、上司小剣という近代の一個性が、折々の右傾、左傾の激しい時代の振幅にもまれながらも、よかれあしかれ、いずれにも徹底せず生き通した足跡の深因が隠されているように思う。

「戦慄」を「戦慄」として我が身にうけとめながら、「戦慄」をいつの間にか、心的操作により余裕にすりかえてしまう、半ば稟質的な処世への心理といった精神構造と考えてよい。そして、この小剣の精神構造は、短日月に形成されたのではなくして、長い人間不信と孤独とを経る過程に稟質ともあいまって形成されたにちがいない。

四　悲観を楽観に転化する小剣

大正十四年二月の「中央公論」[*16]に、小剣は、「淡として水の如し」というエッセイを掲げている。神官の子であった小剣の幼少年時代を回想しながら、その頃からすでに「私の孤独性」が頭に染み込んでいた、と語る。神社の神官を小領主とみる古老の階級根性が残っていて、「私」は「西さんの坊んち」と呼ばれて、村童から別格扱いをうけた。たとえ、村童の仲間入りをして遊んでいても、家の者か古老に発見されれば、「まア坊んち飛んでもない」と引き離されてしまう。

小剣の育った摂津多田神社時代は、小説「祭の後」、「神主」、「天満宮」、「父の婚礼」、「惰力」、「父母の骨」、「石合戦」といった夥しい数の作品に取材されており、それらの作品は、神主と神官一族をめぐる村人たちの封建的身分意識が牢固として存在していた環境を描きだしている。そこに描かれた古老たちを含む村人たちの封建的身分意識が、幼い多感な一人の少年を、隔絶し孤独な心的営みに追いやっただろうことは、たしかに諾い得るにしても、それだけで生涯にわたる「淡として水の如し」交りの境地に赴かせたわけではなかろう。村落共同体の中ではあっても、村人たちの封建意識は、一人の少年からながめるなら、あくまで外在的圧力として働いていた。

繰り返しになるが、私自身の調査[*17]に従えば、延貴・上司小剣は、明治十八年六月七日十二歳で実母幸生と死別し、爾来笹部秀、秀の妹笹部琴、松浦なかを継母として育てられた。笹部琴は、秀の死後上司家に寝食をともにしたが、入籍はしていなかったらしい。笹部秀は、幸生生前から小剣の父延美と交渉があったようで、幸生の逝去後間もなく入籍して、明治十九年三月四日に亡くなり、妹琴が上司家の世話役のかたちで住み込んだが、明治二十年七月十二日には、旧大阪府西成郡野里村在の松浦覚之助の娘なかが入籍している。このなかと延美の間に、明治二十二年十月三十日こつなが出生しており、小剣の異母妹ということになる。明治二十六年九月三十日享年五十八歳で延美が没するまで、なかが延美の世話をしたのである。こうしてみると、小剣は幸生の死んだ、十二歳から延美の他界した二十歳までの、自我の発育と完成にむかう最も多感な青少年時代に、封建的意識・環境を外圧として、家の中では、四人の母と暮らし次々と離別していったという、自我の非情な欝屈を経験したのである。この二つの内からと外からの挟撃の中に育つ一人の少年が、根深い孤絶感と人間不信をその生涯、精神の基底に据えざるを得なかったとしても不思議はあるまい。

「淡として水の如き」という一種の禅的とも思える処世術を獲得するにいたるには、そうした長年月の人間不信と孤独の時期をくぐりぬけてのことであって、一個の精神的動揺なり衝撃なりを、余裕に転化するという小剣独自の心的構造も、やはりこのあたりにかかわるのである。

明治三十九年には、幸徳秋水、堺利彦らの平民社社会主義運動の至近にまで到り、正宗白鳥に、「階級戦争に加はつてもいい」とも語りながら、ついに参画できずに退いたのである。しかし、その時に背負った社会主義者や運動に対する自己保身からの負目を、小剣は、いつの間にか、徳田秋声が小剣評にふれたように、「弱者」であることを逆に、「自我の手強い根城[*18]」へ転化して、クロポトキンをかかえなおす。革命運動から退くことで、運動の理念だけを「夢」として昇華させるのである。片山潜の「手を出せ」という絶叫に接して、手を隠し、「白い手の遊民」を意識し首をたれた木下尚江や、「第四階級」以外の階級として自らを絶望的決定論の前に追いやった有島武郎に比較するならば、大杉栄の「おおらう腕でやる」という言葉に衝撃をうけながらも、「感動」したと書きつける上司小剣は、つまりは、「衝撃」を「感動」に転化したこととなるのである。また、宮島資夫の言葉で「戦慄」を覚えた小剣が、前田河広一郎の「貴族的無政府主義者」の呼称を、「うれしく受け」るという心的構造も同様である。

「プロレタリア文芸総評」冒頭で、「プロレタリアの文芸といふやうなものを、特別に見出さなければならぬ世の中を、痛ましいとも悲しいとも思ふ」と書きながら、その末尾には、「旧文壇の芸術からすれば、プロレタリアの作家なんぞ、或は『いづれを見ても山家育ち』であるかも知れない。しかし私はこの一群の焚く火に向つて、襟を正さないではいられない。よしやタバコの吸殻でも火は火である。触るれば熱い。――私の待ち焦れるのは、この火が天をも焼かんばかりに、紅蓮の焔を立て、燃え盛る時である。小さな芸術が何んだ。」と書きつけて筆を置いている。

明治から昭和初年代における、社会主義運動やプロレタリア文学運動と、それらへの作家上司小剣の態度、意見といったものの根柢には、長い孤絶感と人間不信をくぐりぬけるなかで獲得した、心的操作によって悲観を楽観に転化する小剣独自の精神構造が潜在していることを了解する必要があろうと思う。そこで、小剣の孤絶感と人間不信の内実を検討するために、昭和十一年六月、文学界社出版部刊の『蓄音機読本』[*19]を中心に、小剣の病的とも思える偏質的な器物愛にふれてみたい。

五　偏執的器物愛

『蓄音機読本』には、「十数年書き溜めた蓄音機とレコードとに関する随筆」(「まえがき」)三十五篇と、創作「ユウモレスク」、「蓄音機」二篇が纏めて収録してある。

小剣の蓄音機「道楽」は、ほぼ大正中後期にはじまったらしい。蓄音機の前は時計に熱中していた時期もあり、さらに溯れば、すでに摂津多田神社時代に、金貨か銅貨のような物に異常な愛着を持っていた筈で、いってみれば、かれの器物への執着、愛着は、夙に少年期に始まり老年にいたるまでのその生涯を通じて一貫した性癖のごときものだったのである。

小剣のそうした偏執的器物愛については、宇野浩二も『鱧の皮他五篇』（岩波文庫　昭和二十七年十一月）の解説にふれてはいる。ただ、宇野の、小剣の器物愛に関する言及は、「小剣は、やはり、世界で有数の最高級の蓄音機を持つてゐる、それは千円以上（今日の金でいへば、数十万円か、）である、といふ噂もたつた。しかし、これは、単なる噂ではなく、本当であるらしかつた。」とも、「小剣は、蓄音機とおなじやうに、時計も、世界で有数の最高級の時計を幾つか、持つてゐるのであらう、と、いささか羨ましい気がしたことであつた。」とも書いてはいる。そして、このような小剣にまつわる挿話を、「几帳面さ、凝り性、癇性、妙な贅沢さ、それが病的でさへあつた」との一証憑として書きつらねたのである。ところが、病的な几帳面さ、凝り性、癇性、妙な贅沢さ、という説明は、それ以上には深められず、小剣の個性一般の表層をなぞっただけで筆を置いている中間報告的印象は否めない。

昭和三年頃には、小剣は三台の蓄音機を用いていたらしい。「中央公論」昭和三年二月号の「蓄音機道楽」[*20]（『蓄音機読本』未収）に、その一番上等な「ブランスヰツク会社のパナトロープで、マドリツド号（スペイン風に言へばマドリイ、私は窓璃姫と呼んでゐる）」を紹介して、カタログでは下から五番目、上から三番目だが、「日本にはまだこれ一台しか来てゐない」と書いている。他の二台は、「私が持つてゐる蓄音機」（『蓄音機読本』）に記されていて、「雑用として、ヴイクターの九号（三百五十円）と、ブランスヰックの小型八十五号」を、用途により使い分けている、と。昭和三年頃は三台所有していたが、それ以前には四台を使用していた。それも、最終的には一台か二台に整理してしまったらしい。そして、それらの「蓄音機とレコードとには三千円の火災保険」をかけているが、「自分の身体には一銭の保険もない。秋江及び文壇人の多く入つてゐるカナダの生命保険会社から、ずゐぶん熱心に勧誘されたけれど、断つてしまつた。」（「奥多摩の一日」[*21]）とも書く。また、近松秋江が、幼い娘のために数万円の生命保険に入り、そのかけ金のため、生活費や小使いを切り詰めているという「まことに良いお父さん」ぶりにふれながら、「なけなしの財産を酒色に使ひ果して、死んだ時、一円六十銭の金を私に遺したばかりだつた」小剣の父延美と、現在、蓄音機とレコードのみに保険をかけて子供を案じぬ自分とを、近松秋江と比較しているのである。

　こうした、子に対す親のあり方に、かつて小剣は、

　　幼少にして母に別れ、父に棄てられ、家も道具も何一つ、先祖からの恩沢を受けたことのないものは、已むを得ず家庭が出来たとて、飽くまでも自分一人だけのことを考へて行かねばならぬ。独力で立ち、独力で進まねばならぬ。家庭と言つても、私などは、言はば高価な座敷借りをしてゐるやうなものである。[*22]

と、もらした。その感慨が、そのまま繋っていることは明らかである。

ところで、二三千円の火災保険をかけた蓄音機とレコード、殊に蓄音機の扱い方を、「愛機を語る」[*23]に書いているのを簡単に紹介するとこうである。

マドリイ号は何年か前の三月六日の地久節に手に入れたのであるが、この毎年三月六日にはモーターを函から取り出し、油をさす。また同じ日には頼み付けの技手が来てゼンマイにグリスを入れてくれる。それから、レコードをかける時には、必らず微温湯で手を洗い石鹸を使つて、汗や塩気の付かぬようにする。斎戒沐浴といえば大袈裟だが、埃りの付いているやうな着物は、必らず新しいものに着更えて蓄音機に向う。蓄音機の動いている間は、決して飲食しない、菓子一つでも、砂糖気が機械のどこかに付くのを虞れるのである。ガスストーブや夕バコなども絶対によろしくない。また、「御神体[*24]」という文章の中では、現在持っている三台の蓄音機を四柱の神として斎き祀り、私一代だけは、ただ神聖なものとして、毎日神饌や玉串を奉っていたいとすら考えることがある、と書く。そして、「若し今日死の宣告を受けても、気がかりはただ蓄音機とレコードとだけだ。これを神に祀りたいなぞと考えるのも、三つ子の魂魄百までで、神職の家に生れた伝統的の性分なのであらうか。狂とも愚とも笑はば笑へ、私の偽らぬ告白はこれだ。」とも記している。

他にも、小剣の蓄音機に対する異様な偏執的愛執の挿話は、幾つも『蓄音機読本』に記録されており、枚挙にいとまがない。ただ、煩雑になるけれども、先の「愛機を語る」の、次の一節だけ引抄しておきたい。

私の蓄音機は、それをかけて音楽を聴く時だけの必要物ではなく、常住座臥、愛機の側に居なければ、私は仕事も手につかず、安眠も出来ぬ。それで私は狭い書斎へ愛機マドリイを持ち込み、仕事の不便を忍んで、これがためにわざわざ机を小さくし、（他の調度との調和をはかるため）次ぎの洋室から蓄音機を聴くことにしてゐる。愛機と同室を許されるのは私だけで、家族等は決してこの室に入れない。夜もやはり、狭いのを忍んで愛機の前に臥床を舒べ、そこでなければ、私は眠れない。深夜眼が覚めると、枕の上からつくづく愛機を眺めて、独り楽んでゐる。

常人の眼からすれば「狂気の沙汰」に見えようが、小剣自らは「愛の極致」と呼ぶ、このような異様とも偏執的ともおもえる器物への執着と愛情は、宇野浩二の中間報告的取り扱い方では十全とはいえぬのではないか。つまり、単なる上司小剣という一個の忘れられた近代の作家の一挿話としてだけでは、たかだか偏執的器物愛という通り一遍の奇妙な話しとしてしか受けとめられないのではないか。むしろ、蓄音機「道楽」を、「道楽」とながめるのではなく、小剣の精神構造の内奥に潜む真相を、見極める上での重要な事実とみるべきではないか。

溯れば、小剣十二歳頃から二十歳前後までの、摂津多田神社時代における、延貴少年の孤独なたたかいが、定石的ではあるが問題となる。人間存在への懐疑・不信といった苦闘の過程で形成されていったにちがいない、精神的衝撃を余裕に転化するという小剣独自の精神構造が、器物愛とどこかでからまりあっていたはずである。

六　小剣の芥川・啄木・子規観

大正二年八月「新潮」[*25]に、小剣は小説「膳」を書いていて、人間よりも器物に多く愛着を持ち、五円ほどで買いもとめた五人前の会席膳に異常な愛着を示す主人公を描いた。この「膳」を中心に論述した水野盈太郎が大正四年四月「新潮」[*26]に、「上司小剣氏の製作に隠れたる力」を掲げた。そこで水野は結論的に、「上司氏の心の中には、如何なる愛の力も感応しない」、「氏の肉体の底にある一つの奇怪な石」を確認しようとしたのであった。そして、小剣が、自己内面に伏在する「如何なる愛の力」も感応しない「奇怪な石」の存在に覚醒するにちがいない、という期待を表明したのである。水野は、小剣文学に、いってみれば徹底したニヒリズム文学への昇華を期待したのである。小剣の文学が、ニヒリズム文学かどうかは一応別としても、水野の言った、「如何なる愛」にも感応しない「奇怪な石」を、上司小剣が生涯携え歩んだことは否めない。

水野が、「奇怪な石」と裁定した内実を、私は、孤絶感と人間存在への不信と呼びたい。かりに、小剣が、それをつきつめて徹底していったとするなら、小剣の文学は中途で頓挫していたろう。

しかし史実は、終戦後の昭和二十二年九月二日、七十四歳で永眠するまで、その執筆活動は中断していない。

長い幼少青年時代の孤独な処世の営みの中で、人間存在への不信といった想念を、その精神の内奥に刻印すると同時に、それを諦念と化し余裕とする精神的操作を、延貴少年は学んだのである。人間存在への不信といった想念が、小剣の心の中から霧散したわけではない。むしろ、それをカムフラージュするすべを、実生活上の保身の哲学として、身につげたというべきかも知れない。「蓄音機」への異様な偏執的愛着を、「愛の極致」と呼ぶあたりに、人間存在への不信の想念を、無意識のうちに韜晦する上司小剣の独特な生活上、芸術上での処世の哲学を確認すべきではないか、とおもう。

だからこそ、小剣の文学はニヒリズムの徹底に赴くことがなかったともいえるのである。

昭和二年七月二十四日の芥川龍之介の自殺について、小剣は当時中央公論にいた木佐木勝に語ったという。木佐木は、「中央公論」への原稿依頼のため、目黒の小剣宅を訪れた。同年七月二十七日、芥川龍之介自殺後三日目である。

小剣は、芥川が「あっさり死んでしまつたものですね。」と、特別な意義をその死に認めていないように語った。その後で、明治時代の北村透谷、川上眉山の自殺については、芥川の死をからめて、ひとしなみに、「三人を死へ追いつめた動機は、ロマンチックなものでも思想的なものでもなく、平凡人の場合とあまり変らない」とも、「生理的衰退」がかれらの生きる意志に、「とどめを刺」したのだとも語り、かれらにひき比べて、正岡子規は、「死を眼の前に見つめながら、なお死と戦い抜いた」非凡人で、例外だ、と語ったという。[*27]

この時木佐木勝が依頼した原稿が、「中央公論」昭和二年九月号の特集[*28]「遺書」に寄せた、「遺書の技巧美」一文である。小剣は、その末尾にも附記のかたちで、「遺書といふ課題は、最近芥川氏の死から思ひ付かれたものであらう。私は芥川氏のさつぱりとした死にかたと、往年正岡子規氏の根強かつた生きかたとを比べて考へてゐる。二人とも行年三十六歳。」と書き加えている。

芥川の死を、「さつぱりとした死」といい、透谷や眉山の死をも同一平面で把握して、かれらが倒れた事情の深因に、小剣は見向きもしていない。ただ、正岡子規[*29]の「根強い」「、「死を眼の前に見つめながら、なお死と戦い抜いた」生涯に共感するのである。そこには、死の影の真実から眼を反らし、瞑目することで、その真相から身をそらすという心的操作がほのみえる。

また、時期は「鱧の皮」以前のかなり初期に属すが、石川啄木について書いた随筆が二つある。大正二年六月二十二日付「読売新聞」の「小ひさき窓より」に、土岐哀果から贈られた啄木の遺稿を読み、大人になりきっていない青年の文学、とその印象を書きつけた。もう一つは、同紙七月十三日付に、やはり「小ひさき窓より」の表題で、「近代思想」と「劇と詩」との啄木評をめぐって小剣なりの感想を述べている。「近代思想」は、啄木文学を評して、到底ブルジョアジイの青年、文学者などには解し難く知り難い境地と、最上の評価を下した。それに対して、「劇と詩」は、啄木の作品に表現された実感味、生活は浅薄である、常人の抱く感激の程度を余りでてはおらず、死の病に煩わされても、かれの実感は「人情」の世界を一歩も外に踏み出していない、と貶価の評を下したのである。上司小剣は、以上二誌の啄木論の梗概をなぞって、「感想として前者の力強いと共に、批評として後者の根の深いのは勿論である。」と、書いたのである。

啄木文学が、大人になりきっていない青年の文学といい、「劇と詩」の啄木論を、「批評として根の深い」のは勿論だ、とした小剣の啄木観は、たしかに啄木の一面を垣間見ていないともいえぬが、半面、「弓町より―食うべき詩」、「きれぎれに心に浮んだ感じと回想」から、大逆事件に触発されて、天皇制国家権力との直接的な対峙対決へと急旋回していったその足跡は、小剣という作家は見ようともしていない。たとえ見てはいても、青年や人情という語感でその核心を包み隠してしまう、といいかえてもかまわぬ。因に、大逆事件前の一時期には、小剣は啄木よりはるかに明治社会主義運動の本体に接近していたはずである。

七　反転する精神

このような上司小剣の、心的操作により、悲観を楽観に、衝撃を余裕に転化するという、思考思惟のパターンは、昭和初年から十年前後の「戦慄すべき世相」[*30]への地すべり的移行の只中にあってもかわってはいない。

「プロレタリア文芸総評」の反響について、「犬の遠吼」の中で、様々な反響に対して、「蓄音機音楽に夢中になつて」いて、その音にかき消されて耳に入らなかった、という。また、江口渙の「犬の遠吼」的批判なぞ、やはり「私の蓄音機の音に消されてしまう」のであるともいう。

昭和二年には、「私は十余年、或は二十年近くを一日の如く、アナーキズムを信じてゐる」と書いたそのかえす筆で、「しかし生来の臆病者」だから、「アナーキズムの実行運動に携はること」はできぬ、として、眼の前で展開している現実のダイナミックスから眼を反らし、「所謂組織があり、強権があり法律があるところでは、私の思想の実行は駄目だ」[*31]と遙かかなたの地平に視線を移動させてしまうのである。「蓄音機とレコードとによる音楽の大革命」[*32]というエッセイでは、「真の個人主義に根ざした芸術が、即ち真の社会主義的の芸術である」といった著目すべき発言をしながら、前の「アナーキズムを信じてゐる」とした同文の中では、「街頭にまごついてゐて、群衆に殺されるか、山林に逃げ込んで、狼に食はれるか、私一人の道は、結局その辺のところにあらうと思ふ」と記して、「真の個人主義」芸術が、「真の社会主義」芸術だという注目すべき発言は、ここで中断中絶して深化発展されないまま終熄する。

昭和五年四月から七月にかけて、小剣は「新潮」誌上に、「社会時評」[*33]という評論文を連載して、アクチュアルな現実社会の状況・動向といった課題に組り込んでいる。総選挙と、それにまつわる犬養健、金子洋文、中西伊之助ら文人の代議士立候補、無産政党の惨敗、東京市電争議、労働祭、統帥権問題、産業合理化、行政経済化、といった実にアクチュアルな論題をめぐって筆を執っているのである。

四月号の「総選挙か空選挙か」には、種々の議院政治の陥穽を指摘して、「ただ恐るべきは、絶望のあまり酔生夢死宗の信者となつて、橋の下に惰眠を貪る」政治的無関心層が瀰漫することだ。「無産党の惨敗」では、マルクス、エンゲルスの「共産党宣言」の一節、「権力階級をして、▽▽▽▽の前に戦慄せしめよ」を引用して、元来ベエートーベンが好きでない様にマルクスも好きでないが、「しかし、あの共同宣言の勇ましさには、引ツ込み思案の隠居主義者も、おぼえず激励される」。七月号の、「統帥権問題」では、「統帥は編成されたる軍隊の上に限り、編成そのことに就いては、財政、外交、内政その他の事情を総合して、専ら政府の決定すべきもので、これをば、一も二もなく軍事専門家の専門眼で左右されるやうで」あれば、「軍国主義」の弊に陥いる、と警戒してもいる。

以上の発言からは、上司小剣の現代政治社会を冷静に見据えるリベラルな眼を、たしかに私どもは評価しなければならない、とおもう。そして、「私たちアナーキズムの学徒」は、「未来の理想に憧憬しつつも、眼前の俗悪卑近な政治に無関心ではゐられないところに、我等の悲哀がある」という小剣なりの論理も一応は納得できるのである。

けれども、「未来の理想」を念頭に据えながらも、「眼前の俗悪卑近な政治」に無関心でいられぬ、という思考思惟のパターンが、小剣の場合、応々にして、「眼前の俗悪卑近な政治」に無関心でいられぬが故に、「未来の理想」にのみ憧憬するという、逆立ちの思考思惟のパターンにすりかえられるという一点に問題があるのである。六月の「社会時評」の「労働祭」という小見出がある一文では、先に、マルクス、エンゲルスの「共産党宣言」には「引ツ込み思案の隠居主義者も、おぼえず激励される」とまで書いた小剣は、「革命の闘士として働くのに、逃避はならぬ」、「凶険にして乱を好む」、そういう人がいなければ「物の改革は」できない、という語調に連結して、「私なんぞの卑怯者は、真の平和と自由とを欲するばかりで、それに到達すべき道程の艱苦がいやである。埃りだらけになるのを嫌ふ」と、高揚し、激昂していた感情を、その直後では抑制し波静かな冷ややかな余裕ある感情にすりかえてしまうのである。

八　夢想と現実の間を反復する精神

昭和三年三・一五事件、四年世界恐慌、六年満州事変勃発、七年上海事変、満州建国、五・一五事件、八年日本の国際連盟脱退へという政治、経済、社会、文化全般にわたり暗い軍国主義的策動が波及的に深化拡大していった時代の中で、上司小剣は、やはり、時代の「衝撃」を、その精神の奥底で、「余裕」に転化していったようである。

それは、幼い身の上で、孤独と人間存在への不信の情念をたづさえながら、一人でわが身と精神を滅亡の底から救い上げ生き延びねばならなかった、稟質とも思える精神的羸弱さをひめた小剣の、唯一の人生道ではあった。中山和子氏が、「小剣研究の手掛りに―上司小剣旧蔵資料をみて―」[*34]に、「強制と暴力とを徹底して嫌った小剣のアナキスティックな個人主義が、『生物がこの地球にわき出したことは、地球のためには或る短かい期間における一つの禍ひともいふべき現象で、たとへば腐りかかつた団子へ虫のわくやうなものだ』というような、色濃いニヒリズムを背景としていたことのなかにも、小剣の文学が全体としてどこか『余技的』（青野季吉）である秘密」と指摘した、その「秘密」も、悲観を楽観に転化する他、わが肉体と精神を、よく生きながらえさせることができなかったであろう小剣の、やむにやまれぬ、人生の一すじの道であったはずである。

昭和初年頃の日本プロレタリア文学運動に相対して、明治の木下尚江や、大正の有島武郎のように、プロレタリアートに対するプチブル・インテリゲンチャの絶望宣言に赴くようなこともなく、宮島資夫の「生活」態度批判を、「戦慄」と受けとめながら、前田河広一郎の同質の「貴族的無政府主義者」云々の批判には、余裕をもって「うれしく受け」るといった。また、幼少年時代から続いた偏執的ともいえる器物愛も、昭和期に入り「蓄音機」への愛執となってその極に達した。妻子や友人や人間への愛よりも、「蓄音機」への愛を、「愛の極致」と呼んだ小剣の精神的営みは、「淡として水の如き」人世へのかかわりと表裏一体とながめることができる。

極論を恐れずにいうならば、「蓄音機」への執着と愛情は、悲観を楽観に、「衝激」を「余裕」に心的操作によって転化変形させることでしか、この人世をよく渡り生きながらえることの不可能であった上司小剣の、思考思惟の構造に支えられてのことであって、さらにいえば、「蓄音機」への執着と愛情は、かれが明治社会主義に接近し敗退した時つかみ取ったクロポトキンの「無政府共産」社会への憧憬と仰望を生涯捨て去ることをしなかった事実と、その基底でしかと結ばれ連らなるともいえるのである。

かつて、小剣は、「執着」と「恬淡」という用語を使って、前者にトルストイ、後者に幸堂得知を代表させて、[*35]「恬淡で瓢逸」[*36]な生き方が自分のような者にはふさわしい、といったことがある。「執着」といい「恬淡」といい、ともに埃りにまみれた人世への対し方があって、「蓄音機」や「無政府共産」社会への執着は、すでに検討したように、埃りにまみれ、闘争や衝突の渦まく喧騒の人世から眼をそらした時に、小剣の内に遠望として広がる意識下の「夢」なのにちがいない。人世や生身の人間存在から隔絶した、「夢」の世界への執着なのである。

にもかかわらず、上司小剣という作家は、「夢」想の世界のみにかかずらわることもできなかった。満州事変から昭和十年代にかけての、日本ファシズムの台頭から、戦争の危機が迫り来た時代に、常道ならば、「夢」想の世界に耽溺することもできたはずである。この時代を社会一般の不景気とも、「思想的暴風雨時代」[*37]とも、「帝国主義の発露」[*38]とも呼び、「喪つた自由性」[*39]の下での純文学の随一の敵は、「社会組織の不合理に圧迫されて、知らず知らず喪失した」その自由性であると書き、「自由を圧迫する卑俗の桎梏のみが、ごろごろしてゐる世の中」と認識する。そこから、昭和十年前後にかけての小剣の執筆活動は、神代史や高天原朝廷に関する、「夢」想世界へむかう。「蓄音機」や「無政府共産」社会への執着と同様の意味で、小剣は、時代の「衝撃」を「余裕」

に転化しようとして、かれの意識は神代史や高天原朝廷[*40]に飛翔を企てるのである。昭和十一年五月の「高天原の芸術[*41]」、昭和十一年十一月の「高天原のこと[*42]」などのエッセイがそれである。

「高天原のこと」では、「古の高天原の平和主義と、何事もゆつくり相談してから、慎重に決定するがために、なんだか、外部からはもどかしく感じられたり、テキパキと片付かぬ憾みがあるやうに見えても、大局の上では常に穏当で、血を流すこともなく、いろいろの改革や施設を平和のうちに成し得たという伝統的政治」一端を紹介している。そしてこの一節に描きだされた古代の世界が、小剣の「夢」想する「無政府共産」社会とおどろくほど吻合していることは、明らかであろう。小剣にとっては、古代神話の世界もまた、あくなき闘争と確執の渦まく人世からの遁走を意味していたわけである。ところが、神代史に理想郷を「夢」想する小剣の脳裡に、「高天原時代にも他の一方にはナチスのやうな国があつた」と、「夢」から現実に意識がつれもどされてしまう。そこに、私は、小剣という一個性の稟質的ともおもえる精神的脆弱を確認すべきだとおもう。

現実社会の種々相の前で、悲観を楽観に転化する心的操作が、小剣の意識を、「夢」想の世界へ、小心さ故に遁走させ、小心さ故に、再び実世界へ逆もどりさせるところに、小剣の「悲哀」があったのである。意識は「夢」想界にあったとしても、かれの肉体と実生活は、確実に実世界の只中にある。「夢」想界への遁走と、実世界への回帰のくりかえしの中に、小剣文学を貫く独自性があると同時に、不徹底性がある、と考えたい。

昭和十年代から太平洋戦争の時代まで含めて、上司小剣の評論活動と精神構造の把握に筆をすすめたい計画であったが、割愛し、後日に期したい。表題を「序論」とした所似である。

注

＊1 「中央公論」第四十二年第七号夏季特別号。
＊2 「新潮」第三十八巻第二号。
＊3 「新潮」第二十四年第四号。
＊4 平野謙著「昭和文学史」（『平野謙全集第三巻』）所収、昭和五十年六月 新潮社刊）。
＊5 「辻馬車」昭和二年一月第三巻第一号。
＊6 「辻馬車」昭和二年三月第三巻第三号。
＊7 「辻馬車」昭和二年五月第三巻第五号。
＊8 「辻馬車」昭和二年五月第三巻第五号。
＊9 「不同調」第一巻第四号。
＊10 「人間」第四巻第四号。
＊11 『現代長篇小説全集（16）上司小剣篇』に収録された長篇「東京」は、大正十年二月二十日の「東京新聞」に掲載が始まり、「中央公論」、「解放」、「東京日々新聞」等に継続掲載されたものを輯めて出版したものであるが、合本とするに際して百枚ほどを新らたに書き加えたらしい。昭和三年十二月号「新潮」（第二十五年第十二号）の、「気楽に過す」（アンケート回答文）に、「ただ新潮社の長篇小説全集に『東京』の合本を出しますに際して、百枚ばかり新たに書き加へたのが、私

としては意義ある仕事でありました」と記している。

*12 大正九年四月 聚英閣刊、社会文芸叢書第一編。

*13 「社会時評」(「新潮」昭和五年四月、第二十七年第四号)に、「未来の理想に憧憬しつつも、眼前の俗悪卑近な政治に無関心ではゐられないところに、我等の悲哀がある。」と書いている。

*14 宮島資夫著『第四階級の文学』(大正十一年三月 下出書店刊)所収。

*15 「新潮」第二十四年第十二号。

*16 「中央公論」第四十年二月号。

*17 拙稿「上司小剣文学の基底—摂津多田神社時代—」(「文学」昭和五十年五月)。本書第1章。

*18 徳田秋声「小剣氏に対する親しみ」(「新潮」大正六年十二月、特集「上司小剣氏の印象」中)。この徳田秋声の小剣評は、拙稿「上司小剣の大正期側面—モデル幸徳秋水の実像から虚像への転換—」(明治大学文学部紀要「文芸研究」昭和五十一年十月第三十六号)に、引用して論評を加えた。本書第3章。

*19 『蓄音機読本』には、レコード専門雑誌などを中心に書いたエッセイ三十五篇と、創作二篇が収録されているが、初出誌未見のものが多いので、ここでは輯められたエッセイ、創作のみを全て列挙しておきたい。「まえがき」、「蓄音機神聖論」、「レコードの知識」、「余白の芸術」、「菅公と蓄音機」、「藤村と小鼓」、「蓄音機とレコードによる音楽の大革命」、「玄上と琵琶」、「小桜と笙」、「音楽とタバコの烟」、「狐の来方」、「おもかげ草紙」、「出来合の説」、「奥多摩の一日」、「河鹿と蓄音機」、「ソノラーを祭るの文」、「雑説」、「歳晩書懐」、「オウプランタン」、「二月の回顧」、「蓄音機道楽は金持にかぎる」、「二万円の蓄音機」、「愛機を語る」、「芸術的趣味としての蓄音機」、「電気蓄音機の罪悪」、「マドリイ祭の記」、「レコード図書館を設立したい」、「僕のレコード」、「レコー

ドファン」、「私が持つてゐる蓄音機」、「『音楽と蓄音機』・日本音楽は行詰つて居る」、「創作・旅行・集会・蓄音機」、「日比谷と音楽」、「蓄音機とレコード」、「御神体」、「音楽と文学に就いて」。以上がエッセイで、巻末に、創作「ユウモレスク」、「蓄音機」の二篇を収める。

＊20 「中央公論」第四十三年二月号。

＊21 『蓄音機読本』所収。

＊22 「新潮」大正四年五月、第二十二巻五号所収「非家庭主義者の家庭生活」。

＊23 『蓄音機読本』所収。

＊24 『蓄音機読本』所収。

＊25 「新潮」第十九巻第二号。

＊26 「新潮」第二十二巻第四号。

＊27 木佐木勝著『木佐木日記第二巻』（昭和五十年八月　現代史出版会刊）。

＊28 「中央公論」第四十二年九月号。

＊29 拙稿「上司小剣『父の婚礼』論―自己表白と隠匿の問題―」（「文芸研究」第三十八号昭和五十三年一月刊本書第4章）に、小剣と写生文の関連で、高浜虚子の『柿二つ』の所感を記した、「小ひさき窓より」（「読売新聞」大正四年五月二十三日）と、前記『木佐木日記』の二点が、管見であると書いた。その後目に触れた正岡子規にかかわる小剣文を、ここで補足列記しておきたい。先の「遺書の技巧美」、「日本の文壇に於ける―明治・大正期の天才―又は天才に近かつた人々―」という雑誌「文学時代」昭和四年十一月第一巻七号でのアンケートに答えた一文（「天才に近かつたのは、正岡子規ぐらゐだと思ひます。」全文）、あと一つ、新潮社刊『現代長篇小説全集（16）上司小剣篇』の巻末に挿入されている、「武蔵野の大道」（初出誌不明）の二篇である。

＊30　「社会時評」（「新潮」昭和五年六月第二十七年第六号）。
＊31　「現代文芸家の社会的地位を論ず」（「新潮」昭和二年四月第二十四年第四号）。
＊32　『蓄音機読本』所収。
＊33　「新潮」昭和五年四月第二十七年第四号、同昭和五年五月第二十七年第五号、同昭和五年六月第二十七年第六号、同昭和五年七月第二十七年第七号連載の「社会時評」。この「社会時評」について、小剣自ら、「社会時評は、私として、気もちよく書けました。もとより、思ふ通りのことをそのまま書けば、殺されるだらうなぞと、臆病風に吹かれ、恐怖に包まれながら書く私たちの文字です、いかに巧みにアルゴを使つたとて、自由なことは言へませんが、あの時評では、まづ言ひたいことを、最小限に発表し得たやうな気がして、いまも愉快を感じて居ります。」（「新潮」昭和五年十二月第二十七年第十二号「二三通俗小説と社会時評」より）。
＊34　「近代文学館・会報」昭和五十年五月十五日第二十五号。
＊35　「小ひさき窓より」（「読売新聞」大正二年三月三十日）。
＊36　「小ひさき窓より」（「読売新聞」大正三年五月十一日）。
＊37　「文壇萎縮時代」（「文芸通信」昭和十年五月第三巻第五号）。
＊38　「満洲論」（「新潮」昭和六年十二月第二十八年第十二号、特集「文学者は時局を何う見るか」中）。
＊39　「喪つた自由性」（「文芸」昭和十年一月第三巻第一号）。
＊40　「文芸」（昭和九年七月第二巻第七号）アンケート「吾が企図する長篇小説の内容と抱負（到着順）」に回答した一文。
＊41　「文芸懇話会」昭和十一年五月第一巻第五号。
＊42　「文芸懇話会」昭和十一年十一月第一巻第十一号。

第8章　上司小剣の昭和十年代(1)

――小説「平和主義者」一篇――

一　「平和主義者」の背景

　上司小剣という作家は、ただ一つの例外を除いて、生涯たたかいの場から身をそらせ続けた人であった。戦争から、闘争から、すべてのたたかう場から、ただ一つの例外をおいて、のがれ続けた作家であった。

　それは明治七年十二月十五日に生まれ、昭和二十二年九月二日七十四歳でこの世を去るまで、小剣その人と文学を特色づける、まごうかたなき一筋道であった。裏返えすならば、自己の精神的脆弱を見据えながら、その一点を確認するところから作家活動を開始し、そしてその一点を見つめながら瞑目した文学者であった、といいかえてもよい。

戦うことを厭い続けた小剣が、一代おける一期一会の体験として、「階級戦争には自分も加はっていい」と、読売新聞の同僚正宗白鳥に洩らす、所謂明治社会主義体験、それがただ一つの例外である。白鳥は、この小剣の発言を「旧友追憶」一文でとりあげて、小説「鱧の皮」発表の大正三年頃と記録しているが、先にも触れたように明らかに記憶違いである。上司小剣が、後にも先にも革命運動に自らの肉体と精神を賭す決意を知友に告白するのは、明治三十九年秋から初冬の時期以外ではない。それは、今回昭和十年代の小説活動を題目にした上で扱う「平和主義者」(昭和十二年四月「中央公論」)一篇を通読すれば納得できるはずである。

贅言すれば、小剣主宰の雑誌「簡易生活」明治三十九年十一月創刊号に載った「簡易生活主義」という小剣文に着目してもよい。一部抄録してみたい。

直截に学術上より云はば、共同生活が完全なる実現は、共産制度の実行に待たざるべからず。各人の経済的平等を得たる上のことならざるべからず。(略)ここに於てか我輩は、積極的に簡易生活を実行することの議論は暫く他の人々に譲り、消極的に簡易生活を実行することに就きて些か力をつくすべし。

この文章には、すでに革命運動への参画決意とは明らかにちがう、屈折した小剣の心情が婉曲的にではあるが表現されていよう。「共同生活が完全なる実現」は、「共産制度の実行」をおいて他ない。しかしその実行は、「積極的に簡易生活を実行する」人々、つまり明治社会主義者たちに「譲り」、という文脈の中に、すでに小剣の革命運動からのなしくずし的な離別への意志がほのみえている。そうした戦線離脱への意志的動揺の伏線の上にたって、「我輩」は「消極的に簡易生活を実行することに就きて些か力をつくすべし」と、その身を消極的改良主義者の立場に定立するかのごとき発言もしていたのである。

滞米中の秋水幸徳伝次郎は、日本にいる大杉栄と小剣にクロポトキンの『パンの略取』仏語版を郵送した。この出来事は、小剣のクロポトキン思想受容開始となる歴史的にはささやかだが、小剣一個にとっては非常に大きなエポックとなった。この一冊の書籍と秋水という畏敬すべき人格にひきよせられるように、上司小剣は明治社会主義本体の至近にまで辿りついたはずである。クロポトキンの『パンの略取』翻読後のなみなみならぬ感銘については、雑誌「新小説」(明治三十九年五月号)の雑録欄に書いた小品文「火」の中で率直に披瀝している。この一文は文芸作品としての翫賞にたえ得る類のものではない。むしろ稚拙な習作といった方がよい程度のものである。けれども、上司小剣という明治の一個性が、まがりなりにも、クロポトキンと秋水を介して革命運動の本体に歩一歩とあゆみよる精神史を確認するためには、割愛することのできぬ貴重な文献ではある。「僕」なる人物が、「アメリカにゐる秋水君からおくつて呉れた、クロポトキンの名著『パンの勝利《ママ》』」を小脇にかかえ、夜学から暗い森の小径をわが家に急いでいた。その「僕」の前方に軒灯がみえはじめ、その火はクロポトキンの『パンの勝利《ママ》』をかかえた「僕」には、「一身の前途を照らす理想の光明」と感じられた。という単純素朴な筋立の作品である。素朴な習作ではあるが、『パンの略取』を読了した一人の青年が、その背後に輝く無政府共産のユートピアの世界に、魅せられひきよせられてゆく精神史のプロセスを、鮮明に浮び上がらせていることも事実である。「一身の前途を照らす理想の光明」を目撃した小剣は、同時にその前途に「理想の光明」をもとめて幸徳秋水を中心としてたたかう社会主義者の一団をもその視野に入れたのである。

ここから、「階級戦争には自分も加はつていい」という革命運動参画への道は一直線であった。具体的には、「直言」廃刊後のそれにかわる新しい社会主義中央機関紙発刊計画と、その編輯人事に小剣の名があげられる事態に示めされることとなる。明治三十九年九月頃である。同年十一月四日付の幸徳秋水の笹原定治郎宛書翰[*1]には、機関紙創刊にむけて計画は着々と進捗している模様が伝えられている。さらに、「工場庶務編輯大体人□《不明》を了れり」と、新機関紙の人事についてほぼ人選が完了している様子も、秋水は伝えている。その人選されたメンバーの中に上司小剣がいた。秋水、堺利彦らは、かれを新機関紙社会面編輯主任のポストにあてたいと考えていた。小剣は内諾し、読売新聞の安定した立場を捨て去る決意もしていたのである。

この「過激」な決意をした時期こそ、七十四年の生涯で、上司小剣が唯一つの例外としてたたかいの場に参じようとした時期であった。終生たたかいの場から身をそらせのがれ続けた小剣の、まさにただ一つの例外であり、一期一会の体験であった。小剣三十三歳の秋から初冬にかけてのことである。

昭和十年代に書かれた小剣の小説「平和主義者」をとり上げる目的の、今回の論で、冒頭から明治三十九年度社会主義体験に言及したのはいささか唐突かも知れない。しかし、この小説を理解するためには、やはりここに溯ってこざるを得ないのである。この革命運動というたたかう場への唯一例外としての接近と、そこからの敗走という事態によって惹起したであろう小剣の挫折による精神的屈折を、起点にしかと設定することなくして、大正期小剣文学も昭和期小剣文学も内実を明らめることはできない。

大逆事件前後から、明治社会主義運動ないしはその領袖たちを直接素材にした小説を小剣はいくつか書いている。「人形」(明治四十二年二月「文章世界」)、「閑文字」(同四十二年六月「早稲田文学」)、「本の行方」(同四十四年三月「太陽」)、「金曜会」(大正六年十二月「新潮」)、「悪魔の恋」(同七年十一月「新潮」)。これらはすべて明治社会主義運動とその領袖就中幸徳秋水にまつわる作品である。そこに貫かれているモティーフは、大略次のようなものであったとおもわれる。運動の至近にまで辿りついた上司小剣という明治の一個性が、結局は運動の中枢に相携えて参画するにいたらず、「決行の勇気」からの手痛い敗走を負目としつつ、つきもしないが離れもせぬという良心的傍観者の立場に己が身を据えながら、社会主義者たちの精神に潜在する、民権運動以来の前近代的精神伝統(志士仁人的精神)の陥穽をみさだめ、悪意や中傷のためではない、ゆるやかな一種のアンチテーゼを提出するところにあった。

「人形」から「悪魔の恋」まで、モティーフは以上の通り一貫している。にもかかわらず、モデル幸徳秋水の像は、時代とともに、また作者の心的推移に伴いながら徐々に作品の中で変質していっていくのも事実である。「日刊平民新聞」への参加という「決行の勇気」を完遂できず、身をそらせた時、上司小剣は手痛い傷痕をその心底に刻んだまま歩むことを宿命づけられる。その負目と我が肉体と精神の懦弱をみつめながら、同時に秋水むけては、「昔の鋳型に新らしい理屈を溶かし込まうとする」(「本の行方」)人物であるというような明治社会主義者の精神伝統にひそむ陥穽を剔抉する視座を獲得していったのである。前近代と近代のアンバランスな統一体としての幸徳秋水。その批判を通して社会主義運動に対する異和を文学作品に形象化したといえよう。またしかし、社会主義批判の文学的形象化なる作家意識は、批判を展開するという一点で社会主義にかかわる。それは小剣自身の精神的懦弱をも同様に痛切に意識せざるを得ないヂレンマにも陥いるはずである。他者への批判が、とりもなおさず自己への批判となるヂレンマに。だからこそ小剣は、「人形」から「悪魔の恋」にいたる作品創造に加えて、己が身の弱さを屢々他の作中にくりかえすこととなる。

成るたけ薄暗い、戸袋の上あたりに網を張つて餌食の引つかゝるのを待つ蜘蛛のやうな生活がしたい。――勝つこともなければ、負けることもない。安全なハサミ将棊が差したい。

(「近代思想」大正二年四月号所収「ハサミ将棊」)

とか、あるいは、

私は、隠遁にして全く無為な卑しい芋虫の生活や、孤独の網を張つて静かに世の中を睨んでゐる醜い蜘蛛に就いて、特に物思ふことが多い。

（エッセイ集『小ひさき窓より』大正四年三月刊所収「蜘蛛と蟬と蝶」）

ともいう。

安全な生活区域に楽々として、この世の戦を傍観したいといふのが、私の何よりの願ひです。

（同書所収「秋江様へ」）

とかの文章が、そのことを物語っている。この冷やかに凝り固ったエゴイスト的ポーズの裏側に、かれ自身の精神的弱さにむけてのいたたまれぬ自嘲と批判が内在している。

ところが、この自己の精神にむけての自嘲と批判を、作者小剣がくりかえし呪文のように連呼するうちに、小剣みずからも気がつかない微妙な心理的変化がかれの内部に起ったのである。そうした発語される言語表現と発言主体の精神おける微細な連関とトリックに気づいたのは、かの徳田秋声である。何度か引用しているがここでも繰り返しておく。

徳田秋声は、「小剣氏に対する親しみ」（「新潮」大正六年四月号）で次のように指摘している。

氏が新聞記者としての才能は素より優れたものであらうが、それは別として、氏は素と素と、小心で内気であつたやうに考へられる。そして生存の必要から、出来るだけ自己の色彩を出すまい出すまい、と力めたらしく思われる。無論それは普通の弱者に取つては処世上唯一の武器であるのだが、上司氏にあつては、年と共に、地位が出来ると共に、経験が積むと共に、それが自分の一つの強味となつて、そこに生長し来つた自我の手強い根城を築いてしまつた。つまり初めは怯懦であつたがために、自分の色を包むことを学ばされたのが、後にはそれが強い自信の上に築かれた生活上の一つの信条となつてしまった。勿論今日と雖も、氏は内気で小心であるが、氏の実生活の態度は今日では最早や以前のやうに消極的ではなくなつている。芸術の上では、無論さう出たいのであらうが、氏はまだそれに就いて、実生活のそれほどに大胆にはなつていないやうである。

大正五年前後からの小剣の内部で起っていて、小剣自身すらいまだ刻明にとらえていなかった心理的変化の機微を、この徳田秋声の一文ほど鋭く的確に示唆した小剣論は、他にはない。大正期に書かれたものだけではない。戦後現在にいたるまでの多種多様な小剣論の営みの中にも、私はこれほどみごとで鋭利な小剣論は他にない、と考えるものである。

「小心」、「内気」、「臆病」、「怯懦」、「弱者」。こうした表現は、言語として絶えず不断に発せられるうちに、表現主体の精神に、言語の内実とは異なる意味づけが無意識になされる。「怯懦」を、生存の必要からやむにやまれず口にしていく途上で、「怯懦」に安住する「自信」が付加される。こういう発語と発言主体の機微とトリックを、秋声は、「初めは怯懦であつたがために、自分の色を包むことを学ばされたのが後にはそれが、強い自信の上に築かれた生活上の一つの信条となって」しまう、と看破したのである。

このトリックに、大正期の上司小剣は気づかないまま作家活動を意欲的に継続していったのではなかったか。

大正から昭和初年代にかけては、まだ痛切にそのことに気づく必然性が、時代の風潮の中では、なかったにすぎない。大正デモクラシーの比較的開放的雰囲気につつまれて、「小心」を、「内気」を、「臆病」を、「怯懦」を、「自信」をもってくりかえしていればよかった。時代が小剣にそのことを許したにすぎぬ。

そして「自信」に支えられた「怯懦」の反芻が、作家上司小剣の精神内奥から、明治三十九年冬にかかえ込んだ「決行の勇気」からの離脱による手痛い負目という傷痕を、一時的にもせよと忘却せしむる役割をになうこととなる。「人形」、「閑文字」、「本の行方」、「金曜会」、「悪魔の恋」へと書き継がれていく明治社会主義を素材とした作品系譜にもこのことははっきり刻印されていく。モデル幸徳秋水の彫像のしかたの中に。明治四十四年度の「本の行方」には、秋水を「昔の鋳型に新らしい理屈を溶かし込まうとする」思想家である、とする畏敬しながらも批判する文学的意図があった。秋水への離反からくる緊張の糸が、作品のリアリティを支えていたといってもよい。ところが、大正六年度の小説「金曜会」は、そうした秋水への負目も緊張感も剝落している。死せる秋水へのなつかしい思慕のごとき感情があらわに表現されているにすぎない。そこには、亡き秋水への畏敬と親愛の情のみが充隘しているにすぎぬ。先に、私はそれを、「モデル幸徳秋水の実像から虚像へ」という表現で一括しておいた。

かかる「本の行方」から「金曜会」への、モデル秋水の実像から虚像への作品の変化は、まさに先ほどの秋声が看破したトリックのなせる必然的帰結であったのである。

上司小剣にはその自覚はなかった。秋水への負目が小剣の内部からずりおちていったのと同じく、『パンの略取』や『一革命家の思い出』の著者クロポトキンに対する作者の受容のあり方にも変化がおこる。秋水とクロポトキンがともに、かつて上司小剣と明治社会主義を連絡する架橋であったことにおもいいたるなら、なんら不思議はない。

クロポトキンの『麵麭の略取』[*2]（秋水訳参照）は、次の三箇条のモティーフに要約できる。第一に、現代資本主義の歴史的構造的矛盾の究明とその批判。第二には、「革命に欠乏するかも知れぬのは、唯だ決行の勇気という一事」と指摘される実行の問題。さらに第三には、「社会革命の前途に開ける地平線」のかなたにひろがる無政府共産制の自由村への想望。

この著書の三本柱のうち、第二の「決行の勇気」からの遁走によって小剣は、革命運動にあるいは運動に加わる人々に対して、怯懦を自省し、手痛い負目をおうことになった。が、秋声のいうごとく、時とともに「小心」を語ることが手強い「自我の根城」となる。そこには自然に無自覚におこなわれた、小剣の原罪にむけての隠匿があった。そして　負目の剝落する心的変質は、小剣を、クロポトキンの『麵麭の略取』に描きだされた第三のモティーフにいざなうことになる。「革命の前途に開ける地平線」のかなたにひろがる無政府共産の自由村を、「詩と夢」とみる視点がここに確定するのである。発語と発言主体の機微を、トリックと自覚せぬまま小剣のこころに、クロポトキンの「詩と夢」が拡大再生産されひろがっていった。

　クロポトキンは常に空想を排斥して、其の論文の随所に、今日現在行われる、実例を引用しているが、私は彼れの文章の中から、詩と夢とを抽き出して楽しむのを喜んでいた。詩とは縁の遠かるべき筈の彼れの文章から、詩を採り取ることの難しくなかつたのは、寧ろ不思議とでも言おうか。

大正九年四月に上梓した社会文芸叢書第一編『生存を拒絶する人』（聚英閣）の序文にこう記した所以である。
「詩とは縁の遠かるべき筈の彼れの文章」とは、先の第一、第二のモティーフに対する感慨であろう。それ（殊に第二の）を捨て、第三のモティーフに固執するところから、「私は彼れの文章の中から、詩と夢とを抽き出して楽しむ」という表現がうまれたのである。ところで、一番大事なことは、この序文で小剣はそのことが「寧ろ不思議とでも言おうか」と、深い自省も自覚もなく、ただ「不思議」だとして真相にみむきもしていないことであろう。

小説「悪魔の恋」に秋水の虚像を刻んだ大正七年十一月の翌月、クロポトキンの第三のモティーフ、「詩と夢」を拡大想望したユートピア小説「空想の花」を「中央公論」誌上に公にした事情は、ここに一つらなりの文学現象として納得できよう。さらに、大正八年二月「新らしき世界へ」（「文章世界」）、同年四月「美人国の旅」（「大観」）、同年六月「黒王の国」（「中央公論」）、などの空想小説への量産につながっていくのである。これらと、「空想の花」、すこし前の「生存を拒絶する人」（同六年一月「新小説」）を加えて出版されたものが、社会・思想小説集『生存を拒絶する人』一篇である。

二　小説「平和主義者」論

以上、明治社会主義体験を起点に、それに関連した作品の系譜を、作家上司小剣の精神的変質とからめて一わたり復習しておいた。

そうした一連の系譜と心理的推移の上に、昭和十二年四月の「平和主義者」を設定する時、はじめてこの小説の内実も明らかになってくるはずである。

小説「平和主義者」は、生涯たたかいの場から身をそらせのがれ続けた作者が、唯一つの例外として、「階級戦争には自分も加わつていい」と「過激」な姿勢をとった、明治三十九年秋から初冬の時期が素材となっている作品である。

この小説は、「序曲」として三つの「実話」から書きはじめられている。「この小説の開幕劇の三番叟として、少しの修飾をも加へないで、三つの実話を巻頭に並べたのである」という。「小説の主人公春日俊一君」(上司小剣その人とみてよい人物)の日常茶飯にかかわりをもった三人の人間、そのエピソードをはさんでいる。佐藤春夫、豊島与志雄らと新議事堂を見学した昭和十一年八月二十八日、帰途議事堂前で拾った円タクの運転手。次に、「私の蓄音機になくてはならぬお医者」中村金蔵君。そして三人目として、「私の住む町内に重宝がられていた三十そこそこの男」で、「材木屋の手代」、「建築の補助役」金さんこと渡辺金平君。この円タクの運転手、中村金蔵君、渡辺金平君の挿話が、「平和主義者」の「序曲」である。

作者は、三人がそれぞれ別様の生業に従事しながらも、共通した性格、資質をその心底に持つ人物たちであったことを淡々とした筆使いで描いている。気が弱い。正直である。潔癖である。しかも尋常の、気の弱さ、正直、潔癖ではないのである。「過ぎる」のである。つまり、気が弱過ぎるのであり、正直過ぎるのであり、また潔癖過ぎるのである。これが三人に共通した性格であり、資質である。かれらは、たたかうことを知らぬ「臆病な逃避者」である。正当な運賃をその額面どおり客に請求できぬ運転手。蓄音機の修繕にかかった費用すら受けとれぬ中村君。お茶の時刻になると必ず逃げてしまう渡辺君。かれらはすべて作者にいわすならば、「平和主義者、非戦論者、無抵抗主義者、臆病な逃避者、名誉の落伍者」、どの肩書きを用いても、「ぴッたりとはまる人たち」であるという。こうしたたたかいからの「臆病な逃避者」たちの「実話」を「序曲」、「開幕劇」に挿入した上で、「序曲」のしめくくりとして、次のように書くのである。

ここに書こうとする小説の主人公春日俊一君は、この三つの話に出る平和主義者、非戦論者、無抵抗主義者、臆病な逃避者、名誉の落伍者等々、どの肩書きを用ゐても、ぴッたりとはまる人たちと、全く同じ性格をもつて、この人たちよりは少しく早くこの世に現われたのである。春日俊一君の血潮は、三つに分けられて、運転手某君、中村君、金さんの三人に伝つたと言つてもよいのである。それでこの小説の開幕劇の三番叟として、少しの修飾をも加へないで、三つの実話を巻頭に並べたのである。

小説の序章において、すでに、「実話」という前提にたって三人は春日俊一だ、と宣言し、さらに春日俊一は私だ、という構想を作者上司小剣は、設定しているのである。主人公つまり作者小剣の性格を規定決定した上で、小説は本章にすすんでいく。はたして、俊一はそのまま小剣とぴったり重なり合うかどうかは後にふれたい。生涯にわたる唯一つの例外、動揺しながらもたたかう姿勢をとっていた明治三十九年の秋から初冬、幸徳秋水をはじめとする社会主義者たちとの交友を描いたこの小説「平和主義者」のプロローグに、小剣は、たたかう姿勢を放棄した主人公を設定したのである。そうした小説構想そのものの中に、この作品にむけての作者の意図と、作品の内実がひそかに提示されている。

この作品の本章は、明治三十九年初冬から始められている。それは、先に粗略にではあるが梗概を述べておいた、上司小剣が「階級戦争には自分も加わつていい」と正宗白鳥に漏らしたその前後の時期に吻合している。この明治三十九年初冬（私は、秋からと、すこし幅を広げて考えているが）、上司小剣は、クロポトキンをかかえて明治社会主義本体の至近にまで辿りついていた。怯懦な小剣が、意を決して戦闘的たらんとした時期であった。比較的安定していた読売新聞の職を一蹴して、生活上の保障のほとんどないであろう新らたに発刊される社会主義中央機関紙「日刊平民新聞」におもむかんとしていたのである。クロポトキンが「革命に欠乏するかも知れぬのは、唯だ決行の勇気という一事」といった問題を、小剣は真剣深刻にわが内奥の切実な一事として考えていたはずである。気の弱過ぎる小剣であったがために、この「決行の勇気」の問題は、より深刻切実なものとして苦悩したにちがいないのである。

恐ろしき罪しのぶべき革命の成るとし聞かば小女《をとめ》よわれは
絞台に上る佳人の面影よ一夜の嵐にちりし桜は
白雪に鶯来鳴くモスコーの同志の家に革命かたる

と詠った山口孤剣のような、直情的直線的に平民社にとびこんでいった剛き個性には、小剣の精神の底の底にひそむ煩悶なぞわかろうはずもない。あるいは、「日刊『平民新聞』を出すとき、はじめは小剣も入れるような話もあったんです。小剣自身も大いに色気を見せていたんですがね」（荒畑寒村、向坂逸郎共著『うめ草すて石』）といった表現にみられる「色気」などという言葉では、とうてい理解できない苦衷があったのではないか。

いずれにせよ、小剣はこの時期、弱き資質を自ら叱咤しながらゆれながらも「決行の勇気」を鼓舞したのである。剛き個性には想像を絶する苦衷を胸にひそめながら。

にもかかわらず、明治三十九年初冬から書き始められたこの小説には、たたかう小剣像は一箇所もでてこない。それが作者の意図と考えるのは自然であろう。プロローグであらかじめ決定しておいた主人公像を、そのまま、明治三十九年初冬に導入することで、作者は、この作品の中で徹頭徹尾、気の弱過ぎる、正直過ぎる、潔癖過ぎる、主人公像、つまり自画像を刻もうとした。たたかう小剣像は作者の意図によって削り落されたにちがいない。

たたかう自画像を不用と考える小説構想の中に、この作品のモティーフがかくされているからである。

「万国共通暦紀元一九〇六年―明治三十九年―の初冬。春日俊一は、飛白の着物に対の羽織という、そのころとしてはキリリとした書生姿で、東京市外大久保村角筈八十四番地というのに幸徳秋水の宅を探し歩いた」。本章の冒頭である。幸徳秋水という実名を使っている。他にも、堺利彦、木下尚江、石川三四郎、西川光次郎、福田英子、大杉栄、島村抱月、田中正造、師岡千代子、小泉三申、竹内兼七、白柳秀湖、山路愛山、片山潜、竹越三叉、山川均など、明治社会主義にかかわりのある多彩な人物が、すべて実名で登場する。その意味では事実、史実に即した実名小説といってよい。本名を作品に記録する以上は史実から逸脱し想像によって小説を架空構成することは許されない。史実と作家主体が、道義という緊張の糸でむすばれた時にのみ、はじめて実名小説は成立するものである。道義という緊張の糸が切断され、空想と恣意が作品にはばたく時、その小説は完全に崩壊するにちがいない。そうした視点からこの「平和主義者」を一読した場合、私はみごとにその約束事が遵守された作品であるとおもう。『幸徳秋水全集』をはじめ、「週刊平民新聞」、「日刊平民新聞」など戦後から現在までに覆刻された厖大な明治社会主義文献と照合すれば、それは明らかであろう。あるいは、紅野敏郎の「正宗白鳥幸徳秋水―上司小剣宛書簡」[*3]という仕事や、安部宙之介の『白鳥その他の手紙』[*4]といった作業に収録された多数の社会主義者からの小剣宛書簡の現存している事実からも、それはうべなえよう。小剣は社会主義者たちからの手紙を大切に保存していたのである。保存した基本資料を主軸に、史実に即してこの小説を書いているのである。小剣は実名小説のセオリーを遵守してこの小説を書いた。

が、そのために逆にこの小説は誤解をまねく可能性をひめてもいるのである。「平和主義者」は、「日本社会主義運動の貴重な裏面史」を描いた実録小説であるという誤解をである。作者自らそういった表現を作中にしているのであるから、なおさらである。あるいは、同じく実名で登場人物を記した「U新聞年代記」などと並立する作品である、というとらえ方もでてくる。昭和八年の「U新聞年代記」と「平和主義者」を地続きであると書いたのも、作者自身である。『上司小剣選集1』[*5]の「平和主義者」についての解題に小剣は、「事実に即して、いっさい登場人物の本名を用ゐたものとして『U新聞年代記』（本選集第三巻にをさむ）[*6]と並立のかたちをとる」と、その地続きをここで主張しているのである。

こうした条件が、「平和主義者」という作品を、「日刊平民新聞」創刊前後の日本社会主義運動の貴重な裏面史を描いた実録小説であるとみる誤読と、「U新聞年代記」との地続きの小説であるとみる誤読とに、私どもを導く可能性を内包している。無論、私もそうした作者の側の意図と読者の側の読みに対して、すべてを否定するつもりはない。すべてを否定しないまでもそれはあくまでも、この作品に作者が意図し構想した主眼に付随して発生した随伴的副主題であって、他のものではない。

「平和主義者」にも、「U新聞年代記」にも、幸徳秋水、大杉栄、福田英子、石川三四郎、堺利彦といった人たちが実名で登場するという素材の同一性は、たしかに二つの作品の「並立」や地続きを明すと考えられなくもない。しかし素材の同一性が、即ち主題の同一性をも保証するとはかぎるまい。

むしろ、「U新聞年代記」と「平和主義者」の間には、主題における大きな懸隔がある。

昭和九年三月二十一日発行の単行本『U新聞年代記』（中央公論社）には、当該作品と昭和八年五月「中央公論」誌上発表の小説「蜘蛛の饗宴」の二作が収録されている。この単行本の緒言に、『U新聞年代記』について作者はこう書いているのである。

全篇にユウモアを発散させるつもりで、戯曲類似の形式を採つたが、もちろん、上演の目的でない。人物は成るべく本名を用ゐ、已むを得ざるもの、及び作者の記憶から逸したものは、仮名とした。（中略）私のこの作は前に言つたとほり、上演の目的でなく、言はゞ変体の追憶記だから、先輩畏友が、たとえ道化役になつていたとて、どうかそれを咎めないで一笑しておいていたゞきたい。それから、戯曲の形式と、書いて行く都合とで、年代時候なぞに、多少の変更があるのを承知しておいて下さい。

そして、この直後、

しかし、拵へ話は一つもないことを明白に言つておく。

と言明している。先程の「平和主義者」解題で小剣自ら、「事実に即して」書いた作品が「U新聞年代記」であると解説した部分と呼応していよう。そして、「平和主義者」との間の、主題の懸隔を検証する意味で閑却できないのは、以上のような前提に、さらに次の一節を緒言最終文として書き添えていることである。

それから出て来る人物の中に、作者自身とあるが、や丶こしいかも知れぬ。この四字を、上司小剣、と変へて読んでもらつてよい。

つまり、『U新聞年代記』は、秋水や利彦たちのみならず、この作品の作者その人が、「作者自身」イコール上司小剣として無作為で虚飾なく登場している。ここに「平和主義者」とは鮮明に異なった主題の懸隔を、私は読むのである。作者自身も、他の実名で書かれた人たちも、「追憶」を通して「正しい歴史の一ページ」を綴るというこの作品の目標達成のために対象化されている。それを支えるために「拵へ話」は一つもないというのである。「時代の大きな流れ」や正しい歴史の一ページを彫琢するという作者本来の目標を遂行するためには、作者自身も「事実に即して」きざまれなくてはなるまい。だからこそ、緒言最終文で、「作者自身」を、「上司小剣、と変へて読んでもらつてよい」と書き添えたのである。

ところが、小説「平和主義者」は、幸徳秋水も堺利彦も、木下尚江も、その他の明治社会主義になんらかの接触をもった人物すべてが本名で記されておりながら、作者自身は「春日俊一」という虚構性を有する名前で書かれている。

春日俊一は、たしかにまごうことなく上司小剣その人である。小剣その人でありながら春日俊一は、やはり小剣その人の全体像ではないのである。小剣の実像ではないのである。春日俊一は、小剣でありながら小剣その人ではない。春日俊一は、小剣を部分的に拡大した人物であるといってよい。明治三十九年の初冬、上司小剣は二つの方向にむけて大きく精神的に動揺していた。一方は、「日刊平民新聞」への参画という「決行の勇気」と、他は革命運動実践に伴う「気が弱過ぎる」が故の恐怖故の遁走との二つの方向の間をである。

明治三十九年三月十五日電車値上事件（罪名兇徒聚衆、被告人西川光次郎、岡千代彦、山口義三、深尾韶、樋口伝、大杉栄、吉川守邦、斎藤兼次郎、半田一郎、竹内余所次郎）。同年九月二十四日「光」号外「貧富の戦争」事件（罪名新聞紙条例違犯、被告人山口義三）。同年十一月二十五日「光」掲載「新兵諸君に与ふ」事件（罪名新聞紙条例違犯、被告人山口義三、大杉栄、大脇直寿）。こうした裁判を契機に社会主義運動への有形無形の弾圧も厳しさを増していた時期であった。小剣が入社し、社会面主任に就く予定であった明治四十年一月十五日創刊の「日刊平民新聞」は、同年四月十四日付第七十五号の短命で廃刊においこまれる。その非常に短い期間だけでも、この新聞にかけられた弾圧裁判事件は相当な数になる。四十年二月二日付記事「郡制廃止案の大勢」事件、同年二月十九日付記事「社会党大会」事件、同年三月二十七日付記事「父母を蹴れ」事件、さらに同年三月三十一日付記事「青年に訴ふ」事件、といった「裁判攻め」（同紙三月三十日付記事）状況においこまれてゆくのである。基督教系の「新紀元」と社会主義系の「光」との合流によって創刊の運びとなるはずであった「日刊平民新聞」の前途が、すでに裁判事件となっていた「貧富の戦争」や「新兵諸君に与ふ」などへの言論弾圧から、より多難な状況になるであろうことは、余程鈍感なものでも予測はつくであろう。

そうした事態の下でも、上司小剣はクロポトキンをかかえて、恐怖におののきながらも一度は「決行の勇気」の方向にわが身を定立していたのである。

あるいはまた、国家権力の側からの弾圧だけではなく、社会主義運動内部からも、「日刊平民新聞」前途の多難は予測し得た。周知のように、幸徳秋水の所謂「世界革命運動の潮流」演説が、三十九年七月五日の「光」に掲載されて、それ以降日本社会主義運動は、田添鉄二があやぶんだ「好んで犠牲多き危道」[*7]へ助走を開始していたのである。秋水と、その直接行動論支持にまわった若き世代の山口孤剣や山川均や大杉栄らとの共鳴合流によって、「非科学的思想、一種の詩的想像、一個の英雄主義」といった田添の警告した心理に摑まれた擬似ロマン主義的ラディカリズムの方向への助走が始まっていた時期である。

まさにこうした内憂外患の悪潮流がながれ始めた明治三十九年秋から初冬にかけて、上司小剣は、たたかう姿勢をとっていたはずである。

そのたたかう小剣像が、「平和主義者」から実は完全に剝落している。

他の社会主義者やそれにまつわる人物がすべて実名で描かれておりながら、小剣であるはずの人物とその妻のみが、春日俊一と静江という虚構性をもつ名で記された所以である。

先にも言ったとおり、この作品の春日俊一は、徹頭徹尾、気の弱過ぎる、正直過ぎる、潔癖過ぎる人物として描かれている。

秋水の住む東京市外大久保村角筈八十四番地の家で、秋水と福田英子と春日俊一の三人が落ち合う。そこで秋水は俊一にむかって、「ところで　君もいよいよ平民新聞に入れば、これまでのやうなキチヨーメンな生活はできなくなるよ。初めのうちはいいが、しまいには月給も払へなくなりさうだから。……」と語りかけている。けれど俊一はそれに対して一言の賛意も決意ももらさず黙している。さらに、秋水のことばを受けて福田英子が、「おや、春日さん、あんた平民新聞へお入りなさるの？ほんとに。」と、不思議そうに訊く。その英子に対しても、やはり「俊一は差し俯向いて、だまつていた」だけである。

秋水の家を、後から来た堺と、英子と俊一がでて、十メートルばかり歩き出したとき、秋水が追つて来る。「俊一君。……俊一君。……ちよツと待つてくれたまえ。」と呼び止めて、「彼れは声をひそめて、囁くやうに」言った。「どうせ新聞は満足に月給も払ゑないやうなことになるだらうと思ふが、竹内を制肘するために、僕が会計主任になるといふ話だ。……それでね。先刻も月給不払いの話なんかしたので、君も不安だらうが、まアやつてくれたまえ。もし月給が払へなくなつたら、僕の貧乏なポケツトから五十円づつ、君に提供するからね……。」と、それだけ言って秋水は、「冷たい風を厭ひつつ、朽ちかけた門内に走り入つた」のである。ここにも作者は「幸徳は俊一の返事を待たず」という条件を挿入することで、俊一を沈黙させたままなのである。決意表明はないままである。

以上は「平和主義者」の「四」章の概略である。この秋水と福田英子と俊一と堺の会話全体を通じて、俊一は一度も口を開かない。俊一の「平民新聞」参加という話題に、当の本人は終始沈黙したままなのである。ここに不自然な作者の意図と作為を感じるのは私だけではないことは、一読していただければ簡単に納得がいく。「階級戦争には自分も加わっていい」という発言が俊一の口からでようはずもない。しかし史実は前半に触れておいたように、まさにこの時期前後に上司小剣は、生涯において唯一つの例外として、たたかいの場にむかう「勇気」を、心底に潜めていた。

その「決行の勇気」を、作品中春日俊一の精神から完全に欠落させた小説手法は、この「平和主義者」一篇が、「事実に即して」書かれ、「拵へ話」のない、「日本社会主義運動の貴重な裏面史」をもくろむ実録小説ではないことを明らかにしている。また『U新聞年代記』と並立する作品でもないことも、おのずとあかしている。

俊一に冠せられる修飾語は、「気の弱い」、「臆病な引ツ込み思案の」、「気の小さい」、「情けない」、「気の弱い臆病者の」、「処女のやうに顔を赧らめる」、「怯懦」、「気が小さくて邪推深い」といったあり様で、俊一の挙措動作においても同様である。

問題は何故こうも、「怯懦」と同質語彙のバリエーションを執拗に俊一の性格におわせる必要があったのかということである。

結論をいそぐならば、それは作家上司小剣の、稟質ともいえる精神的怯懦、懦弱を痛切に内奥において確認した原体験への遡行のためであったにちがいない。あるいはこうもいえようか。「初めは怯懦であつたがために、自分の色を包むことを学ばされたのが、後にはそれが強い自信の上に築かれた生活上の一つの信条となつて」しまったと看破した徳田秋声の発言の内実への回帰といってもよい。

明治社会主義運動への接近から離脱へ、その時に上司小剣が深刻におもいいたった、自らの怯懦は、その後様々な作品の中に、小心、内気、臆病、弱者といった種々表現語彙の相異はあれくりかえされていった。大逆事件も小剣の心底に、運動離脱経験とかさなり合って大きな影響を与えた。そこから上司小剣という作家は、

> 私の小説に於て、私の思想、哲学は、私自身にさへ見出し難いほど奥深く包まれてゐるやうに思ふことがある。拙いながらも、私の芸術、私の技巧は、鴉の毛の先ほども主観を露出しないで、それをば底の底に秘めておいて、其処から分泌する液汁によつて、全体の潤いをつけたいと思つてゐる。
> 心蔵《ママ》は全身に血液を送るけれども、彼自身は皮の下で、肉の奥、骨に護られて隠れてゐる。私は私の芸術に於て、私の主観を人体に於ける心蔵《ママ》の位地に置きたい。心蔵《ママ》を頭の真向に振り翳したやうなものは嫌ひである。
> （大正四年四月大同館刊『小ひさき窓より』序文）。

という独自の小説観を獲得していった事にはすでに触れた。そしてそうした心臓を隠すという小説観を形象化した「天満宮」などという、佳作を残したのである。だが、「美女の死骸」、「引力の踊」、「生存を拒絶する人」、「狐火」、「紫合村」、「暴風雨の夜」など大正五年前後からの作品には、小剣はすこしずつ、心臓を頭の上に振り翳すような自己告白、自己表現を書きつけ始めた。同様に、あるいはそうした傾向に並行するかたちで、前半に紹介した明治社会主義を素材とした、「人形」、「閑文字」、「本の行方」、「金曜会」、「悪魔の恋」など一連の作品系譜において幸徳秋水の実像は虚像化へおもむいた。

主観を隠す小説観も、秋水への緊張に支えられた作品も、ともに秋声の指摘した発語と発言主体の微妙なトリックに気づかぬまま、小剣は徐々に変質させていった。そのトリックを鋭く的確に示唆した秋声発言の内実に、「平和主義者」の春日俊一を徹底的に懦弱な人格に描くことで回帰していったといいたい。直接的に小剣の脳裡に秋声文がおもいおこされたとはいっていない。あくまでも秋声文の「内実」へかえっていったといっているのである。

その徳田秋声の発言のかなたに、明治三十九年初冬の社会主義体験がつながっており、「平和主義者」により上司小剣は、その精神的原点に溯行していった。そこに自らの精神的怯懦をおもいしらしめた原点を見定めるために。たたかう自画像を放棄した所以もここにある。

さらにこうした自らの原点に溯っていった背後には、昭和十年代という時代の悪気流が存在していた。大正デモクラシーの時代の比較的開放的環境の中でこそ、上司小剣は、小心や臆病をくりかえすことで、逆に「それが自分の一つの強味となつて、そこに生長し来つた自我の手強い根城を築いて」いった。

けれどもそれは幻想でしかない。開放的環境がある程度保証されていればこそ可能であっただけで、作家上司小剣が根柢から剛き個性へ変貌したわけでもない。幻想の「手強き根城」は所詮砂上の楼閣でしかあるまい。幻想を生む環境の激変は、同時にそれまで築いてきた作品という楼閣を崩壊してしまいかねまい。

上司小剣は、環境の変動に非常に鋭敏に反応しつづけた作家である。そしてそれは時代に雷同迎合するためではなかった。小心であるが故に、臆病であるが故に、かれは「処世上唯一の武器」として環境の変化に敏感にならざるを得なかった。「生存の必要」のために鋭敏にならざるを得なかったのである。殊に戦いの場への反応は、そうであった。

昭和十一年の二・二六事件後、「軍部は血なまぐさい事件の威圧と戒厳令の施行とを背景にして、政治にたいする発言権を公然と要求[*8]」するという時代環境の下で、小剣は昭和十二年度に「平和主義者」を発表している。蘆溝橋事件から日中戦争へとむかう直前の環境の中で書かれたのである。こうした戦う場への接近の危惧が、ふたたび小剣を、精神的怯懦の原点、明治三十九年初冬の体験に回帰溯行させたのである。

「平和主義者」によって、自らの精神的怯懦の原点に回帰していった上司小剣は、同様に昭和十年代には、さらにその基底に存在する幼少年期をすごした摂津多田神社時代へもさかのぼっていく。昭和十年二月の「父母の骨」（「中央公論」）、昭和十三年五月の「石合戦」（「中央公論」）、昭和十三年五月の「恋枕」（「中央公論」）などの作品がそれである。これらの摂津多田神社時代への溯行を、以前私は小剣の私小説作家への屈折という視点から考えてみたことがあった。しかしそれは、「平和主義者」との関連からとらえるならちがった様相を呈する作品となってくる。精神的怯懦という原点への回帰は、同時に実母幸生へとつながっていくのではないか。

注

＊1　『幸徳秋水全集』第九巻（昭和四十四年十二月　明治文献刊）所収。
＊2　『幸徳秋水全集』第七巻（昭和四十四年一月　明治文献刊）所収。
＊3　「文学」昭和三十八年四月号岩波書店刊。後『文学史の園』（昭和五十五年四月青英舎刊）所収。
＊4　昭和四十二年一月　木犀書房刊。
＊5　昭和二十二年十一月　育英出版刊。
＊6　『小剣選集』全三巻を予定していたが、二巻までで終った。
＊7　「日刊平民新聞」明治四十年二月十四、十五日第二十四、五号「議会政策論」。
＊8　遠山茂樹、今井清一、藤原彰著『昭和史』昭和五十七年九月　岩波新書。

第９章　上司小剣の昭和十年代(2)

――小説「恋枕」読解――

一　小剣文学と自然主義・私小説

仮面を脱いで下さい。

中村星湖が、こう小剣に切望したのは大正三年のことである。[*1] 星湖から小剣にむけて語られたメッセージは、直接にはその年九月、雑誌「中央公論」に載った小説「天満宮」読後感として綴られた文章の一節でしかない。けれども、ことばすくなに語った星湖の評言が、小剣文学をつらぬく小剣文学たる所以をうがっている事実は注目に値する。小剣が仮面を脱ぐ方向にその作家的立場を定立するのに、賛成するかどうかはまた別問題である。ただ「仮面を脱いで下さい」と願った星湖の小剣にむけてのメッセージの表現裡に、小剣の小説を「仮面」の文学といいきる星湖なりの正確な小剣文学観があったことにこの一文のみすごし得ない迫真性がある。
「天満宮」以前の作品についてではあるが、同じ大正三年に、相馬御風も、

僕は上司氏に向つて『妹より』[*2]の中へ薄く一寸顔を出して居るやうな程度でなく、もつとしつかりと攫んで本当の自分が出して貰ひたく思ふのだ。

と書きつけた。[*3]「仮面を脱いで下さい」という星湖評も、「本当の自分が出して貰ひたく思ふのだ」という御風評も、ともに大正三年現在における小剣文学理解の根元が同じところにあったことをものがたる。そして他方、本間久雄は同年の文章[*4]で、

出来るだけ作者の主観を隠して、冷静の態度で、如実の人生を描写しやうとした一個のリアリズムである。

と「天満宮」にふれており、さらに近松秋江もこの作品について、次のように評価した。[*5]

「天満宮」は併し氏が自分の上に在つたことを書いた物であつた。けれどもたとひ自分の身の上であつたにしても、氏自身も全く自分から離れて遠く客観化されてゐる。

本間久雄は、「作者の主観を隠し」た作品といい、すでに明治四十三年六月に「別れたる妻に送る手紙」を発表し、大正三年一月には「黒髪」を「新潮」に掲げて、血のにじむような鮮烈な主観を作中に刻みつけていた近松秋江が、自分と対蹠的な方法のもとに書かれた「天満宮」に、「客観化され」た作品と最大限の讃辞を呈したのである。また秋江は別に、「『天満宮』などを読むと、自分の書いてゐることが、一本調子で、且つセンチメンタルで気恥しくなつて、筆が進みはしない」[*6]と、その文学的方法が全く異質であるが故に、逆に評価し得るという感想をここで書きつけたのである。

いずれにせよ、本間久雄も近松秋江も、「天満宮」一篇を、「作者の主観を隠し」て、「全く自分から離れて遠く客観化されたリアリズム」小説であると読む評価軸は一致している。先の中村星湖と相馬御風の論が、そうであるがために、小剣の小説をもの足りぬといって、「仮面を脱いで下さい」、あるいは「本当の自分が出して貰ひたく思ふ」と訴えたものであったのと比較するならば、そうであるが故に褒奨するという本間久雄、近松秋江の論と乖背の位置に立つものであることはあきらかであろう。いずれの論にくみするかは、小剣文学の全体にかかわる問題であり、またその文学的生涯の流れ全体の中に、「天満宮」をどう位置づけるかという大きな課題にもつながる。このことについてはかつて、「上司小剣『父の婚礼』論」[*7]と題して、先の章に見解を私なりに提示しているので、ここでは再説の煩はさけたい。

今は、いずれの論にくみするかではなくて、中村星湖、相馬御風の論も、本間久雄、近松秋江の論も、二様に分岐した場所から褒貶の評言をしながら、同時に、「天満宮」発表前後の小剣の小説を、一様に「仮面」の文学ととらえる、その読みの視点はまったく隔りがない、そこに着目しておきたいのである。「小剣という作家は、ただ一つの例外を除いて、生涯たたかいの場から身をそらせ続けた人であった。*8」と私が書いたとき念頭においたのは、小剣の全生涯にわたる処世の特長であった。とするならば、「仮面」の文学は、まさに小剣の長い小説創作過程を貫いた文学方法の特長であったといえるとおもう。だからこそ、冒頭に援用した星湖の、「仮面を脱いで下さい」という一句が、小剣の小説方法にとってプラスかマイナスかは問わないとして、小剣の小説を規定したみごとな至言であった事実は、うべなわなくてはならない。

たしかに、大正三年九月の「天満宮」をピークに、同年十二月九日から十二日までの（一）から（四）、十六日から十九日までの（五）から（八）、二十二、三日の（九）、（十）と「読売新聞」に発表された小説「トルコ帽」、大正四年一月「ホトトギス」掲載の小説「父の婚礼」、大正五年四月「文章世界」掲載の小説「第三の母」など、いわゆる小剣上司延貴が育った摂津多田神社時代を素材にした大正期の作品では、「天満宮」ほどの自己隠匿も緊張もない、弛緩した作品になっていく。これらの作品も、すっぽりと仮面をかぶってはいないけれど、やはり描写の後ろに、端然と居ずまいを正す小剣がいる。「父の婚礼」の「曽て、クロポトキンの自伝を読んだ時、まだ二十とはページを切らぬところに、父の婚礼を見ることが書いてあつたことを覚えてゐる」という表現の恬淡さの中に、「仮面」を多少ぬいではみせるが、あくまでそれをつけたまま、ちらりと素顔をかいまみせているにすぎぬ。

「仮面を脱いで下さい」という中村星湖の小剣にむけての切なる希いは、そうすると、結局ははたされないままに終ったとみるのが正しい。だから、田山花袋のいわゆる、「かくして置いたもの、擁蔽して置いたもの、それと打明けては自己の精神も破壊されるかと思われるやうなもの、そういふものを開いて出して見やう」[*9]という日本的自然主義の血脈から、ある隔りを保ったところに上司小剣の文学は成立していたとする他はあるまい。ましてや、「皮剣の苦痛」などという精神や創作態度、方法からは、よほど遠いところに小剣文学の営みはつづけられたことになる。「仮面」は、ついに小剣の処世からも実作からもはがされることがなかったにちがいない。

さらに日本自然主義から、私小説にいたる道すじにも、小剣はついに合流することがなかったはずである。純粋の私小説なぞ、「仮面」をつけた小剣に書けようはずもない。

かつて、「上司小剣文学の基底―摂津多田神社時代―」[*10]（本書第1章）という拙論の（注8）に、小剣の私小説として、「父母の骨」（昭和十年二月「中央公論」）、「石合戦」（昭和十年五月「中央公論」）、「恋枕」（昭和十五年五月「中央公論」）を例示しておいたが、昭和十年代の悪気流と、「仮面」を脱ぐことのなかった小剣文学の方法とを、総合して、読みなおしてみると、かならずしも昭和十年代に書かれたこれら摂津多田神社時代へ溯行する作品を、小剣の私小説作家への屈折という視点だけではとらえきれないのではないか、と考えるようになった。そのことを、「恋枕」を論ず本章の目論見にしたいとおもう。

二　「恋枕」の粗筋

「恋枕」は、れんちんと読む。タイトルは作中、「私」の父が、小学四年か五年のころ「私」を連れて、「南都の近郊山村に、或る高貴の御所」へ伺候した時、拝領物として受けた色紙に、「恋枕」と書かれていて、それを恭しく押しいただき、とりついでくれた老尼に、「だんだん年が寄りますと、毎日毎日、恋枕でございます」と言うところから、老いて床につく意味でつけられている。「私」の父真木直臣が病褥にあり、他界するまでの十時間余りを小説に設定している。〔一〕から〔八〕までの章だてになっていて、雑誌「中央公論」誌上で二十頁のきわめて短い作品である。

〔一〕の冒頭に、「人のまさに死なんとするやその言ふことよし。」と筆をおこしており、つづけて「私の父は、死ぬ十時間ぐらゐ前に、昏々として眠つてゐた眼を、力なく見ひらいて、『あアー、アルコールが飲みたい！』と言つた」と、その臨終の譫言から、「酒好き、煙草好き」になるまでの父、真木直臣が一北摂の、両部のお宮の神主になった経緯が〔一〕に描かれる。〔二〕は先ほど書いた、「南都の近郊山村に、或る高貴の御所へ」伺候して、「恋枕」と揮毫され御落款のある色紙を頂戴する、臨終から十三年前にさかのぼった回想が綴られて、小説に付されたタイトルの由来をほのめかした章となっている。「私」と父がでかけた「南都」の「山村御所」は、山村御殿と呼ばれる、臨済宗妙心寺派の尼寺円照寺のことであろう。この章の末尾には、「菜の佃煮だといふのを一つ拝領して、父と私とは山村御所の御門を出た。御蓋村の樹々が青葉に美しく、若草山は緑りに燃えさうで、手向山の奥に蕨の生える時候であつた。」と記している。無論、御蓋山も若草山も手向山も、作者上司小剣の前には、わが血脈に通じる手向山八幡宮をかかえこんだ原風景とでもいい得る環境としてそこにひろがっていた。〔三〕の章では、父の酒好き煙草好きにまつわる挿話を中心に、「私」が父と反対に酒嫌い、煙草嫌いになった所以を書いて、〔四〕では父が「恋枕」がちになり、ついには胃潰瘍で吐血し、病褥にふす小説冒頭の臨終十時間前に読者はつれもどされる構成になっている。〔五〕は、「あアー、アルコールが飲みたい！」の次にもらした、「ミスマル。……ミスマル。……」、「ミミヅラ。……ミミヅラ。……」という幽かに口にした言葉から、父が壮年「古事記」、「日本紀」に親しみ新解釈をほどこしたメモ「古道新学」の紹介に及ぶ。「ミスマル」は「御統」、「ミミヅラ」は「御髻」で、ともに「古事記」中の用語であるという。そして〔五〕末尾は、「父が、反対の大国隆正系の学者ばかり並んだ試験場で、得意中の得意、古事記講義一席は、父が終世忘るることのできない名誉の場面で、それが臨終間際の譫言にまで出たのであらう。」と結んでいる。〔六〕の臨終の譫言は、「インデンの……インデンの・…タバコイレ……タバコイレ」で、これは印度から渡来したという印伝の煙草入れにからんだエピソードと、それを愛用した直臣が、始終いれ替った女中に必ずそのエピソードを語り聞かせた事情から、「臨終に近く昏々としながら、父はおほかた、新らしく美しい女中の来た夢でも見てゐるのであらう。死に瀕しても人間には夢を見る力のあるものかと私は考えた。」で終る。〔七〕では、「お鴻。……

お鴻。」と蚊の鳴くような声で呼ぶ直臣が描かれて、「私の母」鴻子の出自や、その性格や行状が記され、「母が死んでから父は一度も母のことを口にしたことがなかつた。久し振りに（お鴻。……お鴻。……）と二た声、母の名を呼んだのは、臨終の間際であつた。」と結ぶ。〔八〕の最終章。直臣最期の言葉、「ツルべ。……ツルべ。……」をてがかりに、「私」は直臣幼少の頃、西大寺の稚児時代に犯した罪の意識をさぐっている。それは、近くの商家や農夫の小悴たちと遊んだことにまつわる話で、三光院の裏庭にあった二斗も入りそうな釣瓶を四人であげようとした時に、直臣少年が真先に手を離したために、他の二人も続々と離した、が残りの一人は必死に綱を握っていたため、釣瓶はその子供を宙に引きあげ、かれは樫の木のくるまきへ劇しく頭を打ちつけ、脳骨を砕いて絶息したという凄惨な出来事につながる。その少年は、「息が切れても、小さい手はしツかりと綱を握り、くるまきへ頭髪を挾まれて斜めにぶらさがつてゐた」という。「父は、一生これを苦に疾んでゐたらしい」と「私」が述懐する時、「私」は父の原罪を想起していたのである。

以上〔一〕から〔八〕までの梗概から知られるように、「恋枕」という作品は、「私」の父のいまわ際のうわごとを追いながら父の生涯の軌跡とその人物像をきわだたせようとした作品である。その刻まれた父の像と、「私」とがどの部分でつながり、どの部分で対立して来たか、あるいはどの部分に親近を感じ、どの部分に嫌悪したか、そうした「私」と父の血統にからむ原点に溯行しながら同時に、昭和十五年現在における「私」なる一個性を確認し鮮明ならしめんとする意図のもとに書かれた作品でもある。

三　父・延美の閲歴と「恋枕」

粗筋からも明らかなように、この「恋枕」は、小剣の小説にしばしば取り扱われてきた幼少年時代をすごした摂津多田神社の経験に題材をあおいでいる。だから、「私」はいうまでもなく作者上司小剣であり、父・真木直臣は、延美である。お鴻は、小剣の実母・幸生。

真木直臣、小剣の実父・延美についてこの小説では、〔一〕に次のようにその履歴が語られている。まず出生から幼年期については、

南都の或る神主の家の、十三人兄弟姉妹の季子に生れて、七歳で西大寺三光院の稚児にやられた父は、真言律の厳しい禁慾生活のなかに育つて来た（略）。

と。このモデル延美を、昭和五年四月刊行の改造社版『現代日本文学全集　第二十三篇』（岩野泡鳴・上司小剣・小川未明集）に添付されている自筆年譜の記述と比較してみたい。

明治七年（一八七四年）
十二月十五日、奈良に生る。父の家は、世々手向山八幡宮の神主たり。従三位紀延興の孫。延興、国学に深く、才藻に富み、和歌をよくす。本姓は紀。

父延美（通称仲臣）、次男の故をもって、出でて摂津多田神社に社司たり。延貫（小剣）またこの寒村に生立つ。

小説と自筆年譜の叙述には一見するだけでは大きなちがいはない。両方の内容を単純にかさねあわせ補完することで、紀延美の実像はかなり詳細なものとなろう。しかし、この二つの略年譜の間に、些細だけれども、小剣の小説を読解する上ではかなり意味深い差違がみいだせるのではないか。それは、昭和五年の自筆年譜に、「父延美（通称仲臣）、次男の故をもつて」と書きながら、小説「恋枕」の真木直臣については、「十三人兄弟姉妹の季子に生れて」と叙述を微妙にかえている点である。勿論、十三人兄弟姉妹の末子であって、次男である可能性も指摘できるだろう。私も以前、延美が延寅の何人目の男子であるか調べたことがあり、現在兵庫県川西市市役所に残っている謄本でたしかめたところ、そこには、「父延寅三男」と記載されていたため、「上司小剣文学の基底」（本書第1章）ではこれをとりあげて、「三男と記録してある文書があり、一概に次男としてしまうのは疑問があるので、一応私は自身の調査の結果にしたがって、三男ということで本稿をすすめておきたい」と、「一応」という条件づきで、「三男」を採用したのであった。

そこで、今回「恋枕」に関する小論執筆をおもいたって、もう一度、「二男」か「三男」か、あるいは作中の「十三人兄弟姉妹の季子」かを、本家である奈良手向山八幡宮に行き、調べてはっきりさせておきたいと考えて、八幡宮宮司・上司延武氏に会っていただいたのである。延武氏から借覧したのは圧巻の、八幡宮創設以来の累代にわたる巻物になった紀家の系図であった。

この系図によれば、延興——延寅——延絃（小剣は延弦とも延絃とも書いている）と続き、延絃が小剣の伯父にあたり、小剣の父・延美の兄弟と記されている。ところが、「恋枕」中に「実家」（手向山八幡）を襲うた「兄（私の伯父）」と説明されている延絃は、延寅の「四男」とも記録されており、さらに系図の延絃の右どなりにはその兄・延員の名がかかれて「三男」となっているのである。そして、延絃を中心に左どなりには延美とだけあって、五男とも六男とも記されていないのである。延員、延絃、延美が延寅の子であり兄弟であったことは判明したのだが、もっとも知りたい延美が延寅の何人目の男子であったか、この圧巻の系図にすら記録されていないのである。

延寅の長男、次男はおおかた夭折したもので、族譜から除外されたのであろう。また、三男の延員もなんらかの事情があって、本家八幡宮の家督相続者とならず、四男の延絃が継いだ、と推測できよう。それにしても、ここで釈然たる事実は、小剣・延貴の父・延美は、延寅の長男でも、次男でも、三男でも、四男でもなかったことである。かりに次男とする小剣自筆年譜の記録をうべなうとしても、手向山八幡宮本家を四男・延絃が継ぐ理由はどこにもみあたらない。なんらのさしさわりもおもいあたらぬ延美が、次男であるとするならば、無論かれが相続者として紀家本来の系脈をついでおかしいはずはないであろう。それを、四男・延絃にゆだねたと史実が語るなら、延美は次男ではなかったことになろう。延美は、次男ではなかったのではないか。すると、小剣はすくなくとも、改造社版文学全集の略年譜を書いた昭和五年頃までは、その事実を知らなかったはずで、「次男の故をもつて」云々は、資料的根拠をもたないまま、延美か近親者に聞いた範囲で筆をとったものであろう。

また、私が入手し準拠した川西市の謄本の「延寅三男」の記録も、同様に誤りであることになる。なぜなら、紀家の系図には歴然と延員を三男としているからである。小剣もその史実を知らなかった。そしてさらに不思議なことになる、延美自身も自分が延寅の何男であるかわかっていなかったのではないか、ということである。そうでなければ謄本が三男になっているはずがない。そんないいかげんな話があろうか。私はありうるとおもうのである。

そこでリアリティをもって浮びあがってくるのが、小説「恋枕」の一節、「十三人兄弟姉妹の季子に生まれ」たという箇所である。もう一度同じ〔一〕に、「十三人の一ばん季の父」とくりかえされる。十三人の兄弟姉妹がおり、幼なくして西大寺の稚児にだされ、成人する頃には東大寺の命をうけて摂津に赴いた延美には、本家の紀家ですでになん人の兄弟姉妹が夭折し、自分がはたして何男であるかつかめなくなっていたことも当然考えられる。三男でも四男でもなく、その後に生まれたとすれば、延美には「家」意識はほとんど育つことがなかった。「家」意識のない人間は、兄弟姉妹など系累に執着することもない。大ざっぱに十三人いたことがわかっていれば、延美には十分であった。だから、時には次男であったり、また三男であったりしてもかまわなかった。小剣自身もその揺れ動く発言にとまどいを感じないわけはない。

そして、いつの機会かに、私が今回閲覧した紀家系図を、手向山八幡宮を訪れてながめたにちがいない。そこで小剣がたしかめ得た真相は、やはり延美は何人目の男子であったか分らないということであったはずだ。結局分らぬというのがその時小剣があからめた真相であった。今となってはどうするすべもない。そう考えた。帰るべきふるさとを喪失した父。延美の孤独におもいいたったかも知れぬし、それはまた、小剣自らかかえこんで生きた孤独とかさねあわされたことであろう。小剣上司延貴も兄弟をはやく失い顔すらしらずに生立ち、実母幸生を十二歳で失って、新しい第二、三、四の継母と生活し、二十歳の折父・延美に死別した時、小剣は全くの孤立無援の境涯となり、「家」意識は霧消した。その孤独は、延美とおなじものであった。「恋枕」にかぎらず、「天満宮」、「父の婚礼」、「トルコ帽」、「第三の母」、「石合戦」、「父母の骨」など一連の摂津多田神社に題材をあおいだ、小剣の「家」を描いた作品から「家」意識や制度としての「家」が消失し、個としての、あるいは人としての、あるいはナチュラルヒューマンとしての、父や母が刻印された事情もここにある。

延美も延貴も、最終的には、何人目の男子であるかはそれほど肝要なこととは信じなかった。ただ、小説の一節に「十三人兄弟姉妹の季子」とだけ記しておけばことたりたのである。そうすることで作家上司小剣は、父・延美の孤独を、たしかに共有することができた。

「家」意識や制度としての「家」すらもつことのできなかった個性で、しかも精神的に怯懦を自省せざるを得なかったならば、処世上にも小説実作上にも「仮面」を脱ぐわけにはいくまい。「仮面」のあいだからほのかにみせる素顔が、「恋枕」の「十三人兄弟姉妹の季子」という表現となってかいまみえる。「次男」とも、「三男」とも書かず、曖昧だけれどそれが知りえた真実である「十三人の一ばん季の父」が、小剣が手向山八幡宮で圧巻の系図にみいって悟った内実なのである。

四　母に血脈を観る延貴上司小剣

ここに虚構はない。〔七〕に描かれた母・幸生、作中のお鴻はどうであろうか。多田神社後方の丘にある上司家の小さな墓地に幸生の墓石がある。前面には、「貞覚院源鴻子墓」、背面には、「明治十八年六月七日死」と刻まれている。「恋枕」に幸生を鴻子と書いたのは、この戒名を作中に利用したものであろう。

「お鴻といふのは、私の母の名である。この年に死に別れたのだから、私は母鴻子のことを委しくは知らぬが」としながら、「私」の記憶に残る母親像が描写される。

子に甘かつた父よりも、厳しすぎた母を思ひ出すことが私には多い。母の厳格は、癇性病みから来てゐるので、座蒲団や火鉢を置くにも、畳の縁との距離が、ちやんと正しく並行してゐなければ気が済まぬといふ風で、それがためには、いつも小さな尺を帯の間に挾んで、家具調度の置きかたを測定して歩いた。立つたまま襖や障子を開くこと、畳の縁や敷居を踏むことはもちろん厳禁で、私がうつかり母の前で、擂り切れかかつた古畳の、縁だけは新らしいのを踏んだとき、母は手にしてゐた長煙管で、したたかに私の足首を擲りつけた。私の大嫌ひな煙草を吸ひながらの煙管だつたので、雁首の真鍮が烙金のやうに熱してゐて、私の皮膚からは忽ち黒い血が流れた。このときの痛さは、足首の小さな傷痕とともに、私の魂魄にも肉体にものこつてゐるのである。それでゐて、私はその恐ろしかつた母が、いまも恋しいのである。私のからだには、父の血よりも母の血が、多く伝はつてゐるらしい。

私はここにも虚構はないと信じる。十歳前後の延貴少年の脳裡にやきついた母・幸生の像は、精密なる実像ではなくて、多少の増幅や思いちがいはあろうが、やきつけられた鮮烈さにおいて実像よりはるかに母の実体に近い。「私はその恐ろしかつた母が、いまも恋しいのである。私のからだには、父の血よりも母の血が、多く伝はつてゐるらしい」とかきつけた小剣に嘘は微塵もない。父・延美の酒色にふけった生涯の同伴者として、その癇性と潔癖さ故に神経のたかぶりに身悶えしながら、明治十八年六月七日享年三十七歳で絶命した幸生の映像は、小剣には「恋しい」ものとして、実像以上の実像として残った。「恋しい」という感情のかなたに、小剣ははっきりと、「私のからだには、父の血よりも母の血が、多く伝はつてゐるらしい」とする原質をみさだめている。父・延美に、「家」意識からも、制度としての家からも放逐された孤独な個性とその生涯をみたとすれば、母・幸生には、「恋しい」という感情のかなたに、わが血脈を発見しているのである。

昭和十一年六月、文学界社出版部刊のエッセイ集『蓄音機読本』所収の「愛機を語る」の次の一節と、先ほど長く引抄した「恋枕」の母についての一節とくらべるなら、そのこともおのずから納得できよう。

私の蓄音機は、それをかけて音楽を聴く時だけの必要物ではなく、常住座臥、愛機の側に居なければ、私は仕事も手につかず、安眠も出来ぬ。それぞれ私は狭い書斎へ愛機マドリイを持ち込み、仕事の不便を忍んで、これがためわざわざ机を小さくし、(他の調度との調和をはかるため)次ぎの洋室から蓄音機を聴くことにしてゐる。愛機と同室を許されるのは私だけで、家族等は決してこの室に入れない。夜もやはり、狭いのを忍んで愛機の前に臥床を舒べ、そこでなければ、私は眠れない。深夜眼が覚めると、枕の上からつくづく愛機を眺めて、独り楽んでゐる。

いつも小さなものさしを帯に挾んで、家具調度の置きかたを測定して歩いた幸生と、他の調度との調和を保つために、わざわざ次の洋室から蓄音機を聴いた小剣と、同質同根の癇性や潔癖さを読みとるのは難しいことではあるまい。蓄音機を聴く小剣にその意識はなくとも、蓄音機を聴く自分の異様なすがたを文章に書きつける時、そこにみているのは、小剣自身であるとともに、母・幸生のすがただったにちがいあるまい。「恋枕」に母の像をかきつける時みたものは、逆に小剣自らの現在的時間の中でのすがたであったろう。

私は、この『蓄音機読本』について論じた時、宇野浩二の一文[*11]をとりあげた。「几帳面さ、凝り性、癇性、妙な贅沢さ、それが病的でさへあつた」という小剣の偏執的ともおもえる器物愛の解説を中間報告的印象がいなめないと書いて、長い幼少年期の孤独な処世の営みの中で、人間存在への不信といった想念を精神に刻印した個性が、無意識のうちに韜晦する独特な生活上、芸術上での処世の哲学を確認すべきではないか、と書いたが、今でもこの考え方を否定するつもりはない。そうした小剣独自の処世の哲学の原質に、母・幸生の情念がつながることを、「恋枕」の一節に読みとればよいのである。

五　事実を集積した虚構の作品「恋枕」

「恋枕」のここにも虚構はない。では、〔五〕に描写された、「古事記」、「日本紀」、あるいは国学や和歌に、独学ながら造詣深かった延美についてはどうか。これも虚構はない。伴林光平に、国学や和歌を学んだという記述も、昭和十五年「伴林光平のこと」[*12]、十七年「南山踏雲録を薦む」[*13]や、同年伝記小説『伴林光平』[*14]の序文、あとがきを参看すれば、伯父・延紘と父・延美が光平に師事し、国学や和歌をいかに学んでいたかが十分うかがえよう。いまでも、奈良手向山八幡の宮司の部屋には、「義慣神明　伴林光平」と揮毫された光平直筆の額がかかっているのをみても、「恋枕」の延美像が虚構でもあとなしごとでもないことが証明できる。

〔十八〕にとりあげられた、延美秘蔵の印伝の煙草入れにまつわる因縁話も、やはり私は小剣がその父より親しく聞いた事実譚と確信する。はじめに簡単に紹介しておいた、西大寺稚児時代のある種のうらぎりによって生じた事故と、そこからかかえこまざるを得なくなった延美の罪意識、この章にも、また作為的虚構性を読みとることは難しい。

昭和五年改造社版文学全集巻末に添付された自筆略年譜以上に、この「恋枕」一篇に収録されている史実の方が、より正確であった一事をもってしても、作品中に描かれた延美や幸生の〔一〕から〔八〕にわたる事跡に虚構性を発見することは困難であろう。

あとなしごとは一言半句も、小説「恋枕」にはない。にもかかわらず作家上司小剣は、「仮面」を脱いではいない。実証される実相をふんだんに駆使、利用しながら、虚構性をあたうかぎり排しながら、しかも「仮面」の文学あるいは虚構の文学を構築している。二葉亭四迷のいわゆる「実相を仮りて虚相を写し出す」というパラドキシカルなテーゼを想起してもよい。もっとも私小説的環境と人物とその挿話を小説素材としながらも、なお私小説として成立しない小説といいかえてもよかろう。

全体の小説素材にほとんど虚構性がない。しかも虚構の文学であるとする逆説的説明をうらづけるためには二つの根拠を論ずれば足りる。

一つは、真木直臣が終焉十時間ほど前に、「あアー、アルコールが飲みたい!」と力なくもらした箇所についてである。

〔二〕の冒頭部分に書いたこの言葉をうけて、作者は、直臣の生立ちから幼少青年時代に筆を移し、北摂の宮司となり、酒色に溺れて、ついに吐血して恋枕の人となるまでの過程を、〔四〕まで細述して、この章のしめくくりとして、

『あアー、アルコールが飲みたい！』と言つたのも、このときであつた。さうして、焼酎を少し飲んだ。

に連結している。「あアー、アルコールが飲みたい」とモデルである延美が言った時、小剣は十九歳になっていたのであるから、記憶されたこの言葉に疑いをはさむ余地はない。つづけて、「さうして、焼酎を飲んだ」のも事実にちがいない。「あアー、アルコールが飲みたい」にも、「さうして、焼酎を飲んだ」にも、延美終焉記たるにふさわしい記述がしてあって、その光景にえそらごとのはいり込んでいる可能性はない。「飲みたい」と力なく希った延美の言葉にも、「飲んだ」という行為にも嘘はない。しかし、「飲みたい」と「飲んだ」という描写の間隙に非常に大きな空白が、作者によって用意されているのである。病いの床に臥し最期をむかえようとしている衰弱した延美が、「飲みたい」と呟いた時、一体だれがかれに焼酎を与え飲ませたのか。この「だれが」が、この部分の描写から完全に抜け落ちているのである。

「恋枕」のこの場面を虚心坦懐に一読する読者は、だれでも、それは「私」だと断言するであろ

う。なぜなら、「私」以外にこの小説では、直臣の枕頭に座しその終焉をみつめている人物はいないのだから。けれども「飲みたい」という延美に焼酎を与えたのは小剣ではなかったのである。

上司延美は、天保六年五月二十二日、奈良手向山八幡宮宮司上司延寅の「十三人兄弟姉妹の季子」に生まれ、西大寺稚児時代を経て、北摂多田院に赴任すると同時に、「神仏混淆の禁止で、お宮は神社となり、僧体の別当が神主と」なる還俗命令に遭遇して、公然と妻帯が許された。明治元年から四年一月の「上知令」公布までの四年間に延美は第一の妻（小剣の母）幸生を娶る。このわずかな四年が、社領五百石と山五十丁余を有する小大名なみの地位と新妻を所有した蜜月時代であった。明治四年一月の「上知令」の結果、社領、山すべてを官収されて、境内地を除いて無一文の神主となり衰落していった。酒色に溺れる生活がつづくなかで、明治十八年六月七日幸生は小剣十二歳の時他界する。その直後、幸生の開いていた裁縫塾に通って来ていた同村の娘・笹部秀と結婚。二人の関係は幸生生前から始まっており、その事実に気付いたかの女は死期をはやめることになった。ところが、秀は結婚の翌年十九年三月四日、関西地方に猛威をふるっていたコレラで逝ってしまう。小剣いうところの「第二の母」であった。さらにその直後、秀の妹・琴が延美と同棲生活を始めるのである。入籍はついにしてなかったらしいがこれが、小説「第三の母」のタイトルになった女性である。事情はつまびらかにしないが、明治二十年七月前に琴は実家にもどり、七月十二日延美は、旧大阪府西成郡野里村、松浦覚之助の娘・なかを入籍している。明治二十二年十月三十日延美となかの間にこつなが生まれている。小剣の異母妹であるが、延美死後、生涯小剣はこの妹に会っていない。

このなかとこつなと延貴が、延美臨終の枕辺にいて、最期をみとったはずである。明治四十三年八月の雑誌「太陽」に小剣は、「位牌」という短篇を発表して、その中に次のようにふれている。


継母と義妹と私とは阿父の死骸を取り巻いて途方に暮れてゐた（略）。其の後暫くは道具なぞを一つ二つ宛売つて、私の一家の生計を支へたけれど、兎ても長くは続かなかつた。喰べるものもないやうではと云つて、継母方の親類が来た、継母と五歳になる義妹とを連れて行つた。

継母の身持ちに就いては、いろいろと噂さもあつたけれど、確かなことは分らない。兎に角私はこの時に別れてから、最うこの二人に会つたことはないが、継母は義妹を連子にして、息子の一人ある家へ後妻に行つたとか云ふことである。


継母がなか、義妹がこつなである。「位牌」のとおりであって、西成の松浦に帰ったなかは、そこから明治四十年十月八日、旧大阪市北区北野堂山町二千二百七十七番屋敷戸主今西長右衛門に婚姻入籍しており、こつなも同時に、長右衛門の息子米蔵の妻になっている。

たしかに、「恋枕」での直臣終焉の枕辺にはなかとこつなは、いなくてはならない。さらにいま一例をあげておこう。先にあげた大正三年「読売新聞」に連載された小説「トルコ帽」である。

この小説は、父・延美他界前後を描いたもので、終焉前十時間から息をひきとるまでを小説時間に設定した「恋枕」とかなりの部分重複する。しかも、「恋枕」において、「飲みたい」と言った直臣と、「飲んだ」という直臣の行為の間隙を、「トルコ帽」はみごとに埋めてくれる。多少長い引用になるが、その空白を埋め、さらに作者小剣の逆説的意図を知るためには欠かせぬ箇所なので、書きとめておこう。「読売新聞」大正三年十二月二十三日（水）、「トルコ帽」最終章（十）の後半である。

私は父が死ぬ丁ど三十分ほど前に、苦み悶えながら、其の徳利の側へ這ひ寄つて、口から滝呑みにガブガブやつてゐたのを知つてゐるが、それを今話すと、継母が、何故徳利を取り上げて呉れなかつたと、怒り出すであらうと思つて、黙つてゐた。

「誰れがまたこんなものを寝間へ持つていたんやろ。」と、継母はうさん臭い眼をして私の方を見た。

「幹子だすやろ。」と私は簡単に言つたが、父はよく欲しいものがあると、私や継母にさう言つても、毒になると言つて与へぬので、幼い妹を枕辺に呼んで騙して取り寄せてゐたから、この焼酎の徳利も幹子が持つて来たのに違ひないと思つてゐた。

「さうだつたか知らん。」と、継母は溜息とともに言つて、妹の寝てゐる方を見た。自分の小ひさな手で父を毒害したとも知らぬ妹は、母衣蚊帳の中で、スヤスヤと平和な眠りに入つてゐる。

「飲みたい」と「飲んだ」の間隙は、この「トルコ帽」の以上の部分をその空白にはさめば、確かに埋められて、因果関係も小説の流れも釈然としよう。継母や義妹への私怨にも似た感情があらわなこの小説が、すべて公平にモデルをあつかっているかは疑わしい。徳利を滝飲みにしている父を、黙ってみていた「私」の態度と心根を、作中ではついに作者は解明しようともしていない理不尽について、考えてみる必要もあろうし、義妹が「毒害」したと露骨に表現されている事実関係も、疑えば虚構の可能性がまったくなしとはいえまい。私怨があらわな小説であるだけに、作者の筆すさびがないともいえぬ。だが、逆にどんなに私憤にかられた作品であろうとも、モデル小説である以上、しかも公的な新聞というメディアを利用する以上、作者は事実に関する無節操な歪曲は許されない。

いずれにせよ、延美の枕辺に、継母がおり義妹がおり、そして小剣自身もいたことだけは、「位牌」、「トルコ帽」の以上の叙述であきらかであろう。また「飲みたい」ともらした延美の床近くに、焼酎の徳利を、小剣ではない人物が、情にかられて置いたであろうこともあきらかである。継母か、義妹かはわからない。問題は、「飲みたい」延美に、徳利を与えた人物がおり、そしてかれがそれを「飲んだ」と書かれた部分が、「恋枕」に欠落している点である。「飲みたい」と言ったことも、「飲んだ」という行為にも、作者は虚構をあえて交えているのではない。事実を事実として描いたにすぎぬ。しかし、事実と事実の間の、ある事実を意図的作為的に省くことによって、虚構ではないと同時に虚構でしかない小説が成立する。

しかも「恋枕」には、「位牌」では、「継母と義妹と私とは阿父の死骸を取り巻いて途方に暮れてゐた」とあるが、その延美臨終までの十時間に、継母も義妹も完全に削除されていて姿をあらわさないのである。継母と義妹の影を削りおとし、「飲みたい」と「飲んだ」の間に存在した事実を見落させることで、作者は、「恋枕」の主題を浮びあがらせる小説手法を採用したのである。主題のために、事実をつらねながら、事実を削除することによって、虚構でしかない小説を構築する方法といってよい。けれども、全くの虚構やあとなしごとでは、作者の主題はリアリティをもたない。主題自体が事実をもとめながら、事実を拒否しているのである。

事実と事実はいかに大量につらねられても事実とはならない。それを例証するいま一つの具体例を、「恋枕」からとりあげてみよう。

前にもとりあげたが、〔一〕の「南都の或る神主の家の、十三人兄弟姉妹の季子」云々を含む、真木直臣すなわち上司延美の出自とその後の伝記的描写は、延美の幼少青年時代の閲歴を忠実に髣髴させ得る章である。〔二〕の父に連れられて円照寺に行った「私」の追憶もえそらごとではあるまい。〔三〕、〔四〕の酒色に溺れた延美もそのとおりであったろう。〔五〕の「古事記」、「日本紀」あるいは国学、和歌に独学ながら造詣深かったその人となりも、〔六〕での印伝の煙草入れ秘蔵のエピソードも、〔七〕の幸生のありし日のおもかげも、〔八〕に紹介されている、西大寺稚児時代ある種のうらぎりによって、一人の少年を死にいたらしめた原罪意識にまつわる挿話も、すべて事実にもとづいた過去の再現といってよい。〔一〕から最終章まで、作者は様々な事実譚を事実としてならべていった。

すべてのエピソードが事実であるにもかかわらず、やはり「恋枕」は虚構の文学であり、「仮面」の文学であることにかわりはない。それは、ならべられた事実の集積に試みられている小説全体の構成、構想そのものが虚構であるからである。明白なことであるが、主人公・直木直臣臨終十時間に、呟やいた〔一〕から〔十〕までの、「あアー、アルコールが飲みたい」、「ミスマル。……ミスマル。……」と「ミミヅラ。……ミミヅラ。……」、「インデンの……インデンの……タバコイレ……タバコイレ……」、「……お鴻。……お鴻……」、そして最後の「ツルベ。……ツルベ。……」という言葉に作為的意図的な整序された虚構性を読みとらない読者はいまい。十時間のあいだに、これら、小説的なあまりに小説的な都合よい呟きが、延美の口から次々ともれるなぞ、あり得ないからである。都合のよいといったのは、延美の生涯とその人を如実に浮かびあがらせ、集大成するにもっとも必要欠くべからざる事歴だけが、集積、整序されているからである。数ある事歴の中から、小説主題に必要と考えられるエッセンスだけを取捨選択し、整え、小説的時間である十時間の中に圧縮したのである。とりあげられた事歴がすべて事実の集積であるにもかかわらず、虚構の文学として成立しているといった所以である。あるいは、私小説的素材をあつかいながら、私小説ではない作品、といった所以でもある。

「飲みたい」と「飲んだ」の間隙をあえて削除し、継母や義妹の影を欠落させたのも、事実を集積しながら、虚構性ある小説時間を構想し構成したのも、「仮面を脱いで下さい」と切望した中村星湖の希いが、よしあしは別として、小剣にはとどかなかったことをあかすものである。やはり、上司小剣という作家は、実証される実相をふんだんに駆使、利用しながら、虚構性をあたうかぎり排しながら、しかも「仮面」の文学、あるいは虚構の文学を、「恋枕」において構築したのである。

そうした小説方法によって、上司小剣は、昭和十年代の悪気流下に、われなるものの定立と確認を試みたのである。昭和十二年四月の小説「平和主義者」に、明治三十九年初冬の社会主義への接近と離脱を描いて、運動の本体にとびこむことができなかった、自らの精神的怯懦と、ある種のうらぎりといってよい経験によってかかえこんだ負目と原罪意識に遡行していった。その延長線上に、小剣の父・延美がおり、母・幸生がいる。それは作家上司小剣の原質といってよかろう。小剣の孤独も、原罪意識につながるものも、そこにはある。西大寺稚児時代のまっさきに手をはなして、一人の少年を死においやった延美の精神と存在は、明治三十九年の小剣とぴったりとかさなりあう。延美の放埒につきあい、癇性と潔癖さ故に神経のたかぶりに身悶えしながら逝った母・幸生に、小剣は、わが血脈を発見した。

小説「恋枕」一篇に、事実を集積整序し、あるいは事実を捨象することによって、虚構ではないと同時に虚構でしかない小説を構想し、わが原質に溯ったのである。換言すれば、処世上脱ぐことのできない仮面の哲学と小説方法としての「仮面」と主題との微妙な連関と総合から成立した作品といってよい。そしてわが原質を定立、確認した小剣には、昭和十年代の反動の嵐の中にいかに処するかという課題がひかえていたはずである。

注

＊1 中村星湖「本年の創作界」（大正三年十二月十一日「読売新聞」）。

＊2 「太陽」大正三年五月号。

＊3 相馬御風「五月号の諸雑誌の中から」（「文章世界」大正三年六月号）。

＊4 本間久雄「九月の文壇」（「文章世界」大正三年十月号）。

＊5 近松秋江「上司君」（「文章世界」大正六年五月号）。

＊6 近松秋江（徳田秋江の筆名使用）「文芸偶感」（大正三年十二月六日「読売新聞」）

＊7 明治大学文学部紀要「文芸研究」昭和五十三年一月第三十八号。

＊8 「明治大学教養論集」昭和五十八年三月通巻一六五号。

＊9 田山花袋『東京の三十年』（大正六年六月十五日博文館刊。ただし引用は岩波文庫によった）。

＊10 「文学」（昭和五十年五月 岩波書店刊）。

＊11 『鱧の皮他五篇』（岩波文庫昭和二十七年十一月刊、宇野浩二「解説」より）。

＊12 「文芸世紀」昭和十五年十一月号。

＊13 「新潮」昭和十年三月号。

＊14 昭和十七年十月十五日初版、厚生閣刊。

初出一覧

第1章　上司小剣文学の基底(1)―摂津多田神社時代―（上司小剣文学の基底―摂津多田神社時代―）
岩波書店「文学」第四十三巻第五号、一九七五年五月

第2章　上司小剣文学の基底(2)―明治社会主義と大逆事件へのかかわり―（上司小剣論―明治社会主義と大逆事件へのかかわりを中心にして―）
岩波書店「文学」第四十一巻第十号、一九七三年十月

第3章　上司小剣の大正期側面―モデル幸徳秋水の実像から虚像への転換―（上司小剣の大正期側面―モデル幸徳秋水の実像から虚像への転換―）
明治大学文学部紀要「文芸研究」第三十六号、一九七六年十月

第4章　上司小剣『父の婚礼』論―自己表白と隠匿の問題―（上司小剣『父の婚礼』論―自己表白と隠匿の問題―）
明治大学文学部紀要「文芸研究」第三十八号、一九七八年一月

第5章　上司小剣「西行法師」論―主題と方法―（上司小剣「西行法師」における主題と方法）
日本近代文学会「日本近代文学」第二十六集、一九七九年十月

第6章　上司小剣の歴史小説―大正期を中心にして―（上司小剣―大正期歴史小説―）
明治大学教養論集刊行会「明治大学教養論集」第二三三号、一九八九年三月

第7章　上司小剣の昭和期評論活動・序論―昭和初年代を中心にして―（昭和期の上司小剣・序論―昭和初年代の評論活動を中心にして）
明治大学文学部紀要「文芸研究」第四十号、一九七八年十月

第8章　上司小剣の昭和十年代(1)―小説「平和主義者」一篇―（昭和十年代の上司小剣―小説「平和主義者」一篇―）
明治大学教養論集刊行会「明治大学教養論集」第一六五号、一九八三年三月

第9章　上司小剣の昭和十年代(2)―小説「恋枕」読解―（小説「恋枕」読解―昭和十年代の上司小剣―）
明治大学教養論集刊行会「明治大学教養論集」第一七二号、一九八四年三月

あとがき

上司小剣は、いまだ「かみづかさ」と正しく読む人がいない。それほど関心の薄い日本近代の作家であることに今でも変わりはなさそうである。大正期には流行作家として地歩を築いていた小剣が、いつの間にか忘れ去られた作家になっていったのにはそれなりの歴史的必然があったと考えられる。その歴史的必然については、この拙著である程度は論じておいたつもりである。

因みに私は、明治大学の学部学生の時、卒業論文指導教官に文芸評論家で教師は「身過ぎ世過ぎだ」と自らおっしゃっていた平野謙先生を選んだ。卒業論文のテーマは、「平民社系反戦文学の系譜」で木下尚江と田岡嶺雲を中心に書いた。筑摩書房版の『明治文学全集』中の『明治社会主義文学集』などを読んで極めて安易に書き上げたものだった。そんな浅薄な論文だったが、テーマがほかの学生と違っていたため、平野先生は面白く思われ、君は変わったことに興味を持ったね、と笑っておられた。以来大学院修士課程、博士課程と先生の指導を受け亡くなられる直前までその謦咳に接することができた。ある人に預けておられた雑誌「白樺」全揃いが紛失するという事態が起こった時、縁あって私がそれを探し出して、平野先生のご自宅まで届けたこともあった。記念に直筆で感謝の言葉が連ねられたご著書をいただいた。

修士課程の時「永井荷風と上司小剣」という題目で口頭発表したとき、修士論文は上司小剣について書きたいと思うと申し上げると、しばらくして、葉書をいただいた。事務室に小剣の文献を預けておいたから取りに行きなさい、という内容であった。十数冊の小剣の作品が風呂敷に包まれていた。このことについては、「新日本文学」に先生の思い出として書いておいたので、詳しいことは割愛する。ありがたかった。以来上司小剣論を速度は遅いし、怠け者であるがゆえに、少しずつ書きためてきた。

この度、翰林書房さんのお世話で拙い小剣論を一書にまとめることができた。それもこれも、まず亡き平野謙先生に心から感謝を申し上げたい。またまとめる気力を与えてくださった、埼玉大学の杉浦晋先生、山口仲美先生ほか諸先生、常民大学を主宰し、柳田國男研究を貫かれた明治大学の、畏敬すべき今は亡き知己後藤総一郎先生、その時々助言をいただいた中山和子先生、明治大学での学友宮越勉さん、皆さんに深甚の謝意を申し上げる。そして、若手でいち早く優れた『上司小剣研究』を上梓され、小剣研究に大きな礎を築かれている荒井真理亜さんが、還暦直前の私に、学的刺激を与えて下さったことに、感謝申し上げる。

二〇〇八年九月一七日

吉田悦志

【著者略歴】
吉田悦志（よしだ・えつし）
1949年岡山県美作市に生まれる。2008年現在明治大学副学長、明治大学国際日本学部教授。埼玉大学にて博士（学術）取得。明治大学文学部卒業。明治大学大学院博士課程単位取得退学。
『平野謙研究』（明治書院・共著）、『中村光夫研究』（七月堂・共著）、『大逆事件の言説空間』（論創社・共著）、『尾佐竹猛研究』（日本経済評論社・共著）『きみに語る—近代日本の作家と作品—』（ＤＴＰ出版・単著）他、論文多数。

上司《かみづかさ》小剣《しょうけん》論《ろん》　—人と作品

発行日	2008年11月30日　初版第一刷
著　者	吉田悦志
発行人	今井　肇
発行所	翰林書房
	〒101-0051　東京都千代田区神田神保町1-14
	電話　03-3294-0588
	FAX　03-3294-0278
	http://www.kanrin.co.jp/
	Eメール●kanrin@nifty.com
印刷・製本	アジプロ

落丁・乱丁本はお取替えいたします

ISBN978-4-87737-273-6